MUTTER DER DRACHEN

DIE DRACHENSCHULE

BUCH 9

SARAH K. L. WILSON

Titel: Mutter der Drachen

Autor: Sarah K. L. Wilson

ISBN: 9798325483028

Deutsche Erstveröffentlichung: Berlin 2024

Verlag: Winterfeld Verlag LtD

1

Ich stand an der zerklüfteten Küste unserer Insel, blickte auf das türkisfarbene Meer und träumte von den Drachen, die direkt unter der Wasseroberfläche schwammen und deren blaue Schuppen das Sonnenlicht reflektierten. Ich hatte sie dort schon einmal in Wirklichkeit gesehen, als sie mich und meinen Beschützer - Ramariri – vor dem Ertrinken gerettet hatten. Er war an diesem Tag so mutig und stark gewesen. Ich hatte nicht einmal bemerkt, dass der goldene Drache, der darum rang, mich in Sicherheit zu bringen, im Sterben gelegen hatte.

Und jedes Jahr an meinem Geburtstag spazierte ich zur Küste, so wie heute, blickte auf das weite Meer hinaus und dachte an Ramariri und daran, was er für mich getan hatte - wie er sein Leben gegeben hatte, um ein sechsjähriges Waisenkind in Sicherheit zu bringen.

Irgendwie würde ich sicherstellen, dass sich sein Opfer gelohnt hatte.

Ich trug meine Lieblingsstiefel mit Absatz - völlig untauglich für den Strand. Was Ramariri wohl von denen gehalten hätte? Manchmal glaubte ich immer noch, den Widerhall seiner Stimme in meinem Kopf zu hören.

Möwen schrien über mir, unterbrachen meine Träumerei und ich seufzte. Ich sollte noch vor dem Abendessen in mein Dorf zurückkehren. Meine Adoptiveltern hatten eine Überraschungsfeier für mich geplant.

Ich hatte schon lange geahnt, dass sie eine planten. Ich hatte sogar mein überraschtes Gesicht geübt, um ihnen eine Freude zu machen. Ich versuchte es noch einmal. Konnte ich sie täuschen? Ich versuchte es noch einmal, diesmal etwas zurückhaltender.

Ich hörte ein Geräusch, das fast wie ein Lied klang, fast, als rief es nach mir, und ich sah wehmütig aufs Meer hinaus. Manchmal, wenn ich alleine war, glaubte ich zu hören, wie das Meer mich rief, mit einem Sirenenklang, der so schön war, dass ich ihn kaum ignorieren konnte.

Und ich hörte noch ein anderes Geräusch.

Ich neigte meinen Kopf zur Seite und lauschte. Was war das?

Stirnrunzelnd näherte ich mich dem Felsen vor mir.

Ich sollte wirklich nach Hause. Aber dann würde ich mich den ganzen Abend fragen, was ich hier am Strand verpasst hatte.

Die Felsen hier waren zerklüftet, und ich schlängelte mich vorsichtig zwischen ihnen hindurch. Die Absätze meiner Stiefel machten die Sache nicht gerade leichter.

Da war es wieder - das gleiche Geräusch!

Ich folgte ihm, aber sah nichts außer Felsen. Vielleicht lag irgendwo eine verletzte Möwe, die dieses seltsame Geräusch machte. Ich sah hinter dem nächstgelegenen großen Felsen nach, aber auch dort war nichts. Das Geräusch ertönte wieder.

Und jetzt klang es fast so, als würde es sich mit dem leisen Gesang vermischen, den ich immer hörte, wenn ich in der Nähe des Meeres war.

Wie seltsam.

Ich sah hinter den nächsten großen Felsen. Auch dort war nichts zu sehen. Ich sollte zurückgehen. Aber ein wenig wollte ich mich noch umsehen.

Ich bahnte mir einen Weg zum nächsten mannshohen Felsen und blickte dahinter.

Ich trat auf Glasscherben, die am Boden umherlagen. Aber es waren nicht die flaschengrünen, die ich gewohnt war. Es waren große, gebogene Scherben aus rauchblauem Glas.

Was das wohl einmal gewesen war? Glas war auf den Havenwind-Inseln so selten, dass niemand es zerbrechen und dann einfach im Sand liegen lassen würde. Ich beugte mich hinunter, hob eine Scherbe auf und hielt sie gegen das Licht.

Transparente Regenbögen liefen geschwungen an den Kurven des Glases entlang. Das zartblaue Glas ließ alles, was ich durch es hindurch sah, friedlich aussehen, wie unter Wasser.

Da war wieder dieses Geräusch zu hören.

Und zwar ganz nahe! War es jetzt auf der anderen Seite des Felsens? Auf der Seite, auf der ich eben noch gestanden hatte?

Schnell eilte ich um den Felsen herum, aber jetzt kam das Geräusch wieder von der Seite mit den Glasscherben. Ich runzelte die Stirn, deutete die eine Richtung an, rannte dann aber in die andere um den Felsen herum.

So!

Ein winziges Wesen, nicht größer als ein Kätzchen, saß zwischen den Glasscherben und blickte mich mit großen, perlweißen Augen an. Seine winzigen Flügel waren eng aneinandergeschmiegt und mit den kleinen, roten Pausbacken sah es überrascht aus. Es war blau wie das Meer und hatte seinen Schwanz schützend um seine Füße geschlungen.

Ein Drache.

Ein winziges Drachenjunges.

Ich keuchte vor Freude und ließ mich in die Hocke fallen.

"Hallo, kleiner Mann!" sagte ich und griff langsam nach ihm, um ihn zu streicheln.

Er stürzte sich auf meine Finger und ich zuckte zurück, aber die Flamme war nicht heiß genug, um mich zu verbrennen. Kichernd griff ich wieder nach vorne und wollte seinen Kopf streicheln, aber er sprang nach vorne, landete auf meinem Arm und krabbelte zu meiner Schulter hoch.

Ich lachte, und Freude und Überraschung machten sich in mir breit.

"Da habe ich also meine Überraschung!" sagte ich und fuhr mit dem Finger über seinen kleinen Kopf. "Wo sind deine Eltern? Gibt es hier noch mehr blaue Drachen?"

Aber ein ausgewachsener Drache versteckte sich wohl kaum zwischen diesen Felsen.

Ich stand auf Zehenspitzen und blickte auf den Ozean, die felsige Küste und die Baumgrenze, aber da waren keine dampfenden Schnauzen oder geplusterten Flügel. Keine Flammen und kein Schwefelgeruch. Keine Stimmen, die in Gedanken zu mir sprachen.

"Drachen?" rief ich. "Sind hier irgendwelche Drachen?"

Stille. Hier gab es nur mich und einen hilflosen kleinen Drachen, der an meinem Ohr kaute.

In der Ferne sah ich, wie die große Flagge am hohen Fahnenmast in der Mitte des Dorfes entrollt wurde.

Meine Feier. Wenn ich nicht bald auftauchte, machten sich alle Sorgen um mich. Ich musste mich beeilen. Und ich musste mir etwas für das Drachenjunge einfallen lassen.

"Dann geh schon", drängte ich. "Zurück zu deiner Mama."

Ich setzte ihn am Sand ab, aber er flitzte sofort wieder zu meiner Schulter und versteckte sich unter meinem Haar.

"Es ist besser, wenn du mit deiner eigenen Art zusammen bist", sagte ich. "Da bist du sicherer."

Ich versuchte erneut, ihn von meiner Schulter zu befreien, aber er hielt sich fest, seine winzigen Krallen bohrten sich in meine Schulter und sein Schwanz kringelte sich um meinen Hals.

Es waren keine Drachen, die seine Eltern hätten sein können, in der Nähe. Es gab niemanden, der sich um ihn kümmerte, außer mir, und er schien fest entschlossen, bei mir zu bleiben. Seufzend traf ich eine Entscheidung. Unter meiner Aufsicht wurde kein Drachenjunges ausgesetzt!

"Wie soll ich dich nennen?" fragte ich und warf mein langes blondes Haar über meine Schulter, um es vor seinen kauenden kleinen Zähnen zu schützen. Sein Schwanz schlang sich um meinen Hals und er kauerte sich winselnd auf meine Schulter. "Und wo in aller Welt soll ich dich verstecken?"

Denn ich konnte ihn definitiv nicht ins Dorf bringen.

Keinen blauen Drachen.

Nicht, wenn ich wollte, dass er lebte.

2

Ich erreichte den Rand meines Dorfes und hörte bereits Gesang und Gelächter. Die Fischerbojen meines Vaters hingen an einer Leine, wo er sie heute repariert hatte, und ihre Glaskugeln blitzten im Nachmittagslicht. Er verlor wohl nicht so viele Angeltage, wie er befürchtet hatte.

Die Netze waren zwischen den Bäumen aufgespannt, wo ich den Morgen damit verbracht hatte, Löcher zu flicken und Verhedderungen aufzulösen. Der Geruch von gebackenem Fisch und Gemüse erfüllte die Luft, ließ mir das Wasser im Mund zusammenlaufen und den Bauch des Drachenjungens an meiner Schulter knurren. Für das Fest waren Laternen aufgehängt und ein Feuer entzündet worden, und als ich um die Ecke unserer Hütte sah, konnte ich sehen, dass der Großteil des Dorfes bereits versammelt war, obwohl es noch nicht dunkel war.

Doch wo sollte ich den kleinen Drachen verstecken?

"Seleska!"

Ein Flüstern ließ mich aufschrecken.

Wer…?

Ich wirbelte herum, aber es war nur Heron, der Schmiedelehrling. Er grinste, seine weißen Zähne schimmerten im Nachmittagslicht unter seiner dunklen Haut und seinen warmen braunen Augen.

"Stellst du dich für dein eigenes Fest an?", fragte er neckisch. Er trat einen Schritt vor, wie immer bewegte er sich vorsichtig. Seine Arme und sein Rücken waren in den letzten Jahren seiner Ausbildung kräftiger geworden und ich hatte gesehen, wie er mit bloßen Händen Stahlstangen verbogen hatte. Aber er war immer sanft zu mir, als befürchtete er, mich zu verletzen.

"Vielleicht", sagte ich und zog mein Haar weiter nach vorne, um den Drachen zu verstecken. Er brauchte einen Namen. Ich konnte ihn nicht einfach nur "Drache" nennen.

"Du weißt, dass es eine Überraschung sein soll", stichelte er. "Aber niemand kann Seleska überraschen, weil sie immer alle Geheimnisse erfährt."

"Die Stiefel waren eine Überraschung", sagte ich. Ich hatte wahrscheinlich schon tausendmal erwähnt, dass ich gerne Stiefel mit hohem Absatz hätte, so wie die, die ich bei einer Dame in Abergande gesehen hatte, aber niemand hatte mir je zugehört - bis ich heute Morgen ein Paar Stiefel mit eisenbespickten Absätzen vor meiner Haustür gefunden hatte. Ich wusste genau, wer sie mir geschenkt hatte. Es gab nur eine Person im Dorf, die mir so viel Nachsicht entgegenbrachte. Ich warf ihm meinen unschuldigsten Blick zu. "Glaubst du, die hat mir ein Drache gebracht?"

"Ich glaube, du hast Freunde, von denen du gar nicht weißt, dass du sie hast", neckte er mich, aber dann verzog sich sein Gesicht ein wenig.

"Geht es dir gut?" fragte ich, trat vor und berührte tröstend seinen Arm. "Heron?"

Er erstarrte und seine Augen waren plötzlich vor Schreck weit aufgerissen. "Seleska!"

"Was? Geht es dir gut?"

"Seleska", wiederholte er, seine Stimme war heiser. "Was ist das auf deiner Schulter?"

Ich spürte, wie mir heiß wurde. Ich biss mir auf die Lippe, bevor ich antwortete.

"Warte! Reg dich nicht auf, Heron."

"Seleska", er sah sich um, bevor er mir so nahe kam, dass seine Stirn fast meine berührte. Schock und Sorge erfüllten seine Züge, aber seine Stimme blieb sanft: "Ist das ein Drache auf deiner Schulter?"

"Vielleicht", sagte ich und gab nichts zu, obwohl ich genau wusste, was da unter meinem dichten blonden Haar schnarchte.

"Ein Blauer Drache? Die Art, die Fischerboote unter Wasser zieht und Seeleute tötet? Der Grund, warum wir kaum Besuch aus dem Ausland empfangen? Der Grund, warum wir nicht zur See fahren? DieseArt von Drache?"

"Ein Drache hat mich gerettet", protestierte ich mit leiser Stimme.

"Ein goldener Drache, Seleska, und das ist etwas anderes! Wir haben alle die Geschichte gehört. Er war freundlich und großzügig und hat ein kleines Mädchen - dich – gerettet und sie zu Renny und Halana gebracht, die über den Verlust ihres kleinen Mädchens Adrina sehr traurig waren. Aber das war kein blauer Drache, Seleska! Blaue Drachen singen Seeleute in den Tod, denn ihr Lied ist so süß, dass die Männer sich ins Wasser stürzen, um mehr zu hören. Du weißt, dass sie hinter deiner Seele her sind, wenn du anfängst, ihr Lied zu hören. Hast du schon Drachenlieder gehört, Seleska?"

So besorgt hatte ich ihn nie zuvor gesehen. Es war beinahe entzückend zu sehen, wie sein hartes Gesicht vor Sorge weiche Züge annahm.

Aber er brauchte sich keine Sorgen zu machen. Es war nur ein Drachenjunges. Welchen Schaden konnte es anrichten? Außerdem wollte ich nicht auf die Frage antworten, ob Drachen für mich sangen. Ich wollte nicht zugeben, dass sie schon immerfür mich gesungen hatten.

"Die blauen Drachen haben Ramariri in der Luft gehalten, als er mich gerettet hat. Sie haben ihn gestützt, damit er nicht ertrinkt, als ihm die Kraft ausgegangen ist. Ich habe sie gesehen, Heron!"

"Ich weiß nicht, was du gesehen hast, Seleska, aber du musst diesen kleinen Drachen melden."

"Wenn ich ihn bei den Dorfältesten melde, werden sie ihn nach Abergande bringen", sagte ich. Das wollte ich nicht. Ich war diejenige, die ihn gefunden hatte. Und er mochte mich offensichtlich. Ich musste ihm helfen, so wie Ramariri mir geholfen hatte. Ich schuldete diesem kleinen blauen Drachen Hilfe. Denn als ich Hilfe gebraucht hatte, hatte Ramariri sich nicht abgewandt, obwohl er gewusst hatte, dass es sein Leben kostete. Außerdem war der kleine Kerl frisch geschlüpft und allein. Er brauchte mich.

"Und wäre das so schlimm?" fragte Heron und löste sich von mir, doch ließ den Drachen nicht aus den Augen.

"Hilf mir einfach, ihn für heute Nacht zu verstecken, Heron. Bitte!" flehte ich.

"Und was dann?", fragte er misstrauisch.

"Und dann werden wir darüber reden, was zu tun ist", versprach ich. Und ich würde einen Weg finden, ihn davon zu überzeugen, dass wir dem Drachen helfen mussten und ihm nicht wehtun durften.

Er seufzte. "Es wäre besser, wenn wir ihn einfach melden würden."

Ich setzte einen kleinen Schmollmund auf. "Es ist mein Geburtstag. Bitte?"

Er seufzte und verdrehte die Augen. "Nur für heute Abend. Komm schon."

Mein Lächeln strahlte wahrscheinlich heller als das Lagerfeuer, das auf dem Dorfplatz brannte. Ich fühlte mich so leicht, dass ich über den Ozean hätte laufen können. Bis morgen würde ich das perfekte Argument für Heron finden, damit der Drache bleiben konnte.

Und ich hatte den perfekten Namen für ihn.

Ich würde ihn Feuerball nennen.

Nasataa.

Eine kleine Stimme flüsterte in meinem Kopf. War das eine männliche Stimme? Sie hörte sich so an. Mit großen Augen erkannte ich, dass es dieser kleine schnurrende Feuerball war. Und er hatte bereits einen Namen.

Nasataa.

3

"Sechzehn! Kaum zu glauben, dass du schon zehn Jahre bei uns bist", sagte meine Adoptivmutter, küsste mich auf die Stirn und verlieh ihrem sonnengebräunten Gesicht ein Lächeln. Seit dem Tag, an dem sie mich am Strand gefunden hatte, war sie immer liebevoll und freundlich zu mir gewesen.

"Wir sind stolz auf dich", sagte mein Adoptivvater. Renny war ein Mann weniger Worte, aber die, die er sagte, bedeuteten immer etwas. Er lehnte sich in seinem Stuhl zurück, und er strahlte eine Wärme aus, wie ein Lagerfeuer.

Die Nacht brach über unsere Feier herein und wir saßen um die Tische oder das große Lagerfeuer herum, die Bäuche voller Fisch und Obst und die Herzen voller Glück. Es war, als wäre die Welt für immer in Ordnung, als wäre das Leben für immer glücklich und zufrieden. Sogar der Wind wehte warm und lau, und die Bäume wiegten sich sanft, als tanzten sie mit uns.

"Morgen kommst du mit mir nach Abergande", sagte mein Vater.

"Abergande?" ich riss die Augen auf. Es war ein seltenes Vergnügen, zum Hafen zu reisen. Ich liebte den Trubel in der Stadt. Es gab Stände, die Schmuck, Bänder und bunte Stoffe verkauften. Es gab Musik und Tanz und Menschen aus allen Teilen der Havenwind-Inseln. Vielleicht sah ich sogar ein Schiff! Ich hatte mal eins gesehen. Und obwohl die

Menschen hier sie fürchteten, sehnte ich mich immer noch nach Nachrichten von einem Zuhause weit weg an einem Ort voller Bäume und dem Geruch von Zimt - ein Ort, von dem ich immer noch die meisten Nächte träumte. Dies hier war mein neues Zuhause, aber dieser Ort bedeutete mir immer noch etwas.

"Du musst die Muschelketten verkaufen, die du den ganzen Sommer über gemacht hast, und neues Material kaufen", sagte meine Mutter. "Und dein Vater hat zugestimmt, Heron dorthin zu bringen, damit er seine Ausbildung fortsetzen kann."

"Er geht?" Mein Blick schoss zu Heron, der mit zwei anderen Jungen aus dem Dorf scherzte. Seine Augen funkelten im Feuerschein, als er zu mir herüberblickte. Ich spürte, wie ich errötete und drehte mich wieder zu meiner Mutter um.

Meine Mutter lächelte freundlich und antwortete schulterzuckend. "Der alte Dapnee hat keine Arbeit für einen weiteren Schmied und Herons Lehrzeit ist fast vorbei. Er wird bald gehen müssen."

Warum fühlte sich der Wind plötzlich kalt an? Ich fröstelte, schlang meine Arme um mich und warf noch einmal einen Blick auf Heron, der die anderen Jungen überragte und dessen dicke Muskeln im Feuerschein glänzten. Er ging nach Abergande und ich blieb hier. Mit wem würde ich jetzt scherzen? Wer würde mit mir am Strand Muscheln sammeln? Wer würde mir helfen, Drachenjungen zu verstecken?

Ich kaute auf der Innenseite meiner Wange.

Meine Mutter nahm mich am Arm.

"Mach dir keine Sorgen, Seleska. Genieße den Rest des Festes. Du kannst deinem Freund nachtrauern, wenn er weg ist."

Ich lächelte, aber glücklich war ich nicht. Ohne Heron wäre das Dorf öde und leer.

"Ich glaube, ich gehe ein bisschen spazieren", sagte ich und rutschte von der Bank.

"Sieh nur zu, dass du innerhalb einer Stunde im Bett bist", erinnerte mich meine Mutter. "Morgen wird ein langer Reisetag!"

Ich nickte und lächelte sie immer noch beruhigend an, aber meine Augen waren glasig. Wollte Heron wirklich gehen?

Ich schlich mich durch die Nacht und meine Füße trugen mich fast ohne nachzudenken zur Schmiede. Wir hatten Nasataa dort versteckt, und eigentlich sollte jemand nach ihm sehen. Ich nahm ein großes Stück Obst in die Hand und schnappte mir einen Holzbecher mit Wasser und ein Stück Fisch und flehte innerlich, dass mich niemand bemerkte.

Ich wischte mir die Tränen aus dem Gesicht und schlich mich in das kleine Gebäude. Was hatte Heron sich nur dabei gedacht? Mich zu verlassen, ohne auch nur ein Wort darüber zu verlieren!

Die Glut im Hochofen war immer noch heiß. Ich schlich mich zu Nasataas Versteck dahinter. Seine kleine Brust hob und senkte sich, während er an das heiße Metall gekuschelt schlief.

Es ging ihm gut. Und er war immer noch hier. Ich griff in meine Gürteltasche und holte die Fisch- und Obstreste heraus, die ich mitgebracht hatte, und legte sie vor seine schnarchende Schnauze. Ich stellte den Becher mit Wasser daneben. Wenn er aufwachte, würde er hungrig sein. Und einsam. Ich musste dafür sorgen, dass ich morgen früh als Erste hier war, um ihn zu holen. Ich musste einen Weg finden, ihn irgendwie bei mir zu verstecken.

"Seleska?" Herons kehliges Flüstern durchbrach den ruhigen Moment und ich wischte mir hastig die letzte Träne weg.

"Ja?" Ich antwortete und versuchte, nicht verletzt zu klingen. Er hätte es mir sagen sollen.

"Ich wollte dir sagen, dass ich gehe."

"Und was? Ist dir die Zunge herausgefallen?"

Ich konnte ihn kaum sehen, weil nur die Glut der Schmiede den Raum erhellte. Er war kaum mehr als ein Schatten, aber seine Stimme war heiser und gefühlvoll.

"Es ist mir so schwergefallen, es zu sagen."

"Wie lange weißt du es schon?"

"Monate, denke ich."

Seit Monaten! Er wusste es seit Monaten!

Das Schweigen zwischen uns zog sich in die Länge, bis er es schließlich wieder brach, diesmal mit einem sanfteren Ton in der Stimme.

"Vielleicht solltest du den kleinen Kerl freilassen. Du kannst ihn morgen nicht mitnehmen."

Er hatte wahrscheinlich recht. Aber was, wenn er nicht auf sich selbst aufpassen konnte? Was, wenn er einfach am Strand herumirrte und sich verirrte oder verhungerte? Was, wenn er dachte, dass ihn niemand liebte? Was, wenn er sich verlassen fühlte? Als wäre er von seinem einzigen Freund einfach abserviert worden, um Abenteuer zu erleben? Mein Herz sank mir in der Brust und mein Atem ging schwer.

"Er ist frei. Er hat sich entschieden, bei mir zu bleiben."

Ich würde morgen mit ihm zum Strand gehen und sehen, ob er gehen wollte, aber wenn nicht, würde ich ihn nicht im Stich lassen. Ich fand schon einen Weg, ihn bei mir zu verstecken. Und so schwer war er auch nicht. Ich würde ihn einfach mit mir nach Abergande tragen müssen. Ichwar nicht diejenige, die ihre Freunde ohne Vorwarnung im Stich ließ.

"Es tut mir leid, dass ich es dir nicht gesagt habe", sagte Heron niedergeschlagen.

"Mir tut es auch leid, dass du es nicht gesagt hast", sagte ich und streichelte Nasataa sanft über seinen schlafenden Kopf, bevor ich aufstand und an Heron vorbei zur Tür ging. Ich öffnete sie und versuchte zu überlegen, wie ich den Schmerz in meinem Herzen am besten ausdrücken konnte. "Ich wünschte, du hättest mir genug vertraut, um es mir zu sagen."

Ich hörte, wie Heron der Atem in der Kehle stockte, aber ich wollte nicht auf seine Antwort warten. Es war alles einfach zu schmerzhaft und emotional. Ich brauchte etwas Schlaf und Zeit, um meine Gefühle zu verarbeiten. Ich schlüpfte in die samtene Nacht und folgte dem Kerzenschein in den Fenstern der Hütte meiner Familie.

4

"Halt still!" zischte ich Nasataa an.

Der kleine Drache bewegte sich viel zu viel. Und er wurde von Kilometer zu Kilometer schwerer. Die einzige Möglichkeit, von unserem kleinen Dorf in die Stadt Abergande zu gelangen, war zu Fuß. Alle Pferde des Dorfes – also die beiden Pferde von Jamrie und Esconse - waren damit beschäftigt, Zuckerrohr zu transportieren, und der Esel war mit der Ernte der Zuckeräpfel beschäftigt. Also liefen wir.

Der Weg verlief knapp innerhalb der Baumgrenze entlang des Strandes und bot den Reisenden Schatten und Schutz, und doch konnten wir ihm leicht folgen, da wir uns am Meer orientieren konnten. An jedem anderen Tag wäre ich in die Schönheit des Weges vertieft gewesen – wie die bunten Blumen von den Ranken hingen und die Luft mit Düften erfüllten, wie die Wellen des Ozeans an die Küste schlugen, meinen Geist einlullten und mein Herz höher schlagen ließen, und wie die sanfte Brise nach Salz roch.

Heute war ich zu abgelenkt.

Ich hatte Nasataa in meine Tasche mit Muschelketten und Armbändern gesteckt, nachdem er sich geweigert hatte, ins Meer.

"Bitte", hatte ich gefleht. "Bei anderen Drachen ist es sicherer für dich!"

Aber er war meinen Arm hochgeklettert, hatte seine Krallen in meine Schulter gegraben und sich geweigert, sich zu rühren. Und seine riesigen Augen waren so süß, dass sie mein Herz zum Schmelzen brachten. Wie hätte ich zu diesen Augen nein sagen können?

Die Muschelketten die ich dabeihatte, wollte ich in Abergande verkaufen. Niemand würde meine Tasche weiter beachten und bemerken, dass sie schwerer war, als sie sein sollte, also war es ein narrensicherer Plan. Zumindest hatte es so ausgesehen, als ich das Drachenjunge am Morgen in die Tasche gesteckt hatte. Jetzt, Stunden später, wurde die Tasche von Stunde zu Stunde schwerer und Nasataa wollte einfach nicht stillhalten!

Ich schnaufte, rückte die Tasche zurecht und knickte fast am Absatz meiner Stiefel um. Hübsch waren sie. Aber praktisch waren sie nicht.

"Wenn wir in Abergande ankommen, habe ich im Tanzenden Delfin etwas zu erledigen", sagte mein Vater. Er hatte den ganzen Morgen geschwiegen und schien die Spannungen zwischen mir und Heron nicht zu bemerken. "Ich gehe davon aus, dass du den Markt finden und den Verkauf deiner Muscheln abwickeln kannst?"

"Natürlich", sagte ich mit einem Lächeln.

Ausgezeichnet! Ich konnte frei durch die Stadt streifen, ohne beaufsichtigt zu werden. Ich konnte meine Muschelketten verkaufen und mir alles kaufen, was ich brauchte. Ich konnte es kaum erwarten! Ich hatte noch nie die Gelegenheit gehabt, Abergande auf eigene Faust zu durchstreifen! Außerdem konnte ich Nasataa füttern und ihn rauslassen, damit er tun konnte, was kleine Drachen eben so taten, ohne dass neugierige Augen ihn beobachten.

"Wir nehmen uns dort ein Zimmer, also komm zu mir, wenn du fertig bist", sagte mein Vater. Er zog einen Handkarren, mit dem er seine Waren zum Markt transportierte. Meistens verkaufte er Fische, aber er stellte auch Musikinstrumente aus Schilfrohr her, und diese Instrumente hatte er heute dabei. Wenn wir Glück hatten, erzielten wir beide gute Preise und hatten genug, um uns mit dem Nötigsten einzudecken, das unser Dorf nicht herstellen konnte.

"Ich kann mit dir zum Markt gehen", schlug Heron vor und versuchte zu ignorieren, wie wütend ich auf ihn war. "Er liegt auf dem Weg zur Weißkopf-Schmiede, wo ich meine Lehre fortsetzen werde."

Diese Worte fühlten sich wie ein Brandzeichen auf meiner Haut an. Weißglühend und schmerzhaft. Ich blinzelte die Tränen weg und weigerte mich, ihn anzusehen. Er hatte es mir nicht gesagt. Alle anderen hatten es gewusst, aber mir hatte er nichts gesagt.

Herons Familie und Freunde verabschiedeten ihn mit Geschenken und Umarmungen. Seine Abreise war für keinen von ihnen eine Überraschung.

Ich zog mich hinter dem Wagen meines Vaters zurück und ignorierte ihn. Es tat zu sehr weh, mit ihm zu reden. Es tat weh, weil ich wusste, dass dies meine letzte Chance war und es so viel zu sagen gab, aber meine Zunge wollte die Worte einfach nicht formen. Stattdessen griff ich in meine Tasche und streichelte Nasataas Kopf mit einem Finger. Er biss zu, ich zuckte zusammen und sah mich schnell um, um sicherzugehen, dass es niemand gesehen hatte.

"Seleska", flüsterte Heron und fiel zu mir zurück. "Bitte sei nicht sauer."

"Ich bin nicht sauer", murmelte ich. Ich rückte meine Tasche zurecht und schob Nasataas Schnauze heimlich zurück.

"Ich werde alle paar Monate nach Hause kommen und euch alle besuchen."

Monate!

Er seufzte. "Was sollte ich denn tun? Aufhören, als Schmied zu arbeiten? Ich habe dieses Handwerk jahrelang gelernt, ich kann gar nichts anderes!"

"Natürlich nicht."

"Was hast du denn gedacht? Dachtest du, ich würde immer in unserem Dorf bleiben?"

"Nein."

"Was dann?"

Ich stolperte über eine Wurzel und er fing meinen Arm auf und stabilisierte mich. Meine Augen waren zu verheult, um den Weg richtig erkennen zu können.

"Ich denke", sagte ich und versuchte mein Gleichgewicht wiederzufinden. "Ich denke, ich habe einfach gehofft, dass du mich mitnimmst, wenn du auf ein Abenteuer gehst. Ich schniefte und wischte mir über die Augen. "Aber ich denke, ich muss mir meine eigenen Abenteuer suchen. Und ich werde sie selbst erleben müssen."

Ich tätschelte meine Tasche, wo Nasataa an meiner Hüfte schnüffelte. Vielleicht hatte ich einen neuen Freund, mit dem ich auf Abenteuer gehen konnte. Vielleicht blieb er bei mir.

"Hab dich nicht so, Seleska", sagte Heron und hob mein Kinn mit einem Finger an, damit ich ihn ansah. "Ich werde zurückkommen. Eines Tages werden wir Abenteuer erleben."

"Sicher", sagte ich. Aber ich wusste, dass es ein dummes Versprechen war. Er würde in Abergande andere Freunde finden. Er würde seine ganz eigenen Abenteuer erleben. Und ich würde in unserem kleinen Dorf leben, Muschelketten herstellen und mich den Rest meines Lebens nach mehr sehnen.

Oder vielleicht auch nicht. Vielleicht würden Nasataa und ich ins Wasser tauchen und herausfinden, wer oder was genau dort für mich sang.

Und mit diesem Gedanken begann das Lied wieder, lauter als je zuvor, und zog mich zum Wasser.

5

Abergande raubte mir wie bei jedem Besuch den Atem.

Wir bogen von unserem Pfad in die kleine Bucht am Meer und ich konnte mich kaum sattsehen. Wohnhäuser, Gaststätten, Tavernen und Läden standen dicht beieinander. Sie standen auf hohen Holzpfählen, um sie vor Stürmen und Überschwemmungen zu schützen und um die kriechenden und wuselnden Kreaturen in diesem Teil der Insel fernzuhalten. Holzstege schlängelten sich von einem Gebäude zum nächsten und dienten als Straßen für die Händler und Bürger der Stadt. Ein Schrei meines Vaters riss mich aus meinen Gedanken.

Es gab nur wenig, das Renny aufregen konnte. Ich folgte seinem Blick zu einem Schiff mit weißen Segeln, das im tieferen Wasser der Bucht lag, und auch mir stockte der Atem. Ein Schiff? Hier?

Jeder wusste, dass die Havenwind-Inseln keine Schiffe aufnahmen Jeder wusste, dass wir keine Fremden aufnahmen - obwohl ich vor zehn Jahren aufgenommen worden war, das Waisenkind, das von Feinden, die es nicht kannte, bis an die Küsten dieser Inseln gejagt worden war.

Aber das hier war anders. Das war ein richtiges, großes Schiff. Das war höchst ungewöhnlich.

Ich hatte kein Schiff mehr gesehen, seit ich ein kleines Kind war, und die schiere Größe des Schiffes - selbst aus der

Distanz - raubte mir den Atem. Unser ganzes Dorf könnte auf diesem Schiff leben.

Mein Vater und Heron erstarrten beide und tauschten verwirrte Blicke aus.

"Es ist nur ein Schiff", sagte Heron.

Mein Vater schüttelte den Kopf und schürzte besorgt die Lippen, aber er sagte nichts weiter, und so folgten wir weiter dem Weg in die Stadt.

"Sei vorsichtig auf dem Markt", sagte er leise zu mir, als wir das Gasthaus erreichten. "Lass dir nicht zu viel Zeit, ich will mir keine Sorgen machen."

"Ich werde vorsichtig sein", versicherte ich ihm.

Ich folgte Heron vorsichtig über die Promenade zum Markt. Abergande war ein aufregender Ort. An einer Ecke führte ein Feuerwerfer seine Tricks vor und spuckte für ein paar Münzen Feuer in die Menge. Ich konnte mir im Vorbeigehen ein Lachen nicht verkneifen.

"Ich wette, du kannst ihn in der Schmiede gebrauchen!" scherzte ich zu Heron.

"Das Feuer ist nicht heiß genug", sagte Heron mit unruhiger Stimme.

"Geht es dir gut?"

"Ich bin nur nervös." Er lächelte mich verschmitzt an. "Ich habe noch nie außerhalb unseres Dorfes gelebt. Ich kenne hier niemanden. Ich werde meine Familie und meine Freunde vermissen."

"Du kannst ruhig bleiben", sagte ich, warf einer lächelnden Frau am Obststand eine Münze zu und schnappte mir zwei Mangos. Ich steckte eine in meine Tasche, in der Hoffnung, dass sie Nasataa ruhigstellte, und biss in die andere. Wie würde es wohl sein, auf einer Insel ohne Mangos zu leben? Angeblich gab es auf einigen Inseln keine Mangos. Das Essen dort musste sehr fade sein.

"Ich kann nicht, Seleska", sagte er, blieb stehen und nahm meine beiden Hände so plötzlich in seine, dass ich dachte, er sagte gleich etwas Wichtiges. Er biss sich auf die Lippe, sein Blick war plötzlich nervös. Er brachte kein Wort heraus.

Ein großer, stämmiger Mann trat aus der Menge hervor und grinste. Er war einen Kopf größer als alle anderen Umstehenden außer Heron und seine Schultern waren noch breiter. Sein ungepflegtes Gesicht glänzte vor Schweiß und er klopfte Heron auf die Schulter, dass es ihn beinahe umwarf.

"Da bist du ja, Lehrling! Ausgezeichnet! Dann wollen wir mal sehen, wie du zurechtkommst. Ich bin sehr froh, dass ich Hilfe bekomme. Das Schiff ist heute Morgen angekommen und mit ihm Aufträge für alle möglichen Reparaturen, die sie an Bord nicht erledigen können."

"Ist das erlaubt?" fragte ich. "Ich dachte, Schiffe dürfen nicht an die Havenwind-Inseln anlegen."

Er schnaubte. "Erlaubt oder nicht, das kann ich nicht sagen, aber ich weise keine Geschäfte ab. Verabschiede dich von deiner Freundin, Heron, und lass uns an die Arbeit gehen!"

Heron beugte sich zu mir, küsste mich so schnell auf die Wange, dass es mir den Atem raubte, und dann verschwand er mit einem letzten Lächeln hinter dem Schmiedemeister durch die Menschenmenge.

Ich weinte nicht. Wirklich nicht. Ich hatte nur Staub in meinen Augen. Das passierte eben, wenn man auf der Straße unterwegs war.

Ich brauchte einen Moment, um mich zu sammeln. Heron hatte seine Entscheidung getroffen. Das war sein gutes Recht. Ich hatte nicht vor, an ihm zu hängen wie eine Klette. Außerdem warteten meine eigenen Abenteuer auf mich. Ich musste nur noch herausfinden, welche.

In meinem Kopf entstand ein Bild von Nasataa und mir, wie wir unter den Wellen zu einer Schatztruhe schwammen. Woher stammte das? Ich hatte das seltsame Gefühl, dass der Gedanke gar nicht von mir kam.

Ich keuchte und ein erfreutes Lächeln breitete sich auf meinem Gesicht aus. Das war Nasataa! Hatte er mir dieses Bild in den Kopf gesetzt?

War das normal für Drachen?

Mit einem Lächeln schritt ich die Uferpromenade entlang zu dem kleinen Schmuckstand, der immer meine Waren kaufte - Lady Zadar.

"Noch mehr Halsketten für mich, Seleska?", fragte sie lächelnd, und richtete das bunte Kleid zurecht, das sie immer trug.

"Natürlich, Lady Zadar!" sagte ich, griff nach den Muschelketten in meiner Tasche und ließ dabei höchste Vorsicht walten, um Nasataa nicht zu verärgern. Ein winziger Kniff in meine Hand ließ mich zusammenzucken, aber ich versuchte, es mir nicht anmerken zu lassen, und ehe ich mich versah, waren alle Arbeiten der letzten zwei Monate auf dem Tisch verteilt und Lady Zadar zählte und bewertete und rechnete aus, was sie zu zahlen bereit war.

Von etwas weiter oben auf der Promenade, wo drei Straßen zu einem Platz zusammenliefen, tönte Jubel. Mein Blick schweifte zu einer Menschenmenge, die sich dort versammelt hatte. Ich konnte grob verstehen, was sie sagten. Jemand in einem weißen, wogenden Hemd und engen Hosen stand auf der Bank in der Mitte des Platzes und gestikulierte wild beim Sprechen.

"Wer ist das?" fragte ich Lady Zadar.

Mit blassem Gesicht antwortete sie. "Heute Morgen hat ein Schiff angelegt. Das ist der Anführer der Leute, die an Land gekommen sind."

Ich spürte, wie sich etwas an meiner Seite bewegte.

"Warum macht er so einen Aufstand auf dem Platz? Wissen die Ältesten, dass er das tut?" fragte ich, aber bevor sie antworten konnte, hörte ich meinen Namen von der Promenade her.

"Seleska!" Mein Vater rannte auf mich zu, die Augen vor Schreck weit aufgerissen. Ich sah mich um. Was war los? Niemand war hinter ihm her.

Oh nein! Nasataa lief die Uferpromenade entlang.

Ich ließ meine Waren zurück und rannte ihm hinterher. Er befand sich am Rande der Menge und ich musste mich zwischen den Leuten hindurchquetschen, um ihn durch ihre Reihen zu verfolgen.

"Nasataa!" rief ich leise und versuchte, keine Aufmerksamkeit zu erregen, während ich mich zwischen die Leute in der Menge zwängte. Niemand hatte ihn bisher bemerkt - was für eine Erleichterung! Aber ich fühlte mich schlecht, weil ich den Ruf meines Vaters ignoriert hatte.

"Seleska!" Er klang besorgt.

Da war er! Der kleine Schlingel war auf ein Fass geklettert und hatte sich auf die Hinterbeine gestellt. Wieso hatte ihn noch niemand bemerkt? Ich packte ihn schnell, kämpfte gegen seine bockenden Tritte an und stopfte ihn zurück in die Tasche und zurrte die Lederriemen fest. Wenn er herumlaufen wollte, konnte er das gerne tun - irgendwo an einem einsamen Strand. Hier würde ihn jemand schnappen und wahrscheinlich töten.

"Bleib da drin!" zischte ich. Er brachte uns noch beide in Schwierigkeiten.

"Seleska!"

Ich drehte mich um und suchte nach meinem Vater, jetzt, da ich den Drachen wieder unter Kontrolle gebracht hatte, aber noch bevor ich etwas rufen konnte, zog mich etwas an meinen langen Haaren nach hinten.

"Aua!" rief ich und stolperte zurück. Dann packte mich jemand am Arm, wirbelte mich herum und zerrte mich in Richtung des Platzes. Ich klammerte mich an meine Tasche. War Nasataa da drin in Ordnung?

Ich sah ein Bild im Kopf, wie der kleine Drache unverletzt, aber gereizt an den Seiten meiner Ledertasche Feuer spie.

Die Hände schoben mich immer weiter nach vorne und ich konnte meinen Vater immer noch in der Ferne schreien hören.

"Das ist sie - die Fremde, die vor Jahren hierhergekommen ist!", rief jemand in der Menge.

"Wa...", begann ich, aber weitere Hände, die mich nach vorne schoben, unterbrachen mich.

"Wenn ihr ihretwegen gekommen seid, nehmt sie und verschwindet!"

"Entschuldigung", versuchte ich es erneut. "Ich gehe nirgendwo hin!"

Ich erkannte die Gesichter nicht. Es waren keine Leute aus meinem Dorf. Woher kannten sie mich? Warum drängten sie mich zu den grimmig dreinblickenden Fremden?

Einer der Fremden packte mich am Arm. Ich wehrte mich gegen seinen Griff, aber er schien es nicht einmal zu bemerken.

Der Anführer der Gruppe sprang von seiner Bank herunter. Sein Gesicht war von der Sonne gebräunt, aber er hatte eine helle Hautfarbe als die Inselbewohner - genau wie ich. Und unter der Narbe, die von der Augenbraue bis zum Kinn verlief, sah er mich triumphierend an.

"Perfekt. Wir werden sie mitnehmen."

6

"Ihr könnt sie nicht mitnehmen!", brüllte mein Vater und stürmte durch die Menge.

Mir wurde schlecht. Diese Typen wollten mich entführen, mein Vater brachte sich für mich in Gefahr und wenn nun auch noch jemand den Drachen fand, wäre die Katastrophe perfekt!

"Ich fürchte, da liegst du falsch", sagte der Anführer. "Das ist Prinzessin Seleska von Tambrel und sie kommt mit uns."

"Ich fürchte, du irrst dich", sagte mein Vater. "Das ist meine Tochter. Und sie heißt Palaia. Sie wird nirgendwo hingehen."

Mit entschlossenem Blick verschränkte er die Arme vor der Brust. Er wusste ganz genau, dass ich einmal eine Prinzessin gewesen war. Aber das bedeutete nicht, dass das irgendjemand anderen etwas anging.

Ich biss mir auf die Lippe und sah mich um. Die Menge zog sich zurück. Niemand stellte sich auf die Seite meines Vaters. Und es waren acht dieser Seemänner in weiten weißen Hemden. Sechs stämmige Männer und zwei Frauen mit tätowierten Armen und wettergegerbten Gesichtern. Sie alle machten den Eindruck, als wären sie mit allen Wassern gewaschen.

Und alle waren sie bewaffnet.

"Es ist gut, Renny", sagte ich mit leiser Stimme. Ich wollte nicht, dass er verletzt wurde. Diese Typen konnten ihn töten. Und das hätte meiner Mutter das Herz gebrochen. Sie war bereits sehr traurig über den Verlust ihrer einzigen Tochter gewesen, kurz bevor sie mich adoptiert hatten. Jetzt meinen Vater zu verlieren, wäre zu viel für sie. "Ich komme schon klar."

"Was habt ihr mit ihr vor?", fragte mein Vater mit belegter Stimme.

"Nun", sagte der hellhaarige Mann, "für den Anfang wollen wir sicherstellen, dass wir mit ihr richtig liegen. Bringt das Fass hierher!"

Zwei der Seemänner schnappten sich eine der Regentonnen von der Uferpromenade und zogen sie zu uns. Was hatten sie damit vor?

"Ihr müsst erst an mir vorbei!" schrie mein Vater und stürzte sich nach vorne. Er musste verrückt geworden sein.

Ich liebte ihn dafür, auch wenn es mir im Herzen wehtat, als einer der Seemänner ihm eine Faust in den Bauch rammte und ein anderer ihm auf den Kopf schlug.

"Papa!" Ich keuchte. Ich nannte meinen Vater fast nie so, aber mitanzusehen, wie er zusammengeschlagen wurde, ließ es mich über die Lippen bringen.

Er stolperte nach vorne und ein dritter Seemann fing ihn auf, packte seinen Arm und drehte ihn hinter seinem Rücken um.

"Warum siehst du uns nicht einfach zu, hmm? Vielleicht lernst du etwas", lachte der Seemann.

Diejenigen, die mich festhielten, schoben mich mit einem Ruck nach vorne zum Fass. Was wollten sie tun, mich baden? Die Menge um uns herum schwieg. Keiner kam hinzu, um meinem Vater zu helfen. Keiner hatte ein Wort gesagt.

Sie waren alle stille Zuschauer und warteten darauf, was passierte. Wie würden sie sich fühlen, wenn ich ihre Tochter, Schwester oder Freundin wäre? Wären sie immer noch so schweigsam?

"Lasst meinen Vater in Ruhe!" forderte ich, aber niemand würdigte mich auch nur eines Blickes.

"Gleich wissen wir es", sagte der Anführer und sie schoben mich an den Rand des Fasses und lehnten mich über das Wasser. "Hoffe, dass wir Recht haben und dass du wirklich Prinzessin Seleska bist. Sonst ersäufst du gleich."

Ich schrie, doch merkte rasch, dass ich mir den Atem wohl besser sparen sollte. Ich atmete so tief ein, wie ich konnte, bevor eine starke Hand meinen Kopf unter die Oberfläche drückte und mich dort festhielt. Wie wild schlug ich an die Wand des Fasses.

Panik verdrängte alles andere aus meinem Kopf. Was wollten sie damit beweisen? Dass sie mich vor allen Leuten ertränken konnten? Nun, das konnten sie! Schön für sie! Sie waren größer und stärker und oh - Himmel und Sterne!

Meine Lunge brannte und flehte mich an, Luft zu holen. Hinter meinen geschlossenen Augenlidern sah ich rot. Bitte, bitte lass mich raus!

Ich wehrte mich heftig, doch ich wurde immer schwächer. Ich wand mich und ruckte, aber in meinem Kopf drehte sich alles und mir wurde schwarz vor Augen.

Ich war dabei zu sterben.

Der Schmerz war zu groß. Ich konnte mich nicht mehr wehren.

Ein Bild tauchte in meinem Geist auf, ich schwamm neben Nasataa tief unter den Wellen, fast so, als flehte der kleine Drache mich an, loszulassen und einfach das Wasser zu atmen.

Wenn ich das nur tun könnte! Aber das war Wahnsinn.

Ich wurde immer panischer, denn der Schmerz war jetzt so stark und die Sehnsucht nach Sauerstoff so verzehrend, dass die Gedanken aus meinem Kopf verschwanden. Ich war dabei zu sterben.

Ich konnte mich nicht mehr zurückhalten.

Ich atmete einen großen Schluck Wasser ein.

Die Schwärze wich und der Schmerz ließ nach.

Oha. Was? Atmete ich wirklich Wasser? Ich riss die Augen auf.

Nasataa hatte gewusst, dass ich das konnte. Woher?

Bevor ich weiter nachdenken konnte, zogen mich starke Hände aus dem Fass, zerrten an meinem Arm und zogen mich hoch.

Um mich herum keuchte die Menge. Wie lange hatte er mich unter Wasser gehalten? Lange genug, dass die Leute mich für tot gehalten hatten. Ich suchte das Gesicht meines Vaters in der Menge. Er wurde immer noch von den Seemännern festgehalten, aber das Entsetzen in seinem Gesicht war das gleiche wie bei allen anderen. Auch er hatte nichts davon gewusst.

"Wie wir vermutet haben", sagte der Anführer. "Sie hat die Fähigkeit ihrer Familie. Du kommst mit uns, Prinzessin."

"Ich bin keine Prinzessin", sagte ich und trat mit meinem metallbeschlagenen Stiefel so fest ich konnte gegen das Schienbein des Mannes, der mich festhielt.

Warum war mir das nicht schon früher eingefallen?

Er schrie vor Schmerz auf und ich sprang zurück, kletterte mit einer schnellen Bewegung über das Geländer der Promenade und sprang ins Meer.

Wenn sie mich wollten, sollten sie besser auch unter Wasser atmen können.

7

Ich tauchte immer tiefer in das trübe Wasser vor der Strandpromenade. Hier gab es wirklich nicht viel zu sehen. Seegras wuchs hie und da um die Stützen der Promenade und Schwärme kleiner Köderfische schwammen aus den Schatten heraus. Steinhaufen beherbergten Krebse und andere Krustentiere, und rostige Metallhaken, Tonscherben und verrottende Taue lagen kreuz und quer über dem Meeresgrund.

Toll! Mein erstes Mal unter Wasser und ich schwamm durch diesen Müllhaufen. Ich zitterte. Das war so seltsam! Erstaunlich und aufregend, aber seltsam.

Ich wollte zurückgehen und Renny retten, aber war ich nicht der Grund dafür, dass sie ihn festhielten? Vielleicht ließen sie ihn gehen, wenn ich verschwand?

Ich schwamm von Abergande weg, wobei diese Pfennigabsätze überhaupt nicht hilfreich waren. Gut, dass ich unter Wasser atmen konnte, denn ich war mir ziemlich sicher, dass ich mich nicht hoch genug abstoßen konnte, um Luft zu holen!

Ich hörte ein Platschen und dann tauchte ein Körper hinter mir ins Wasser.

Ich wirbelte herum und sah, wie der Seemann, der mich zuvor gepackt hatte, in meine Richtung tauchte.

Oh nein! Wenn er mich zu fassen bekam, spielte es keine Rolle, wie gut ich unter Wasser atmen konnte. Er war immer noch viel stärker! Ich musste irgendwo hin, wo er mich nicht so leicht herausfischen konnte. Aber wohin? Ich musste irgendwo hin, wo es tief war - zu tief, um mir zu folgen. Aber wo sollte das sein?

Eine Melodie erfüllte meinen Geist und verdrängte meine Gedanken.

Tiefer, tiefer, tiefer, schien die wortlose Melodie zu sagen und ich wirbelte herum.

Mühsam zog ich meine Stiefel mit den hohen Absätzen aus. Ich konnte sie nicht anbehalten - nicht, wenn ich schwimmen musste, um diesen Männern zu entkommen - aber ich hasste es, sie zurückzulassen, nachdem Heron sich so viel Mühe gemacht hatte, sie für mich anzufertigen.

Ich beugte mich hinunter, schnappte sie mir und löste den Lederriemen meiner Tasche, um sie hineinzustecken.

In dem Moment sprang Nasataa aus der Tasche und schoss durch das Wasser vorwärts.

Oh nein! Ich hatte mich gar nicht gefragt, ob er unter Wasser atmen konnte. War er in Ordnung?

Das schien er zu sein. Er schoss aus dem Sack wie ein Blitz aus dem Himmel, aber nicht an die Oberfläche. Stattdessen schoss er tiefer in Richtung des offenen Ozeans und hielt in Gedanken Kontakt zu mir.

Der Seemann tauchte wieder an die Oberfläche, da stürzte ein zweiter ins Meer. Ich musste fliehen. Und zwar schnell.

Ich spürte ein Ziehen an meiner Hand und blickte nach unten, um Nasataa zu sehen, der mit seinen kleinen Flügeln energisch im Wasser schlug.

Na gut, kleiner Mann. Ich folge dir.

Hoffentlich ging es Renny da oben gut. Hoffentlich verletzten sie ihn nicht.

Ich schwamm vorwärts durch das Wasser und folgte Nasataa. Jedes Mal, wenn ich über meine Schulter blickte, sah ich weitere Seemänner im Wasser. Sie verfolgten uns und der Abstand wurde immer geringer. Sie schwammen schneller als ich. Aber ich hatte einen Vorteil. Ich musste ihn nur nutzen.

Ich sank auf den Grund der Bucht. Das Wasser hier war klarer, die Pflanzen weniger und es lag weniger Müll herum. Ich schwamm, so schnell ich konnte, am Grund entlang. Ich war keine sehr schnelle Schwimmerin. Ich hatte nie mehr getan, als spaßhalber auf der Wasseroberfläche herumzudümpeln.

Schließlich fand ich meinen Rhythmus. Wenn Nasataa nur auf mich warten würde! Er war zu schnell unterwegs. Schwimmen fiel ihm leichter als mir laufen. Er hielt alle paar Sekunden an und wartete auf mich, aber nie lange genug, dass ich ihn einholen konnte. Er sollte ohne mich weiterschwimmen und nicht mehr auf mich warten. So wäre er sicherer. Er wäre unsere Verfolger leicht los.

Aber nein. In Gedanken teilte er mit mir eine Vorstellung von uns beiden, wie wir schwammen, und er größer und größer wurde, bis er so groß war wie Ramariri, der goldene Drache, der mir das Leben gerettet hatte. Wollte er, dass wir für immer zusammenblieben? War ihm klar, dass ich als Drachenmutter eine schreckliche Wahl war?

Aber das schien ihn nicht zu kümmern. Er hatte sich für mich entschieden - aus welchem Grund auch immer - und ich wollte ihn auf keinen Fall enttäuschen.

Die Seemänner waren noch zu weit weg, um mich einzuholen, aber sie holten schnell auf. Wie konnten sie mich einholen, wenn sie doch ständig nach Luft schnappen mussten?

Oh! Ein Stückchen weiter hinten sah ich den Rumpf eines kleinen Bootes im Wasser. Sie hatten einen erheblichen Vorteil!

Ich musste in die Tiefe, und zwar schnell. Aber zuerst musste ich nach meinem Vater sehen. Ich konnte nicht weglaufen, wenn er noch in Schwierigkeiten steckte.

Ich schwamm nach oben und brach durch die Wasseroberfläche an die Luft. Ich war überrascht, wie kalt sich mein Gesicht anfühlte und wie hell die Sonne schien.

"Da ist sie!", rief jemand vom nahen Boot aus. Von oberhalb der Wasseroberfläche wirkte es näher. Drei Körper sprangen vom Boot zurück ins Wasser. Ich hatte nur noch Sekunden, bevor sie mich erreichten. Verzweifelt blickte ich in Richtung der Stadt dahinter.

Da! Ich sah meinen Vater auf der Strandpromenade, der besorgt aufs Meer hinausblickte. Hinter ihm standen der Schmied und Heron mit großen Hämmern in den Händen und auf der Promenade war kein einziger Seemann mehr zu sehen. Ich riskierte, ihm zuzuwinken - als Zeichen, dass es mir gut ging - und tauchte dann wieder unter die Wellen.

Die Seemänner waren nur hinter mir her. Er sollte vor ihnen sicher sein, solange ich sie ablenkte.

Ich atmete gerade erleichtert auf, da spürte ich ein Ziehen am Fuß.

8

Sie hatten mich!

Ich keuchte und schüttelte mich heftig. Die Melodie des Meeres erfüllte meine Ohren erneut, als mein Kopf in die Wellen eintauchte.

Etwas Schnelles schoss an mir vorbei und ich krümmte meinen Körper und versuchte, die Hand an meinem Fuß abzuschütteln. Ein Seemann hielt mich mit grimmigen Blick und zusammengebissenen Zähnen fest. Blasen stiegen aus seinem Mund auf, hoffentlich ging ihm bald die Luft aus.

Ein kleiner Flammenstoß traf ihn mitten ins Gesicht. Nasataa! Er konnte unter Wasser Feuer speien! War das Magie?

Ich hatte keine Zeit, schockiert oder gar erfreut zu sein.

Ich trat mit meinem freien Fuß aus und versetzte dem Seemann einen ordentlichen Tritt gegen die Nase. Er ließ nicht los, also drückte ich mit meinen Zehen gegen seine Augen. Sein Griff um meinen Fuß wurde schwächer und verlagerte sich auf meine Reithose. Schnell griff ich nach den Bändern meiner Hose und löste sie, stieß mich von ihr ab und schwamm davon. Ohne den Stoff, der von meinen Beinen hing, war ich schneller, aber nur in meinen Unterhosen, meiner Bluse und meinem Lederkorsett, fühlte ich mich verletzlicher.

Auch wenn ich nun schneller war, konnte ich mit Nasataa nicht mithalten. Er tauchte in Richtung des sandigen

Meeresbodens und es kam mir fast so vor, als folgte er dem Gesang des Meeres, den auch ich hörte. Der Untergrund wurde immer felsiger. Wir folgten der Küstenlinie der Insel in Richtung Norden von Abergande - ein Ort, den ich auch über Wasser noch nie gesehen hatte.

Das Gestein hier sah porös aus - riesige Krater und kleinere Löcher säumten die Felsen, die sich entlang des Ufers auftürmten. Wie faszinierend!

Ich warf einen Blick zurück. Das Boot war genau über mir. Einer der Seemänner stieß zu ihm hinauf, aber der nächste tauchte bereits mit schweren Gewichten in seinen Armen herab.

Mein Herz pochte wie wild! Das war nicht richtig! Ich eilte Nasataa hinterher. Ich hoffte, dass er die richtige Richtung eingeschlagen hatte. Ich hoffte, dass wir beide dem Gesang des Meeres vertrauen konnten.

Obwohl er wortlos war, war ich mir sicher, dass er uns dorthin führte, wo der Sand hier zu einer felsigen Masse abfiel.

Leuchtende Meerespflanzen wogten in der Ruhe des Ozeans und unser Auftauchen schreckte Fische auf, die sich in Schwärmen hektisch davonmachten. Wir schwammen durch den ersten Schwarm gelber Fische und verloren unsere Verfolger aus den Augen, da sich das Wasser hinter uns mit gelben, blinkenden Körpern füllte.

Ich atmete erleichtert auf.

Wo war Nasataa? Ging es ihm gut?

Ich konnte ihn nirgends sehen.

Panisch drehte ich mich im Wasser und blickte in alle Richtungen. Wir waren zu einer schmalen Schlucht zwischen aufragenden Korallen und hellen Pflanzen hinabgestiegen. Ich erschauderte, als eine seidenweiche Pflanze mein nacktes Bein berührte. Ich glitt immer weiter durch die wogenden Wasserpflanzen hindurch und folgte dem Gesang des Meeres, der eindringlich in meinem Kopf sang.

Ich hatte ihn verloren.

Er war nur ein Kind und ich hatte ihn verloren.

Ich fühlte mich schlechter als auf den Docks, als die Seemänner meinen Vater ergriffen hatten. Schlimmer als damals, als Heron gesagt hatte, dass er uns verließ. Ein kleines Wesen hatte mich gebraucht und sich auf mich verlassen und ich hatte es verloren. Was, wenn er hier draußen ohne mich verhungerte? Was, wenn einer der Seemänner ihn geschnappt hatte? Was, wenn ein großer Fisch ihn gefressen hatte?

Ich drehte mich wieder und spähte zwischen den Wasserpflanzen hindurch, aber er war nirgends zu finden.

Mein Herz schlug schneller.

Und dann schoss ein kleiner blauer Kopf hinter einem Felsen hervor und ich lachte beinahe vor Erleichterung.

Er hatte eine Höhle gefunden! Ich schwamm auf ihn zu und Erleichterung erfüllte jede Pore meines Körpers. Es ging ihm gut! Er war hier und er war in Sicherheit!

Ich stürmte mit ihm in die Höhle und blickte nur kurz über meine Schulter, bevor ich ihm ins Innere folgte. Eine dunkle Gestalt bewegte sich durch die Menge der gelben Fische und die Blätter der wogenden Pflanzen. Einer meiner Verfolger war nicht weit hinter mir.

Es war beängstigend, durch die Dunkelheit zu schwimmen, ohne mehr als Schatten sehen zu können. Noch unheimlicher war es, wenn draußen Feinde waren. Die Öffnung war eng, und nur mit Mühe gelang es mir, mich hindurchzuzwängen. Trotzdem rissen die Korallen meine Beine und Hüften auf. Ich spürte Salzwasser auf meinen Wunden und biss die Zähne zusammen.

In dem schwachen, vom Wasser gefilterten Licht konnte ich das Innere der kleinen Höhle kaum erkennen. Es war weniger eine Höhle, sondern eher ein Tunnel. Ich folgte seinem Lauf, immer noch zu weit hinter Nasataa, um ihn einzuholen.

Er führte in eine breitere Höhle, die immer noch aus Korallen bestand und bis auf ein paar Krebse fast leer war. Ich hätte sie als feucht beschrieben, was unter Wasser freilich lächerlich war.

Könnte ich nicht unter Wasser Atmen, ich würde es nicht schaffen, rechtzeitig an die Oberfläche zu tauchen, um Luft zu holen. Solange ich hier blieb, war ich wahrscheinlich sicher. Aber ich war hungrig, durstig und müde und es gab nur einen Weg aus der Höhle - durch diesen engen Tunnel.

Angst erfasste mein Herz. Ich hatte es hier hineingeschafft, aber was, wenn ich nicht mehr herauskam? Ich konnte nicht ewig hier bleiben.

Ich kaute auf meiner Lippe, da kroch Nasataa in meine Arme und rollte sich zu einem Ball zusammen. Ich streichelte sanft seinen Kopf und seinen Rücken. Seine Schuppen fühlten sich unter Wasser noch glatter an und seine Flügel, Flossen und sein Schwanz fühlten sich so verletzlich an. Er war so schön und so verletzlich. Er brauchte jemanden, der sich um ihn kümmerte. Jemanden, der für diese Aufgabe besser geeignet war als ein verfolgtes Mädchen.

"Mach dir keine Sorgen, kleiner Freund", versuchte ich unter Wasser zu sagen, aber es kam nur undeutlich heraus. "Ich kümmere mich um dich."

Er wirkte nicht besorgt. Er war bereits in meinen Armen eingeschlafen.

Ich klammerte mich an ihn, besorgt um uns beide, bis das helle Wasser außerhalb der Höhle, das ich durch die Löcher im porösen Fels sehen konnte, immer dunkler wurde, sodass ich sicher war, dass es draußen Nacht sein musste.

Wie ging es weiter?

9

Schließlich schlief ich mit Nasataa in meinen Armen ein. Seine Wärme und sein sanfter, doch schneller Herzschlag erinnerten mich daran, dass ich nicht alleine war. Ich trug nun die Verantwortung für diesen kleinen Kerl.

Erschrocken fuhr ich inmitten der Dunkelheit hoch. Lange, unheimliche, bläuliche Lichtstrahlen fielen in die Höhle, aber sie waren schwach. Das musste der Mond sein. Ich blinzelte, im Meerwasser fühlte es sich seltsam an. Ich fror bis ins Mark - aber nicht so bitterlich, wie ich es erwartet hatte. Gehörte das zu dieser besonderen Fähigkeit, die ich hatte? Und, Himmel und Sterne, war ich durstig. Was für eine Ironie, so ganz umgeben von Wasser.

Behutsam ließ ich Nasataa von meinem Schoß herunter. Meine Verfolger mussten die Jagd aufgegeben haben. Jetzt musste es sicher sein, diese Höhle zu verlassen und meine Familie zu suchen.

Ich wollte alleine nachsehen und Nasataa erst holen, wenn ich sichergestellt hatte, dass die Luft rein war. Ich schlüpfte durch den felsigen Tunnel und steckte meinen Kopf heraus. Ein Lichtblitz ließ mich erschrocken zurückzucken.

Licht? Woher kam das?

Ich steckte meinen Kopf wieder aus dem Höhleneingang und keuchte.

Licht schimmerte von einer wasserdichten Laterne, die von der Seite eines Bootes herab im Wasser weit über mir hing. Ich war zu weit weg, sodass ich kaum Details erkennen konnte, aber im Schein der Laterne sprang ein Taucher ins Wasser und schwamm auf meine Höhle zu.

Ich sprang überrascht auf. Sie wussten, wo ich war! Sie hatten mich noch nicht erreicht, aber sie wussten es!

Der Taucher erstarrte. Er hatte mich gesehen! Er stürzte nach vorne und ich duckte mich zurück in den Tunnel und zurück in die größere Höhle dahinter. Die Angst schoss durch meine Adern und mein Herz hämmerte in meiner Brust.

Ich musste einen anderen Weg ins Freie finden.

Ich kletterte an den Rändern der Höhle entlang und suchte, aber trotz der vielen Löcher in den porösen Felsen, schien keines groß genug für mich zu sein.

Zitternd kehrte ich in die Mitte der Höhle zurück, wo ich Nasataa zurückgelassen hatte. Ich musste nur einen Moment innehalten und mich beruhigen, dann fiel mir schon ein Plan ein. Das wäre doch das Beste, oder?

Aber wo war Nasataa?

Der kleine Blaue Drache war nicht mehr da, wo ich ihn zurückgelassen hatte. Mit pochendem Herzen suchte ich nach ihm. Womöglich hatte er sich verirrt! Womöglich war er, wie ich zuvor, aus dem Tunnel direkt in die Arme unserer Verfolger geschwommen!

Ich konnte nicht zulassen, dass dem armen kleinen Kerl etwas zustieß. Er war doch noch so klein!

Ich versuchte, seinen Namen zu rufen, aber unter Wasser drang meine Stimme nicht weit. Ich suchte noch einmal den Tunnel ab. Hatte er sich an mir vorbeigemogelt, als all meine Gedanken dem Boot und dem Taucher gegolten hatten?

Wo war er? Hatte er sich verirrt? Verletzt?

Ich steckte meinen Kopf aus dem Tunnel und in das Meer dahinter. Ich musste einfach nachsehen. Erschrocken blickte ich in die Augen des Mannes, der mich auf der Promenade gepackt hatte. Seine Haare wirbelten im dunklen Wasser herum und er wirkte nicht minder überrascht. Ich stemmte mich mit den Füßen gegen den Felsen und versuchte mich aus seinem Griff zu befreien. Er war zu stark. Er kniff vor Anstrengung die Augen zusammen, aber dann ließ er mich mit panischem Blick los und strampelte hastig zur Oberfläche. Ihm musste die Luft ausgegangen sein.

Ich atmete erleichtert auf, aber ich hatte keine Zeit, mich über meine Flucht zu freuen. Zwei weitere Taucher waren bereits in meine Richtung unterwegs und vor dem Eingang war kein Zeichen des kleinen blauen Drachens zu sehen.

Frustriert tauchte ich zurück in die Höhle. Ich konnte nicht hinausgehen. Nicht ohne erwischt zu werden. Aber wo war Nasataa hin?

Ich suchte die größere Höhle nach ihm ab.

War dieser eine Felsen vorhin nicht an einer anderen Stelle gelegen? Mit einem letzten Funken Hoffnung schwamm ich auf die Stelle zu. Ja. Er war ein wenig heruntergekippt und offenbarte eine dunkle Lücke im Felsen, die genau die richtige Größe für einen frisch geschlüpften Drachen hatte.

Dorthin musste Nasataa verschwunden sein! Vorsichtig schob ich einen Felsen nach dem anderen zur Seite und vergrößerte die Lücke, um selbst hindurchzupassen.

Nach ein paar Minuten Arbeit gelangte ich in einen weiteren Tunnel, in dem rabenschwarze Finsternis herrschte.

Hatte ich denn eine andere Wahl, als mich in die Schwärze und Ungewissheit dieses Tunnels zu begeben?

Ein kleiner Drache war auf mich angewiesen und ich war die Einzige, die wusste, dass er da war. Ich konnte ihn nicht im Stich lassen. Ramariri hatte mich auch nicht im Stich gelassen.

Außerdem war der Gesang des Meeres hier deutlicher zu hören, als wollte er, dass ich ihm folgte.

Mit einem tiefen Atemzug beruhigte ich mich und stieß vorwärts in die dunkle Höhle.

10

Gestern Morgen hatte ich nicht damit gerechnet, mich heute in einer stockdunklen Höhle unter Wasser herumzutasten.

Aber so war nun mal das Leben. Unberechenbar. Und ich war doch immer hungrig auf Abenteuer gewesen. Mit dem Gedanken daran versuchte ich, die Sorge, die sich durch meine Wirbelsäule in mein Selbstvertrauen nagte, zu verdrängen.

Abenteuer.

Ich war eine Abenteurerin. Abenteurerinnen hören nicht auf, nur weil die Dinge ein bisschen beängstigend waren, oder? Gerade das machte doch ein Abenteuer überhaupt erst aus!

Ich tastete mich den Felstunnel entlang – um meinen Weg zu finden und in der Hoffnung, auf Nasataa zu stoßen. Vielleicht war ihm genauso kalt gewesen wie mir. Vielleicht war er deshalb in diesen Tunnel gegangen. Hier drinnen fühlte es sich tatsächlich wärmer an. Ich spürte eine warme Strömung und zitterte. Warum zitterte ich, wenn mir nicht mehr kalt war?

Ein sehr schwaches Leuchten umriss die Kanten der Felsen. Woher kam dieses Licht? Es war nicht der gelbe Schein der Laterne, mit der die Männer nach mir suchten. Und es war auch nicht das silberne Schimmern des Mondes durch das Wasser. Es war das satte Blau des Meeres an einem sonnigen Tag. Wie seltsam.

Ich schwamm näher und das Leuchten wurde stärker und schließlich leuchtete es taghell. Ich schwamm schneller und konnte weit genug sehen, um nicht mit dem Kopf an die Felsen zu stoßen, und wurde durch die Wärme des Wassers bestärkt.

Vor mir tat sich eine Öffnung auf, durch die das Licht drang. Ich schwamm darauf zu und hinein in eine weite Höhle mit flachem Boden und in der Mitte einem hellen Licht, das fast aussah, wie ein Brunnen. Seltsame Symbole waren in den Stein rundherum und in die Wände und die Decke, die sich über den Raum wölbten, gemeißelt. Der Tunnel, aus dem ich geklettert war, war der einzige Weg hinein.

Was war das für ein Ort?

Ein blauer Ball stürzte sich auf mich, ich fing ihn auf und er schleuderte mich gegen die Höhlenwand und der übermütige, kleine Drache liebkoste mich intensiv.

"Ich habe dich auch vermisst", versuchte ich unter dem Wasser zu sagen.

In Gedanken zeigte er mir, wie er alleine aufgewacht war und auf der Suche nach mir hierher gelangt war. Warum hatte ich nicht daran gedacht? Ich tat mein Bestes, um ihm in Gedanken meine Freude darüber zu vermitteln, dass ich ihn in Sicherheit gefunden hatte. Er drückte mich fester an seinen Hals. Es war mir anscheinend gelungen, mich in Gedanken auszudrücken! Ich musste nicht mehr versuchen, unter Wasser mit ihm zu reden. Wir hatten unsere eigene Art gefunden, zu kommunizieren.

Erleichtert, dass es ihm gut ging, streichelte ich ihm über seinen dünnen Hals, und untersuchte dann den leuchtenden Brunnen in der Mitte des Raumes. Zum Glück war Nasataa so neugierig, sonst hätten wir diesen Ort nicht gefunden.

Ich versuchte, einen Blick hineinzuwerfen, aber außer gleißendem Licht konnte ich nichts erkennen. Falls die Symbole überall im Raum überhaupt eine Bedeutung hatten, verstand ich sie nicht.

Aber ich wusste, dass ich dazu bestimmt gewesen war, diesen Brunnen zu finden. Ich wusste es, weil er zu mir sang - das wortlose Lied des Meeres, das ich nicht verstand, aber die ganze Zeit über hörte. Er sang lauter, stärker und tiefer als alles, was ich je gehört hatte. Ich fühlte mich davon angezogen. Irgendwie spürte ich, dass ich in den Brunnen steigen und dem Licht folgen musste und dass es mich irgendwohin führen wollte.

Aber konnte ich es wagen, das mit Nasataa zu riskieren? Was, wenn das Licht zu einem gefährlichen Ort führte? Ich warf einen Blick über die Schulter auf den dunklen Tunnel, dem wir gefolgt waren, um hierher zu gelangen. Der war doch genauso gefährlich gewesen, oder? Egal, wohin uns diese Lichtquelle führte, wenn sie uns nicht direkt in die Hände unserer Feinde führte, war das doch gut genug, oder?

Und dieser magische Brunnen war genau dann aufgetaucht, als ich ihn gebraucht hatte. Das musste doch ein gutes Zeichen sein!

Froh darüber, eine Entscheidung getroffen zu haben, ließ ich Nasataa in Gedanken wissen, dass ich in den Brunnen steigen wollte. Von ihm kam eine Vorstellung davon zurück, wie er in meinen Armen schlief.

Der arme kleine Kerl musste nach diesem Abenteuer müde sein. Ich streichelte seinen Kopf und schwamm nach vorne.

Jetzt oder nie!

Meine nackten Zehen hingen über dem Rand des Brunnens. Ich holte tief Luft und ließ mich in den Brunnen fallen.

Gleißendes Licht blendete mich, und dann erfasste mich ein starker ein Sog und zog mich in den Brunnen und aufs Meer hinaus. Ich spürte ein seltsam vertrautes Kribbeln auf meiner Haut. Es roch nach Zimt. War ich schon einmal hier gewesen? Ich hatte keine Erinnerung an einen Ort wie diesen, und doch kam er mir so seltsam vertraut vor.

Vielleicht war mit der Fähigkeit, unter Wasser zu atmen, mehr gekommen. Vielleicht war ich schon einmal an diesem Ort gewesen. Vielleicht hatte es etwas mit meinem früheren Leben zu tun und mit der Familie, aus der ich stammte, bevor ich adoptiert worden war.

Ich schluckte.

11

Der Sog entließ mich und ich fiel nach vorne. Meine Sicht klärte sich und ich sah mich um. Ich stand neben dem Brunnen - also, neben einemBrunnen. Der Brunnen hier sah genauso aus, wie der, in den ich mich gestürzt hatte, aber er stand in keiner Höhle. Er stand auf dem Meeresboden, auf der einen Seite türmte sich ein Sandhügel auf und auf der anderen Seite verrottete ein Schiffswrack.

Davon waren nur noch ein paar Schiffsrippen zu erkennen, die zwischen einer Masse von Seepocken und Schalen irgendwelcher Unterwasserkreaturen emporragten, aber ich erkannte es aus den Geschichten, die die alten Männer manchmal am Feuer erzählten. Geschichten aus einer Zeit, als Schiffe noch die Havenwind-Inseln anfuhren durften. Geschichten aus einer Zeit, als unsere Fischer noch mit Booten hinausfuhren, statt nur von den Klippen aus zu fischen. Geschichten aus einer Zeit, in der die blauen Drachen jedes von Menschenhand gebaute Schiff in die Tiefe rissen. Geschichten von Stürmen und Schiffswracks und vom Tauchen nach Schätzen.

Ich sah mich in dem magischen Brunnen um, aber es gab nichts, das mir weiterhalf. Die fremdartigen Symbole, mit denen der Brunnen übersäht war, boten keine Erklärung.

Und Nasataa war auf meinen Schultern eingeschlafen.

Nun, ich fühlte mich wieder etwas wärmer und sicherer, und dem schwachen Licht über mir nach zu urteilen, ging die

Sonne auf. Ich war zu müde, um an die Oberfläche zu schwimmen und bahnte mir deshalb meinen Weg am Boden. Der Meeresgrund schien ein leichtes Gefälle in eine Richtung zu bilden – bergauf ging es hoffentlich in Richtung Ufer.

Nach einer Nacht ohne viel Schlaf war mir das fast egal. Ich war so müde, dass es schwer war, überhaupt an etwas zu denken.

Schließlich erreichte ich die Oberfläche und sah mich um. Ich war weit weg von Abergande. Der Strand und der Wald dahinter kamen mir sofort bekannt vor.

Ich war wieder zu Hause.

Sorgen, die ich bisher unterdrückt hatte, drangen nun endlich an die Oberfläche. Ging es meinem Vater gut? Was war passiert, nachdem ich weggegangen und aufs Meer hinausgeschwommen war? Was würden er und meine Mutter denken, wenn ich ins Dorf spazierte? Was würden sie davon halten, dass ich unter Wasser atmen konnte? Würden sie mich als andersartig verstoßen? Ich hatte kein anderes Zuhause als dieses Dorf.

Ich hustete das Wasser aus und meine Lungen brannten, ich gewöhnte mich nur langsam wieder daran, Luft zu atmen. Wie seltsam, dass ich beides konnte. War ich zum Teil Fisch? Oder war es einfach Magie?

Ich war als Prinzessin in dem winzigen Königreich Timbrel aufgewachsen. Ich hatte mitansehen müssen, wie meine Familie vor meinen Augen abgeschlachtet wurde und war mit meinem sterbenden Leibwächter und einem geborgten Drachen geflohen. Sie hatten mir das Leben gerettet.

Aber die wenigen Erinnerungen, die ich an meine Kindheit vor der Tragödie hatte, waren geprägt von Liebe, Zuneigung, Fröhlichkeit und Natur. Ich hatte keine Erinnerungen an das Meer oder den Strand. Alle meine Erinnerungen an das Meer kamen später – als ich bereits bei meinen Adoptiveltern auf dieser Insel aufwuchs. Und keine davon hätte auf eine besondere Neigung zum Wasser hingedeutet - schon gar nicht auf eine magische, die mich unter Wasser atmen ließ.

Es war ein Rätsel. Aber Grübeln half nicht weiter.

Ich war an dem Strand, an dem ich den kleinen Nasataa gefunden hatte. Fast an der Stelle, an der ich an meinem Geburtstag sehnsüchtig hinausgeblickt und mich gefragt hatte, welche Abenteuer ich wohl erleben würde. War das wirklich erst vorgestern gewesen?

Etwas bewegte sich. Nur ein Schatten in den Bäumen.

Und dann rannte der Schatten auf mich zu und ich erstarrte. War das einer der Seemänner? Hatten sie hier auch auf mich gewartet? Daran hätte ich denken müssen. Ich hätte wissen müssen, dass sie mir bis hierher folgen würden.

Intensiv überlegte ich, was ich tun sollte.

Der Schatten rannte zwischen den Bäumen ins Licht hervor, hob seine Arme und winkte mir im Morgenrot zu.

Oh.

Es war keiner der Seemänner. Es war Heron!

Mir fiel ein Stein vom Herzen. Ich merkte, dass ich nur mit meinem Hemd, meinem Korsett und meinen Unterhosen aus dem Wasser geklettert war und lief rot an. Ich brauchte sofort trockene Kleidung.

Heron zog sein Hemd aus und lachte.

Ich blinzelte überrascht und er wickelte mir das Hemd wie einen Rock um die Taille.

"Danke", keuchte ich. "Was machst du denn hier?"

"Was ich hier mache?", fragte er mit einer Mischung aus Verwunderung und Belustigung. "Was tust duhier? Wir haben uns große Sorgen um dich gemacht! Ich musste deinen Vater davon überzeugen, ins Dorf zurückzukehren!"

"Aber deine Ausbildung!" argumentierte ich. "Du solltest doch beim Schmied sein!"

Herons Miene wurde ernst.

"Als die Seemänner ihre Kanonen auf Abergande gerichtet haben und gedroht haben, die Stadt platt zu machen, wurde der Ort geräumt. Alle sind in die umliegenden Dörfer geflohen. Wir sind hierher zurückgekommen, um unser Dorf zu schützen. Unsere Familie. Unsere Freunde."

"Aber es ist doch nur ein Schiff..." sagte ich, aber ich wusste, dass er Recht hatte. Was konnten wir gegen Kanonen ausrichten? Selbst ich hatte schon von denen gehört.

"Die Kraft der Kanonen ist gewaltig", sagte Heron. "Sie könnten unser Dorf vom Meer aus platt machen, wenn sie wüssten, wo es liegt. Aber die Gruppe, die nach dir gesucht hat, schien durch irgendetwas abgelenkt gewesen zu sein. Sie sind wie verrückt im Meer umhergetaucht."

Er biss sich nervös auf die Lippe.

"Sag nicht, dass du dir Sorgen um mich gemacht hast?" sagte ich schüchtern und warf ihm meinen neckischsten Blick zu.

"Seleska", sagte er und sein Gesicht war von Sorge gezeichnet.

"Als ob mich ein Haufen schwer bewaffneter Matrosen einholen könnte!" Ich lachte, aber innerlich fühlte ich mehr als nur ein bisschen nervös. Ich war ihnen schließlich doch ziemlich knapp entkommen.

Heron packte mich am Arm. Sein Griff war unglaublich sanft, aber sein Blick verriet seine heftigen Gefühle.

"Seleska, du verstehst das nicht. Sie wollen dich. Sie wollen dich zu den Leuten bringen, die sie angeheuert haben."

"Angeheuert?" Meine Stimme zitterte ein wenig. Nicht nur was, auch wie er es sagte, machte mir Angst.

"Einer von ihnen hat das verraten. Ihr Schiff wurde nur angeheuert, um dichzu kriegen."

"Das ganze Schiff?" Was musste so etwas kosten? "Nur um mich zu holen?"

Er nickte grimmig.

"Aber warum?" fragte ich. "Als wäre ich so wichtig!"

Er lachte und schien dann überrascht über sein eigenes Lachen.

"Seleska, du bist ins Wasser getaucht und nicht wieder aufgetaucht. Sie haben dich unter Wasser gehalten und du bist nicht ertrunken. Wie lange warst du unter Wasser?"

Ich antwortete nicht. Was würde er denken, wenn er wüsste, dass ich so anders war? Nasataa an meiner Schulter gähnte laut, aber Herons Augen wichen keinen Millimeter von meinem Gesicht. Oje. Wenn ihn der blaue Drache nicht störte, dann war das hier wirklich ernst.

"Seleska?"

"Die ganze Nacht", sagte ich mit leiser Stimme.

Er stieß einen langen Atemzug aus. "Oh."

Ich beobachtete ihn, besorgt darüber, was er sagen würde, aber er lächelte schief und zog mich nah an sich heran, so dass er seine Stirn an meine lehnte.

"Ich schätze, du wirst diejenige sein, die dieAbenteuer erlebt."

"Gerne an deiner Seite", sagte ich und versuchte, charmant zu klingen, aber meine Stimme zitterte. "Du glaubst doch nicht, dass mit mir etwas nicht in Ordnung ist, oder?"

Er zog sich zurück, lächelte mich an und sagte: "Ich glaube, dass du völlig in Ordnung bist, Seleska, und ich werde nie etwas anderes denken."

Ich erwiderte sein Lächeln und schätzte diesen Moment der Freundschaft, auch wenn er nur kurz war. Ich hatte immer noch Heron.

Mein Bauch brummte laut und verdarb mir den Moment.

"Holen wir dir etwas zu essen und trockene Kleidung."

12

"Wir wissen vieles nicht über deine Vergangenheit, Seleska", sagte meine Adoptivmutter. "Und das ist in Ordnung."

Ich stand hinter einem Vorhang und schlüpfte in trockene Kleider. Nasataa lag zusammengerollt in meiner Ledertasche, versteckt vor neugierigen Blicken. Heron hatte nichts gesagt.

"Du hast immer einen Platz und ein Zuhause bei uns. Und wer du bist oder woher deine Familie kommt, hat damit nichts zu tun. Aber das Meer ist gefährlich, Tochter. Es hat so viele Fischer verschluckt, dass wir keine Boote mehr benutzen. Wir haben Schiffen verboten, unsere Insel anzulaufen. Es ist einfach nicht sicher. Nicht mit all den blauen Drachen, die unter der Oberfläche lauern."

Ich hatte gestern Abend keine blauen Drachen gesehen. Außer Nasataa. Ich hatte mir unbemerkt ein Stück Brot vom Tisch genommen und es für ihn in den Lederbeutel gesteckt. Aß er Brot? Das erschien mir nicht sehr drachenhaft. Ich musste ihm so schnell wie möglich einen Fisch besorgen.

"Aber ich kann unter Wasser atmen", protestierte ich. "Vielleicht gibt es dafür einen Grund."

"Es gibt eine Menge Dinge, die Menschen tun können", wandte meine Mutter ein. "Nur weil du etwas tun kannst, heißt das nicht, dass du es auch tun solltest. Im Moment ist es da draußen nicht sicher, Seleska. Du bleibst hier bei uns."

Ich legte meine Stiefel vorsichtig zur Seite. Ich mochte sie, aber wenn ich wieder in die Unterwasserwelt steigen wollte - und das wollte ich zweifellos - dann waren Sandalen angebrachter.

"Ist das Dorf meinetwegen in Gefahr?"

Meine Mutter antwortete nicht und knarrend öffnete sich die Tür.

"Mama? Ist das Dorf meinetwegen in Gefahr?"

Mein Vater trat seufzend ein. Ich rannte zu ihm und vergaß meine Frage vor lauter Erleichterung, dass es ihm gut ging.

"Ich habe mir solche Sorgen um dich gemacht", sagte ich und umarmte ihn fest. "Wie konntest du entkommen?"

"Sie waren nicht hinter mir her und dachten, sie wüssten, wo sie dich finden." Er lächelte sanft, aber er sah mich anders an als sonst. "Du hast mich überrascht."

"Und ich mich erst!" sagte ich, trat ein Stück zurück und sah die beiden nervös an.

"Mach dir keine Sorgen", sagte mein Vater. Sein Blick war grimmig und entschlossen, aber ich glaubte nicht, dass er merkte, dass seine Hände beim Sprechen ein wenig zitterten. "Die Männer unseres Dorfes bereiten sich darauf vor, es zu verteidigen. Wir werden nicht zulassen, dass sie dich uns wegnehmen."

"Heron sagte, sie haben ein Schiff mit Kanonen. Er sagte, sie könnten damit unser Dorf platt machen", sagte ich nervös. "Ich liebe dich und Mama. Ich liebe unser Zuhause hier. Ich will nicht alles kaputt machen."

"Seleska", sagte mein Vater streng. "Ergib dich nicht diesen Söldnern. Du denkst vielleicht, du würdest uns retten, aber du würdest uns nur das Herz brechen."

Eine Träne lief über das Gesicht meiner Mutter und sie nickte zustimmend. Unser Haus war in Unordnung, die Betten ungemacht und das Geschirr stand neben dem Bottich, in dem meine Mutter es normalerweise abwusch. Halana war normalerweise eine ordentliche Frau, sodass der Zustand unseres Zuhauses Bände sprach - sie war krank vor Sorge.

Ich konnte nicht glauben, dass Renny sofort erraten hatte, was ich dachte. Natürlich sagte mir mein Gewissen, dass ich mich stellen sollte. Wie sollte ich mit mir selbst leben, wenn meiner Familie wegen mir etwas zustieß?

"Ja, Vater", sagte ich, aber meine Gedanken rasten. Ich konnte nicht zulassen, dass mein kleines Dorf sich einem Schiff voller Kanonen und Söldner entgegenstellte, nur um mich zu beschützen. Und ich konnte mich ihnen nicht ausliefern, sonst brach ich meinen Eltern das Herz. Es musste einen anderen Weg geben.

Ich dachte den Rest des Tages darüber nach, während wir die Verteidigung des Dorfes vorbereiteten, alles sammelten, was sich als Waffe verwenden ließ, und Barrikaden aus angespitzten Pfählen errichteten - am Ende des Tages hatten wir gerade genug Barrikaden errichtet, um das Dorf in eine Richtung zu schützen. Ich hatte kaum mitgearbeitet. Es schien, als wollte mir jeder Dorfbewohner persönlich sagen, dass sich nichts geändert hatte - dass ich einer von ihnen war, ein geschätzter Teil des Dorfes - und dass sie gerne für mich kämpfen würden. Ich war gerührt und so dankbar. Aber vor lauter Aufmerksamkeit hatte ich kaum Zeit, mich um Nasataa zu kümmern, geschweige denn irgendetwas anderes zu tun, und ehe ich mich versah, war es schon dunkel.

Glücklicherweise erfolgte immer noch kein Angriff, als wir uns zum Abendbrot zurückzogen. Jeder im Dorf umarmte mich oder schenkte mir ein kräftiges Lächeln im Vorbeigehen, und mit jedem aufmunternden Nicken und entschlossenen Blick wurde mir immer klarer, dass ich diesen Menschen Sicherheit verschaffen musste. Sie waren bereit, alles für mich zu riskieren - eine Außenseiterin, die vor zehn Jahren in ihrem Dorf aufgenommen worden war. Sie waren bereit, ihr Zuhause, ihre Familien und ihr Leben zu riskieren. Das war nicht richtig. Ich musste etwas unternehmen.

Nasataa hatte den Großteil des Tages geschlafen, ohne irgendwelche Probleme zu verursachen, nachdem er den Fisch, den ich ihm in die Tasche gesteckt hatte, verschlungen hatte. Ich lag schon im Bett, die Ledertasche mit meinem Drachenjungen darin fest umschlungen, da schoss mir ein Plan in den Kopf.

Ich musste nur warten, bis meine Eltern eingeschlafen waren. Ich wollte sie nicht mit hineinziehen - nicht, wenn es darum ging, etwas so Riskantes zu wagen. Aber ich konnte sie nicht einfach alles für mich riskieren lassen - schon wieder. Diesmal war es an mir, sie zu beschützenund dafür zu sorgen, dass sie ein Zuhause hatten.

Es war schade, dass ich Nasataa auf ein so gefährliches Unternehmen mitnehmen musste, aber ich konnte ihn nicht zurücklassen. Er war noch so klein und er brauchte mich.

13

Ich schlich mich aus dem Haus und in die kühle Nacht.

Glühwürmchen huschten zwischen den wogenden Palmen umher und die Vögel und Insekten der Insel waren hellwach und sangen so laut im Chor, dass sie die Geräusche meiner Bewegungen übertönten.

Mein Plan war einfach. Ich musste mich zum Schiff der Söldner schleichen und es versenken. Das konnte doch nicht so schwer sein. Schließlich lagen überall um die Havenwind-Inseln gesunkene Schiffe.

Ich fühlte mich ein bisschen schlecht dabei. Eigentum zu zerstören war falsch. Aber es war auch falsch, Mädchen zu entführen - oder es zu versuchen. Oder Kanonen auf mein Dorf zu richten und das Leben seiner Bewohner zu bedrohen. Eigentlich ganz einfach, oder?

Zumindest redete ich mir das ein. Ich hatte das Gefühl, dass es gar nicht so einfach sein würde, den Plan umzusetzen, und ein noch schlimmeres Gefühl, dass sich das Versenken eines Schiffes nicht so einfach mit meinem Gewissen zu vereinbaren war, wie ich es mir vormachte. Es war wahrscheinlich falsch.

Jedenfalls hatte ich nicht vor, jemanden zu töten. Sie würden ihr Schiff verlieren und lernen müssen, mit dem Rest von uns auf den Inseln zu leben. Damit würde ich leben können.

Das sagte ich mir immer wieder vor, wie ich so aus dem Dorf zu der kleinen Bucht schlich, von der ich wusste, dass dort der alte, baufällige Schuppen stand, in dem früher die Kanus des alten Yandee untergebracht waren, aus der Zeit, in der die Leute noch Boote auf der Insel benutzten. Heron und ich waren als Kinder einmal dorthin gegangen und durch die Löcher im Dach und den Wänden hineingeschlichen. Was noch wichtiger war: Wir hatten alte Paddel und zwei verrottende Kanus gefunden. Und auf den beiden gestapelt ein nicht ganz so verrottetes Kanu.

Genau das brauchte ich jetzt. Natürlich könnte ich zum Schiff schwimmen, aber das würde mich viel Kraft kosten und ich war immer noch müde von der gestrigen Verfolgungsjagd und dem Schlafmangel. Mit einem Kanu ließe sich mein Plan leichter umsetzen.

Zumindest dachte ich das.

Ein Zweig knackte hinter mir und ich drehte mich auf der Stelle. Wer war mir gefolgt?

"Seleska?" flüsterte Heron hinter mir.

"Heron! Was machst du denn hier?" Ich versuchte, leise zu sein. Wir waren immer noch zu nah am Dorf.

"Was ich hier mache? Du solltest dich nicht rausschleichen! Du solltest zu Hause im Bett sein und dich auf den morgigen Kampf vorbereiten." Das Mondlicht schimmerte auf sein besorgtes Gesicht. "Jetzt ist nicht die Zeit für hirnrissige Abenteuer!"

"Ist es hirnrissig, das Dorf zu retten, bevor es überhaupt zu einem Kampf kommt?" flüsterte ich. Eigentlich durften wir gar nicht reden. Ich konnte es mir nicht leisten gehört zu werden.

Ich drehte mich und lief den Weg weiter entlang, in der Hoffnung, dass er es einfach gut sein ließ und mich niemand sonst bemerkte.

"Seleska!" Heron hatte mich eingeholt. "Was auch immer du vorhast, ich komme mit."

Ich trabte den Strandweg entlang und ignorierte ihn. Wir waren fast außer Hörweite des Dorfes. Nur noch ein bisschen weiter.

Ich erreichte die felsige Stelle, an der der Wind am Strand entlang blies und in den meisten Nächten Geräusche aus dem Dorf trug und drehte mich zu ihm um.

"Du hast dabei nichts verloren, Heron! Es ist zu gefährlich!"

"Wenn das stimmt, dann hast auch du nichts dabei verloren." Ich konnte das alleine schaffen! Niemand sonst durfte sich einmischen.

"Wenn du helfen willst, dann pass für mich auf Nasataa auf", sagte ich und reichte ihm die Ledertasche.

"Hast du das Ding so genannt?" fragte er. "Auf keinen Fall!"

"Bitte? Es ist nicht sicher für ihn, mit mir zu kommen!"

"Dann lass ihn hier."

"Wenn das Dorf ihn findet, werden sie ihn umbringen."

"Ähm, ja. Er ist ja auch ein blauer Drache."

"Er ist nur ein Junges", protestierte ich und drehte mich um, um mich wieder auf den Weg zu machen. Wir hatten den alten Schuppen fast erreicht.

"Er kann immer noch eine Menge Schaden anrichten. Die Ältesten sagen, sie sind giftig."

"Mich hat er nicht vergiftet", sagte ich und riss die Schuppentüre auf, ohne ihn eines Blickes zu würdigen. Sie hing nur noch lose an einem einzigen Scharnier.

"Das Bootshaus? Das ist keine gute Idee, Seleska", sagte Heron stirnrunzelnd. Er verschränkte die Arme vor seiner starken Brust.

"Dann bleib hier", fauchte ich, schnappte mir ein Paddel und warf es aus dem Schuppen, bevor ich mich daranmachte, das obere Kanu vom eingestürzten Dachstuhl zu befreien.

Heron trat heran, um mir zu helfen.

"Wenn du gehst, dann gehe ich auch. Jemand muss ein Auge auf dich haben."

Ich verdrehte die Augen, aber innerlich war ich begeistert. Ich konnte Hilfe gebrauchen. Ich hatte keine Ahnung, wie ich ein ganzes Schiff versenken sollte. Ich brauchte etwas, um ein Loch in den Boden des Schiffes zu schlagen und suchte nach der rostigen Axt, die irgendwo im Schuppen lag.

"Sag mir nicht, dass du nach der Axt suchst!" rief Heron erschrocken.

"Wie sonst soll ich ein Loch in das Boot schlagen?" fragte ich.

Heron warf einen Blick auf das Kanu.

"Nicht das! Das mit den Söldnern", sagte ich.

Er versuchte, sein Grinsen zu verkneifen, aber seine Augen funkelten.

"Weißt du, wie dick der Rumpf eines Schiffes ist? Es gibt bessere Möglichkeiten, es zu versenken. Sie haben Pumpen im Rumpf, die das Wasser herausdrücken. Wir können den Prozess umkehren und so Wasser hineinlassen."

Das klang, als würde es eine Weile dauern.

"Vertrau mir", sagte er, als hätte ich meine Gedanken laut ausgesprochen. "Es wird weniger Zeit in Anspruch nehmen und weniger Aufmerksamkeit erregen als dein Plan."

"Woher weißt du, wie Schiffe von innen aussehen?" fragte ich.

Er grinste breit. "Ich bin ein Schmiedelehrling. Wir beschäftigen uns mit allen Arten von Technik. In den Schmieden liegen alte Pläne für Schiffe. Nur weil wir keine Schiffe mehr reparieren, heißt das nicht, dass wir das früher nicht getan haben."

"Ich frage mich, wie dieser Ort ausgesehen hat, als noch Schiffe angelegt haben", sagte ich, während wir das Kanu ins Wasser zogen.

"Es war geschäftiger", sagte Heron trocken.

"Ich wette, das war aufregend", sagte ich mit Vorstellungen von bunten Menschenmassen auf den Straßen Abergandes.

"Wir hatten Glück, dass wir so lange vor der Welt abgeschirmt waren", sagte Heron seufzend. "Damit ist es wohl vorbei."

"Ich persönlich bevorzuge das Abenteuer." Ich lief zurück, um das Paddel zu holen.

Das Kanu war schon fast im Wasser, aber er hielt inne.

"Versprich mir, dass du vorsichtig sein wirst, Seleska. Das hier ist ernst."

"Ehrenwort", sagte ich mit einem breiten Lächeln, bevor ich in das Kanu sprang und mit Nasataas Tasche und meinem Paddel nach vorne kletterte.

Heron konnte so mürrisch sein, wie er wollte, aber er würde mir nicht die Laune verderben. Noch vor ein paar Tagen hatte ich mich nach Abenteuern gesehnt und nun erlebte ich ständig welche! Oh. Und mein Dorf zu retten war freilich auch wichtig.

14

"Pst", flüsterte Heron.

Wir waren bereits in der Nähe des Schiffes und obwohl es mitten in der Nacht war, leuchteten auf dem Schiff Laternen und auf dem Deck bewegten sich Gestalten. Ich hatte gehofft, dass alle schliefen, und nun wuchs in mir die Sorge. Wir hatten keine Waffen und nicht einmal ein schnelles Boot. Das Kanu dümpelte durch die Ozeanwellen und unter äußerster Kraftanstrengung hatten wir es bis zum Schiff geschafft.

Weiter abseits lag immer noch ihr kleines Boot mit den Laternen und Tauchern in der Nähe des Riffs vor Anker, in dem ich in den Höhlen verschwunden war. Sie schienen immer noch nach mir zu suchen. Die Taucher wechselten einander immer noch ab. Gut, dass ich das Portal gefunden hatte, sonst wäre ich immer noch da unten gefangen. Was das Portal war und wie es funktionierte, würde ich ein andermal herausfinden müssen – oder vielleicht niemals.

In der Ferne lag Abergande dunkel und verlassen - ein schockierender Anblick.

"Geht es dir gut da drin, kleiner Freund?" flüsterte ich Nasataa zu.

In meinen Gedanken teilte er eine Vorstellung davon, wie er an den Tauen an der Seite des Schiffes hochhuschte und das Deck unter Flammen setzte.

"Ich glaube nicht, dass das eine gute Idee ist."

Er teilte eine Vorstellung davon, wie er am Bein eines schreienden Seemanns hochkletterte und ihn ins Ohr biss. Es war bezaubernd - aber auch gefährlich.

"Bleib einfach in der Tasche, bis ich dir sage, dass die Luft rein ist!" flüsterte ich.

"Pst!" erinnerte Heron.

Ich hätte Nasataa an einem sicheren Ort zurücklassen sollen. Irgendwo, wo er nicht Gefahr lief, von Söldnern erwischt zu werden. Aber wo hätte das sein sollen? Nicht einmal meine Eltern hätten einen blauen Drachen im Dorf willkommen geheißen - nicht einmal einen frisch geschlüpften.

Wir näherten uns dem Schiff. Zum Glück hielt niemand Ausschau. Und warum sollten sie auch? Es gab hier keine anderen Boote oder Schiffe außer ihrem.

Und war es nicht eigenartig, dass ihr Schiff noch hier war? Schließlich hatten die Havenwind-Inseln ihre Schiffe wegen der Gefahr der blauen Drachen aufgegeben. Sollten die Drachen nicht auch dieses Schiff in die Tiefe reißen? Aber das taten sie nicht. Hatten die Drachen aufgehört, Schiffe anzugreifen? Oder gab es dafür einen anderen Grund?

"Seleska!" flüsterte Heron und deutete eindringlich auf das Schiff vor uns.

Oh. Ja. Ich schob mich an die Spitze des schmalen Kanus und fasste die Seite des Schiffes, bevor wir mit dem Kanu daran stießen.

Wir hatten es so weit geschafft. Hoffnung keimte in mir auf. Vielleicht konnten wir diese Söldner aufhalten und unser Dorf retten! Wir mussten nur in das Schiff gelangen, ohne erwischt zu werden, und Wasser in das Schiff pumpen. Ganz einfach, oder?

Nervös erinnerte ich mich daran, dass es nicht so einfach war, aber ich ignorierte meine Zweifel. Wir mussten uns auf unsere Aufgabe konzentrieren. Und außerdem sollten Abenteuer nervenaufreibend sein!

Ich zog uns an der Seite des Schiffes entlang, bis wir eine Stelle erreichten, an der ein Tau von der Seite herabhing. Es sah aus, als wäre es dazu gedacht, das Boot der Taucher festzumachen. Ich konnte daran auf das Schiff klettern.

Ich blickte zurück zu Heron. Er schüttelte den Kopf und deutete auf sich selbst. Er wollte als Erster gehen, oder? Typisch. Aber das ergab keinen Sinn. Ich war leichter und zarter und konnte mich leichter verstecken. Ich lächelte ihn an und tat so, als würde ich nicht verstehen, was er meinte. Dann nahm ich das Tau fest in beide Hände, stützte mich mit den Füßen an der Seite des Schiffes ab und kletterte los.

Nasataa quietschte in der Tasche, die an meiner Schulter hing, und ich teilte in Gedanken eine Vorstellung davon, wie er still und geduldig in der Tasche wartete. Wenn er an Deck solche Geräusche machte, war es um uns geschehen!

Auf halber Höhe des Taus taten mir die Arme weh. Mein Herz schlug mir bis zum Hals, als ich endlich das Deck erreichte und mich vorsichtig über die Reling beugte. Zum Glück waren trotz des hellen Lichts der Laternen nur zwei Männer auf dem Deck. Einer stand am Heck des Schiffes hinter dem Steuerrad und der andere am Bug. Ich versteckte mich hinter einem Stapel Kisten. Was war wohl darin? Vielleicht Lebensmittel, die sie in Abergande gekauft hatten?

Es brauchte wohl eine Menge Essen, um eine solche Mannschaft zu ernähren.

Ich spürte eine Berührung an meiner Schulter und erstarrte. Sie hatten mich entdeckt!

"Nächstes Mal wartest du!" zischte Heron in mein Ohr.

Ich sank innerlich zusammen. Vielleicht war dieses Unternehmen gefährlicher, als ich gedacht hatte. Vielleicht sollte ich vorsichtiger sein.

Aber Heron deutete schon auf eine Luke, durch die ein Mann auf das Deck stieg. Er trug eine Flasche und brachte sie dem Steuermann. Heron warf mir einen bedeutungsvollen Blick zu. Das war die Gelegenheit.

Ich biss mir auf die Lippe, aber ich konnte jetzt keinen Rückzieher machen. Nicht, wenn wir so nah dran waren und nicht, nachdem ich Heron in die Sache hineingezogen hatte.

Ich packte meine Tasche, fasste all meinen Mut zusammen und schlich über Deck. Ich erreichte die Luke, duckte mich hinein und stieg schnell die Leiter hinunter, um Heron Platz zu machen.

Ich schlüpfte in den Schatten und wartete.

Da war er! Ich trat hinaus, um meine Erleichterung zu zeigen.

Aber die Gestalt, die die Leiter hinunterstieg, war nicht Heron.

15

Ich sprang zurück in den Schatten und versteckte mich hinter einem Fass, das hinter der Leiter stand. Ich war in einem langen, nur spärlich beleuchteten Gang, der von großen, schweren Türen gesäumt war. Ich hoffte, dass die Gestalt durch eine der Türen verschwand, aber sie blieb am unteren Ende der Leiter stehen und runzelte die Stirn. Er blickte die Leiter hinauf und wieder hinunter, als hätte er etwas vergessen.

Schweißperlen standen mir auf der Stirn. Mein Mund fühlte sich trocken an. Ich würde auffliegen. Wenn ich mich auch nur einen Zentimeter bewegte, bemerkte er mich. Ich blieb so ruhig wie möglich, aber das konnte das Rascheln in meiner Tasche nicht unterdrücken. Nasataa lugte mit seinem kleinen Kopf hervor.

Ich teilte mit ihm eine Vorstellung davon, wie er sich in die Tasche legte und geduldig wartete.

Er ignorierte es, kletterte langsam aus der Tasche und krabbelte an meinem Bein herunter. Seine kleinen Krallen gruben sich durch den Stoff und in mein Bein.

Nein! Das war nicht gut! Ich musste ihn in Sicherheit bringen und das bedeutete, dass ich ihn vor Ärger bewahren musste!

Der Seemann sah erneut die Leiter hoch und schüttelte den Kopf. Ihm schien nicht einzufallen, was er vergessen hatte.

Nasataa kroch an der Wand entlang und huschte über einen der Füße des Seemanns.

"Himmel und Sterne! Die Ratten hier!", fluchte der Seemann und trat nur wenige Zentimeter von der Stelle entfernt aus, an der Nasataa vorbeigehuscht war.

Das Herz schlug mir bis zum Hals. Das war so knapp gewesen!

"Komm zurück! Bitte!"

Ich versuchte, ihm eine Vorstellung davon zu schicken, wie er zu mir zurückkehrte, aber meine Gedanken waren zu undeutlich. Vor Intensität meiner Emotionen konnte ich mich nicht konzentrieren.

Der Seemann schlurfte den Gang hinunter und bemerkte nicht einmal, dass Nasataa in einem der Türrahmen kauerte. Als der Seemann endlich verschwunden war, schlich ich mich hinaus und folgte dem Weg meines kleinen Drachens.

"Seleska?", ertönte ein heiseres Flüstern von hinten.

Ich drehte mich um und sah, wie Heron die letzte Sprosse der Leiter herabstieg.

"Ich dachte schon, sie hätten dich", flüsterte er.

"Ich habe Nasataa verloren", flüsterte ich und machte mir Sorgen. Was, wenn er auf etwas Gefährliches gestoßen war? Wahrscheinlich gab es an Bord Feuer oder sogar Giftköder, um Mäuse und Ratten zu töten. Nicht auszudenken. Ich musste ihn finden.

"Der Drache? Vergiss ihn! Wir haben hier Wichtigeres zu tun."

Mir sank das Herz. Wie würde er sich fühlen, wenn er ein verwaistes Drachenjunges wäre, das auf einem feindlichen Schiff verloren gegangen wäre? Würde er sich wünschen, vergessen zu werden? Nein? Warum fand er es dann in Ordnung, Nasataa zu vergessen?

Verärgert eilte ich den Gang hinunter und als Heron meinen Namen flüsterte, drehte ich mich nicht um. Wie herzlos musste er sein, um sich nicht um den kleinen Drachen zu kümmern?

Ich hatte Nasataa aus den Augen verloren und auf mein gedankliches Flehen reagierte er nicht.

Das Schiff war still, aus einigen Türen drang lautes Schnarchen und das Knarren von Balken und Tauen, die sich in den Wogen des Meeres bewegten und aneinander rieben, übertönte unsere Geräusche.

Am anderen Ende des Ganges stand es eine Leiter, die weiter nach unten führte. Wir mussten dort hinunterklettern, um unsere Aufgabe zu erfüllen. Aber wo war Nasataa? Hatte er sich das Gleiche gedacht und war die Leiter hinuntergeeilt? Ich konnte es nur hoffen.

Ich wollte gerade hinunterklettern, da packte Heron meinen Arm und wirbelte mich herum.

"Seleska", flüsterte er mir ins Ohr, sein Mund war so nah, dass ich spürte, wie seine Lippen mein Ohr berührten. "Sei doch nicht so. Ich bin doch mit dir gekommen, oder nicht? Ich sorge mich."

Er hatte Recht. Ich war unvernünftig. Und wir mussten zusammenhelfen.

"Nasataa ist auch wichtig", flüsterte ich zurück.

Er fühlte sich sichtlich unwohl, aber er nickte heftig. Armer Kerl. Er gab sich wirklich Mühe.

"Tut mir leid", flüsterte ich. "Freunde?"

Er lächelte. "Freunde."

Er duckte sich durch die Luke und mit einem erleichterten Seufzer kletterte ich ihm hinterher.

Zeit, das Schiff zu versenken!

16

Unter mir hörte ich ein dumpfes Geräusch, aber von hier aus konnte ich nicht sehen, was passiert war.

"Heron?" flüsterte ich besorgt, aber es kam keine Antwort.

Ich kletterte den Rest der Leiter hinunter und suchte nach ihm.

Keuchend sah ich seinen Körper auf den Holzbalken des Schiffsladeraums liegen. An seiner Schläfe klebte Blut und seine riesige Gestalt lag zusammengesackt da, wie ein toter Wal am Strand.

Ich konnte mir einen Aufschrei nicht verkneifen. Ich rannte an seine Seite. Er war noch am Leben. Er atmete noch, wenn auch flach.

"Wenn er überlebt, wird er mit ziemlichen Kopfschmerzen aufwachen", sagte eine Stimme von oben.

Mit zusammengebissenen Zähnen sah ich auf.

Ich hatte zuvor nur Heron bemerkt – ich hatte auch auf nichts anderes geachtet – aber jetzt, wo ich wusste, dass er noch lebte, fielen mir auch andere Details auf.

Der Laderaum war offen, in der Mitte hatte sich eine kleine Pfütze aus Meerwasser gebildet und an der Seite standen Fässer und Kisten gestapelt, zwischen denen Werkzeuge und aufgerollte Seile an den Wänden hingen. Von der Decke schwankte eine Laterne und in der Mitte des Bodens stand eine große Pumpe.

Wir waren so nahe an unserem Ziel.

Stattdessen stand der Mann in dem wallenden weißen Hemd - derselbe, der meinen Kopf unter Wasser getaucht hatte - über Herons zusammengesackter Gestalt. In der einen Hand hielt er ein langes Messer. Zum Glück hatte er sich damit begnügt, Heron mit dem Griff zu schlagen, anstatt ihn abzustechen. Das helle Haar meines Feindes - das dem meinen so ähnlich war - glänzte im Licht der Laterne und erinnerte mich daran, dass es einen Grund gab, warum sie an unsere Küste gekommen waren, und dass ich dieser Grund war.

"Was willst du?" fragte ich mit fester Stimme.

"Ich denke, ich sollte diese Frage stellen. Du bist diejenige, die auf mein Schiff gekommen ist, Prinzessin", sagte er mit einem grausamen Grinsen.

"Ich will, dass ihr alle verschwindet und mein Dorf in Ruhe lasst!" sagte ich kühn.

"In Ordnung", lachte er. "Dein Dorf interessiert mich nicht."

"Dann verschwindet ihr also einfach?" fragte ich, obwohl ich wusste, dass er mich mitnehmen wollte. Er wollte mich. Aber ich musste Zeit gewinnen, damit ich mir einen Ausweg überlegen konnte.

Ich versuchte eine gedankliche Verbindung zu Nasataa aufzubauen und flehte ihn an, zu mir zurückzukehren. Ich wollte nicht ohne ihn fliehen. Aber ich konnte ohnehin nicht wirklich fliehen, oder? Nicht, wenn Heron bewusstlos am Boden lag. Ich konnte ihn nicht einmal tragen. Er war dreimal so schwer wie ich.

Mit einem Knoten im Hals begriff ich meine Situation.

Ich war auf der Suche nach Abenteuern hierhergekommen.

Gefunden hatte ich die totale Katastrophe.

Ich sah keinen Ausweg mehr aus diesem Schlamassel.

"Ah. Langsam begreifst du", sagte der Mann mit einem Lächeln. "Ich denke, ich sollte mich Prinzessin Seleska vorstellen. Ich bin Branson Kendark. Sagt dir das etwas?"

Kendark? Der Name kam mir bekannt vor. Stirnrunzelnd versuchte ich mich daran zu erinnern, wo ich ihn schon einmal gehört hatte.

"Kendark ist der Stamm deiner Mutter. Er stammt aus den Ländern der Felsenkrieger im Osten. Ich bin der Sohn des Halbbruders deiner Mutter. Dein Cousin. Deshalb habe ich dich auch sofort erkannt. Das war gar nicht so schwer. Schließlich gibt es nicht viele Mädchen mit hellen Haaren so weit im Süden. Und es gibt noch weniger, die unter Wasser atmen können."

Er schien reden zu wollen. Ich ließ ihn weiterreden und suchte in Gedanken nach Nasataa. Wo war der kleine Kerl?

"Es ist eine ungewöhnliche Gabe - sogar für unser Volk. So ungewöhnlich, dass wir sie jetzt brauchen. Wir brauchen dich."

"Ich dachte, ihr seid Söldner", sagte ich.

Schaffte ich es, ihn zu überrumpeln, das Schiff zu fluten und dann mit Heron im Arm durch den Gang an die Oberfläche und bis ans Ufer zu schwimmen? Wenn ich vorsichtig vorging, gab es vielleicht einen Funken Hoffnung. Ich stand auf und überlegte, wie ich meinen Cousin - wenn er es wirklich war - aus der Reserve locken konnte.

"Man kann mehr als eine Sache auf einmal sein, Seleska. Schließlich bist du auch eine Prinzessin und Inselabschaum zugleich."

Abschaum? Was für ein fürchterlicher Mensch nannte alle meine Freunde und meine Familie "Abschaum"?

"Deshalb solltest du aus freien Stücken mit mir kommen. Warum dagegen ankämpfen? Du bist wertvoll für die Felsenkrieger - und für mich. Und du kannst jeden Preis für deine Dienste verlangen, den du willst."

"Dienste?"

"Hast du es nicht gehört? Die Magie unserer Welt versiegt. Die Drachen sind alles, was von der Magie des Dominions übrig ist. Baojang hat seine Magie fast vollständig verloren. Sogar das ferne Ko'Torenth soll bis auf ein paar seltsame Gegenstände jegliche Magie verloren haben. So bleiben nur wir - die Felsenkrieger - übrig, um die Magie dieser Welt zu retten."

"Ich dachte, Felsenkrieger tragen Kriegsbemalung und zeremonielle Kleidung", sagte ich. Das war es, was die Inselgeschichten erzählten.

"Das sind die Fußtruppen, die wir unseren Verbündeten zur Verfügung stellen", sagte er abfällig. "Aber auch sie setzen sich genauso für unsere Sache ein, wie alle anderen. Wir müssen einen Weg finden, der Welt die Magie zurückzubringen, oder wir müssen die Konsequenzen tragen. Und nur weil wir uns auf eine Art und Weise kleiden, die du lächerlich findest, heißt das nicht, dass wir nicht unglaublich mächtige Menschen sind."

"Was hat all das mit mir zu tun?" fragte ich.

Ich versuchte, mich ihm langsam zu nähern. Wenn ich nah genug an ihm dran war, konnte ich ihn vielleicht überraschen und ihm das Messer abnehmen.

"Nun, meine liebe Cousine, die alten Geschichten besagen, dass die Magie zuerst von den Vulkanen unter dem Meer in die Welt gekommen ist."

"Interessant", sagte ich, lächelte und trat ein wenig näher. Seine Messerspitze sank ein wenig, meine freundliche Antwort schien ihn zu überraschen.

"Und die einzige Person, die so tief ins Meer gelangen kann, wäre jemand, der unter Wasser atmen kann."

"Und was soll diese Person dann tun?" fragte ich sanft.

Die Schwertspitze senkte sich noch mehr.

"Diese Person sollte eines tun", sagte er und erwiderte mein Lächeln ebenso freundlich, "sich nicht so leicht durchschauen lassen."

Er packte mich an der Schulter, drehte mich herum und setzte mir das Messer an die Kehle.

"Netter Versuch, Cousine", sagte er und ich spürte, wie mir die rasiermesserscharfe Klinge in die Haut schnitt.

17

Es war falsch von mir gewesen, Nasataa zu mir zu rufen. Jetzt flehte ich ihn an, wegzubleiben, über Bord zu springen und davonzuschwimmen.

Plötzlich sah ich einen Schimmer seiner leuchtend blauen Schuppen, wie er hinter ein Fass flüchtete. Oh nein! Jetzt saßen wir alle in der Falle! Er saß mit uns hier drin fest.

"Wenn du dich endlich deinem Schicksal fügst, wird niemandem etwas passieren", sagte Branson Kendark. "Ich habe eine Kabine für dich vorbereitet. Du musst nicht einmal mit dem Seemannsabschaum reisen."

Mir lief es eiskalt den Rücken herunter, aber ich wusste nicht, wie ich mich aus seinem Griff befreien sollte, ohne dass die messerscharfe Klinge meine Kehle durchtrennte. Ich blinzelte enttäuschte Tränen zurück und meine Gedanken rasten. Was sollte ich tun?

Ich konnte mich selbst nicht retten. Ich konnte Heron nicht retten. Aber es gab noch Hoffnung für Nasataa. Mit all meiner geistigen Kraft versuchte ich, ihm zu vermitteln, dass dieses Schiff böse und gefährlich war. Dass er um jeden Preis fliehen musste. Ich versuchte ihm zu zeigen, dass er gefangen genommen und zum Bleiben gezwungen werden würde. Dass er auf jeden Fall gehen musste.

Das Holz des Schiffes ächzte laut und plötzlich sprang Nasataa durch die Luft, flatterte wild mit den Flügeln, landete auf Bransons Schulter und setzte sein Ohr in Flammen.

"Ah! Lass mich los!" Der Söldner drehte sich erschrocken um und schrie vor Schmerzen. Der Arm, der mich festhielt, rührte sich nicht, seine Klinge blieb an meiner Kehle, doch seine andere Hand schlug das Feuer aus.

"Verschwinde, Nasataa!" rief ich.

Erneut ächzten die Holzwände des Schiffes und über uns krachte etwas.

"Was zum...", begann der Söldner, aber ein lautes Schnappenvon oben unterbrach ihn, gefolgt von einem Schrei. Sein Griff an mir ließ etwas nach und sein Blick wanderte nach oben.

Ich zögerte keine Sekunde. Ich duckte mich unter der Klinge hinweg und löste mich aus seinem Griff. Nasataa flog durch die Luft, landete auf meiner Schulter und legte sich schützend um meinen Hals.

"Alles in Ordnung, kleiner Kumpel. Alles in Ordnung", sagte ich. Er hatte sich nicht verirrt. Er war nicht verletzt. Noch nicht.

Es lag an mir, den kleinen Drachen zu beschützen. Aber ich hatte auch Heron hierhergebracht und musste auch ihm helfen.

Ich hatte gerade einen Schritt auf ihn zugemacht, da ruckte das Schiff und die Wände bogen sich.

Alles schien sich in Zeitlupe zu bewegen. Hinter mir fluchte Branson.

Die Balken um uns knarrten, und dann knickte einer wie ein Streichholz um. Gefolgt von einem weiteren und einem weiteren. Wasser strömte ins Innere. Fässer, die sich aus ihrer

Verankerung gelöst hatten, trieben auf der Oberfläche. Bei meinem zweiten Schritt war das Wasser knietief, bei meinem dritten Schritt hüfttief.

Heron! Er war dabei zu ertrinken!

Ich erreichte ihn, da senkte sich das Wasser plötzlich und strömte hinaus. Ich hatte das Gefühl, nach oben zu schweben, obwohl meine Füße immer noch den Boden berührten.

Das Wasser sank wieder auf Knöcheltiefe und ich fand Heron und zog ihn aus dem Wasser hoch. Er keuchte, verschluckte sich am Wasser und hustete es kräftig aus.

Ich konnte Bransons laute Rufe hören. Schreie ertönten über uns. Ich schlang meine Arme um Heron und versuchte, ihn auf die Beine zu ziehen, während er weiter nach Luft rang. Er war benommen und lief Gefahr zu ertrinken. Wir konnten nicht hierbleiben. Das Schiff würde untergehen - oder was auch immer - ich hatte noch nicht begriffen, warum das Wasser wieder auslief.

Und dann brach der Boden unter uns weg und wir fielen in die Tiefe.

18

Es ergab für meinen Verstand keinen Sinn. Über mir verkündeten flauschige, hellrosa Wolken das Morgenrot. Zwischen mir und den Wolken sah ich in der Luft das, was von dem Schiff übriggeblieben war - ein zersplittertes Wrack aus zerfetztem Holz. Ein Mast und ein Segel baumelten an einem langen Seil vom Wrack und schaukelten hin und her. Seemänner, Fässer und Tauwerk purzelten wie Krümel vom Schiff.

Um das Schiff wickelte sich ein langer gewundener Körper - vielleicht ein Schwanz? Schimmernde blaue Schuppen und halbdurchsichtige, hauchdünne Flossen säumten ihn. Er drückte das Schiff wie eine Würgeschlange zusammen.

Und plötzlich ergaben die Warnungen in meinem Dorf vor den Blauen Drachen sehr viel Sinn. Plötzlich wirkte es nicht mehr so verrückt, sie zu fürchten und auf jegliche Seefahrt zu verzichten.

Plötzlich ergab das Lied, das ich die ganze Zeit gehört hatte, auch Sinn. Denn ich hörte das Lied genau jetzt, und es kam von diesem Blauen Drachen.

Ich begriff das alles während eines Wimpernschlags.

Mein nächster Gedanke war, dass wir fallen würden. Ich hielt Heron immer noch fest und Nasataa klammerte sich an meinen Hals und wir fielen durch die Luft wie ein Wrackteil auf das schäumende Meer unter uns. Von welcher Höhe könnte man wohl einen Sturz auf eine Wasseroberfläche überleben? Und was war mit Heron, der sich immer noch damit schwertat, auch nur einen Atemzug zu machen?

Ich hatte Nasataa und Heron im Stich gelassen, und jetzt starben sie beide wegen mir.

Bitte, sie durften nicht sterben!

Ein Gedanke tauchte in meinem Kopf auf – derselbe Gedanke, den ich Nasataa geschickt hatte, dass das Schiff böse und gefährlich war. Aber dieser Gedanke war noch stärker, größer und eindringlicher. Ich blinzelte und blinzelte vor lauter Intensität, während der Gedanke sich durch meinen Kopf fraß, bis es wehtat. Das kam nicht von meinem Drachen.

Mein Herz schlug mir bis zum Hals. In meinem Kopf herrschten Verwirrung und Angst. Ich spürte Gischt auf meinem Gesicht. Wir mussten nahe an der Oberfläche sein.

Bitte, sie durften nicht sterben!

Ich wusste nicht einmal, wen ich anflehte, da schlugen wir schmerzhaft auf den Wellen auf. Heron glitt mir beim Aufprall durch die Hände. Verzweifelt suchte ich in den Fluten nach ihm.

Mein Herz raste so schnell, dass ich nicht mehr klar denken konnte. Obwohl ich unter Wasser atmen konnte, hielt ich immer noch die Luft an.

Wo war er?

Um uns herum trieben Wrackteile im Wasser und ich konnte ihn zwischen Holzstücken und abgerissenen Seilen, schwankenden Fässern und sinkenden Kisten nicht sehen.

Heron? Panik brach in mir aus. Wenn ich ihn nicht schnell fand, ertrank er mit Sicherheit. Mit einer

Kopfverletzung und all dem Wasser, das er bereits in der Lunge hatte, hatte er aus eigener Kraft keine Chance.

Wo war er?

Oh!

Ich sah ihn unter mir sinken und tauchte ihm nach. Er sank zu schnell. Ich würde ihn zu spät erreichen!

Bitte, bitte! Er durfte nicht ertrinken!

Ein riesiger gehörnter Kopf tauchte durch das Wasser zwischen uns. Er glitzerte blau und wunderschön im Licht des Ozeans, Flossen wirbelten durch das Wasser, ein Maul öffnete sich mit spitzen Zähnen, die im Morgenrot leuchteten, und es packte Heron und zog ihn an die Oberfläche.

Angst durchfuhr mich. Dieser Drache war so viel größer als Ramariri gewesen war - so riesig und mächtig, und er trug meinen Freund im Maul. Ich wollte gerade schreien, da packte mich plötzlich ein weiteres riesiges Maul und hob mich in die Luft.

Ich hatte erwartet, von den Kiefern zerquetscht zu werden, aber sie waren sanft und zart und das Lied des Meeres erfüllte meinen Geist zusammen mit Worten, die fremd und doch verständlich waren.

Pass auf, dass dem Kleinen nichts passiert.

Nasataa lag immer noch um meinen Hals geschmiegt, da setzte uns der riesige Kopf in das alte Kanu, das immer noch unbeschadet auf dem Meer dümpelte. Der andere Kopf legte den hustenden, keuchenden Heron direkt vor uns nieder.

Ich kletterte nach vorne, zog ihn auf meinen Schoß und schlang meine Arme schützend um ihn. Nasataa war so fest um meinen Hals gewickelt, dass es wohl bald unangenehm wurde.

Beschütze ihn.

Diesmal hallte das Geräusch in meinem Kopf wider, als käme es von zwei Stimmen, und Bilder drangen in meinen Kopf. Ein Bild von Nasataa, wie er mich zum ersten Mal gesehen hatte und auf mich zugestürmt war. Ein Bild von ihm in der Höhle mit dem Portal und von mir, wie ich ihm gefolgt war. Ein Bild von ihm, wie er auf dem Schiff weggelaufen war. Es war, als versuchten die Drachen, mir in einem einzigen Augenblick alles über Nasataa und mich zu erzählen. Es war schmerzhaft und schön, und es erklärte mir Dinge, die ich nicht in Worte hätte fassen können.

Wir gehörten zusammen, der kleine Drache und ich. Ich war dazu bestimmt, seine Beschützerin und Helferin zu sein.

"Das werde ich", sagte ich zu den beiden riesigen Köpfen, die mich mit ihren Adleraugen beobachteten. "Ich verspreche es."

Sie erhoben sich und stürzten dann zurück ins Meer. Dort, wo gerade noch ihre Köpfe gewesen waren, schoss Wasser hoch, und in der Ferne stürzte der lange Körper oder Schwanz - oder was auch immer das Schiff festgehalten hatte - zurück ins Wasser, wobei das Schiff gegen die Meeresoberfläche schlug und die letzten Trümmer in unzählige Stücke zersplitterten.

"Ich glaube, du brauchst dir keine Sorgen mehr um das Schiff zu machen", sagte Heron zwischen zwei heftigen Hustenanfällen. Sein Kopf blutete immer noch und ich hielt ihn aufrecht, aber immerhin sprach er wieder. Das bedeutete doch, dass es ihm gut ging, oder?

Ich griff mit einer Hand nach oben und streichelte sanft Nasataas Kopf, mit der anderen zog ich Heron fester an mich.

Ich atmete tief und dankbar ein.

"Vielleicht solltest du deine Vorurteile über blaue Drachen überdenken", antwortete ich. "Immerhin haben sie uns gerade das Leben gerettet."

19

Erschöpft und durstig trieben wir ans Ufer, unser Kanu schaukelte wild in den Wellen. Der Wind blies uns so stark um die Ohren, dass wir fast die Orientierung verloren. Nur mit Mühe konnte ich das Kanu zurück zum Strand manövrieren, und Heron, der an meiner Brust lag und Nasataa, der sich an meinen Hals schmiegte, machten meine Aufgabe nicht leichter.

Ich hielt Ausschau nach Seemännern, die uns womöglich nachschwammen, aber alles, was ich von ihnen sah, waren kleine dunkle Flecken, die auf den Wellen schaukelten oder sich an Wrackteile klammerten, in der Hoffnung, das Ufer zu erreichen. Wenn ich ehrlich zu mir selbst war, fühlte ich mich schuldig, dass ich mich nicht um die Überlebenden kümmerte.

Nasataa klammerte sich an mich wie ein verängstigtes Kleinkind - was er ja auch war, Drache hin oder her. Er war müde, hungrig und verängstigt. Er brauchte einen sicheren Ort zum Ausruhen und Fressen und ich war für ihn verantwortlich. Ich griff nach oben, um seinen Kopf zu streicheln, so oft ich mich traute jedenfalls, denn jedes Mal brachte ich dabei das instabile Kanu zum Schwanken.

Heron verlor immer wieder das Bewusstsein. Der Schlag auf seinen Kopf war hart gewesen. Das Kanu war etwas leck und der Boden war voller Wasser und hätte Heron sich nicht aufrecht an mich gelehnt wäre er also auch im Boot ertrunken.

Die Strecke zum Ufer zurückzupaddeln dauerte eine gefühlte Ewigkeit, immer wieder musste ich Wasser aus dem Kanu schöpfen.

Endlich schlugen wir am Sandstrand auf.

Ich war zu müde, um zu laufen. Und Heron war zu schwer, um ihn zu tragen. Wir fielen aus dem Kanu auf den glatten Sand, ich kroch mühsam unter ihm hervor und lehnte ihn gegen das Kanu.

"Warte hier, ich hole Hilfe", sagte ich atemlos. Das Dorf sollte jetzt langsam aufwachen. Ich sollte genug Leute finden, die mir halfen, Heron zu tragen - oder vielleicht konnten wir uns den Esel und den Karren ausleihen. Heron war wirklich groß und schwer.

Seine Augenlider flatterten auf und mit einem sanften Lächeln murmelte er: "Halt dich von Ärger fern."

"Das musst du gerade sagen!" erwiderte ich, taumelte auf die Füße und eilte in Richtung Dorfstraße.

Nasataa hatte angefangen zu schnarchen. Ich hätte schwören können, dass er in den vier Tagen schon etwas gewachsen war. Wie schnell wuchs ein Drache?

Fürs Erste wickelte ich ein Tuch um ihn, um ihn vor neugierigen Blicken zu schützen. Niemand würde sich sicher fühlen, wenn er wüsste, dass ich ein Drachenjunges bei mir hatte, und ich hatte letzte Nacht irgendwo auf dem Weg seine Tasche verloren.

Ich hatte auch meine Sandalen verloren und meine nackten Füße traten vorsichtig den Feldweg zum Dorf entlang, wobei ich mich vor Dornen und spitzen Steinen in

Acht nahm. Ich war so darauf konzentriert, mir nicht die Füße zu verletzen, dass ich über die erleichterte Stimme meines Vaters erschrak, die aus dem Nichts kam.

"Seleska! Wir haben uns solche Sorgen gemacht!"

"Papa!" rief ich erleichtert und rannte auf ihn zu, um ihn zu umarmen.

Doch plötzlich erstarrte er. "Seleska? Was ist das um deinen Hals?"

Ich zog mich zurück, doch er stand immer noch erschrocken da.

"Ein kleiner Blauer Drache", sagte ich verlegen. Ich versuchte große, unschuldige Augen zu machen.

Sein finsterer Blick verriet mir, dass es nicht funktioniert hatte.

"Daswird ein Problem sein", sagte er.

20

"Seleska", wiederholte meine Mutter mit ernster Stimme, "es gibt einen Grund, warum die Blauen Drachen tabu sind. Sogar ihre Schuppen werfen wir wieder ins Meer, wenn sie an Land gespült werden. Wir dürfen uns weder mit ihnen noch mit ihren Angelegenheiten befassen."

Wir standen etwas abseits des Dorfes zwischen einer Baumgruppe. In der Ferne luden die Männer meines Dorfes Heron auf den Eselskarren, um ihn nach Hause zu bringen. Die Älteste Lutrind kümmerte sich um ihn mit einem kühlen Getränk und Kräutern. So eine Behandlung wäre mir jetzt auch lieber, als diese Standpauke.

"Mama", versuchte ich etwas zu sagen.

"Blaue Drachen bedeuten Ärger, Seleska. Mein Vater starb, als sein Fischerboot von einem Blauen Drachen in die Tiefe gerissen wurde. Der Bruder deines Vaters starb, als er zu weit ins Meer hinausgeschwommen und von einem von ihnen verschluckt worden ist. Du kannst den Drachen nicht behalten. Du musst ihn den Ältesten geben."

Der Wagen bewegte sich jetzt und holperte auf uns zu. Ich beobachtete besorgt, wie er sich uns näherte und dann anhielt. Heron lächelte schwach aus dem Wagen heraus.

"Seleska", sagte er.

"Es tut mir so leid, Heron", sagte ich, schob mich an meiner Mutter vorbei und ignorierte ihr Kopfschütteln. "Ich hätte dich nie in diesen Schlamassel mit hineinziehen dürfen."

"Wir haben das Dorf gerettet, nicht wahr?", sagte er mit einem schiefen Grinsen. "Wir haben das Schiff und die Kanonen aufgehalten."

"Das haben wir", sagte ich und legte ihm sanft eine Hand auf die Schulter.

Die Älteste Lutrind schnalzte mit der Zunge. "Nicht anfassen!"

"Warum nicht?" fragte ich und zog meine Hand energisch zurück. War Heron in schlechterer Verfassung als ich befürchtet hatte?

"Nicht, solange du dieses verfluchte Ding an dir trägst!", sagte die Älteste und zeigte auf den schlafenden Drachen um meinen Hals. "Fahr weiter, Talan. Der alte Horace braucht den Wagen, wenn wir fertig sind." Sie sah meine Mutter an und setzte den Karren wieder in Bewegung. "Überzeuge sie, Halana!"

Der Wagen fuhr davon und der Rest der Dorfbewohner folgte ihm. Meine Mutter wandte sich wieder mir zu.

"Siehst du, Seleska? Das ganze Dorf macht sich deinetwegen Sorgen! Du kannst diese Kreatur nicht behalten!"

"Mama", sagte ich so ruhig ich konnte. "Ich bin für ihn verantwortlich und er ist nur ein Junges. Hast du mich nicht bei dir aufgenommen, als ich dich gebraucht habe? Wie könnte ich ihn den Elementen überlassen, wo du mir doch gezeigt hast, dass es eine gute Sache ist, eine Seele in Not aufzunehmen?"

Meine Mutter verschränkte die Arme vor der Brust und machte ein strenges Gesicht. "Du warst ein Menschenkind, Seleska."

"Er ist nur ein Junges", protestierte ich. "Und er gehört mir."

"Halana", unterbrach mich mein Vater und bewahrte mich so vor einer weiteren Belehrung. Er schritt hinter den letzten Dorfbewohnern her, die Heron geholfen hatten. "Ich werde sie mitnehmen, in Ordnung? Wir werden die Küste hochgehen und die Matrosen einsammeln, die ans Ufer treiben."

"Sie wollten ihre Kanonen auf unser Dorf abfeuern!" protestierte Halana.

Mein Vater nickte grimmig. "Genau. Es ist also gefährlich, sie auf unseren Inseln frei herumlaufen zu lassen. Die Männer des Dorfes werden sie einsammeln und dann werden wir entscheiden, was wir mit ihnen machen."

"Oh", meine Mutter wirkte besänftigt. "Und Seleska?"

"Lass mich sie zur Vernunft bringen, während du den Frauen bei den Vorbereitungen hilfst. Wir werden heute Abend viele hungrige Mäuler haben. Denn auch wenn sie unsere Gefangenen sind, werden sie essen müssen."

Sie nickte, umarmte ihn zum Abschied und schenkte mir nur ein verständnisloses Kopfschütteln. Endlich konnte ich aufatmen.

Sie schritt zielstrebig davon und ich blieb unbeholfen neben meinem Vater stehen, nur wenige Schritte von einer Gruppe Dorfbewohnernentfernt, die Fischspeere und Macheten trugen.

"Es sieht so aus, als hättest du deine Sandalen verloren", sagte mein Vater und reichte mir mit ausdrucksloser Miene meine hohen Stiefel mit Absätzen.

Ich zog sie stirnrunzelnd an. Sie waren so unpraktisch. Und ich konnte sehen, dass er hinter seinem ernsten Gesichtsausdruck lachte. Das taten sie alle.

Wenigstens hatte ich ein Abenteuer erlebt, anstatt hier zu warten und mit den Dorffrauen zu kochen. Ich hatte allerdings den Verdacht, dass alle diese Stiefel für einen Witz hielten. Vielleicht waren sie das auch. Ich musste Heron danach fragen, wenn er sich besser fühlte.

Ich schritt hinter meinem Vater her und dachte daran, wie viel Ärger Heron bekommen würde, wenn es ihm wieder besser ginge.

"Deine Mutter hat recht", sagte er nach einigen Minuten, die wir den Pfad entlanggestapft waren.

"Hättest du mich an diesem Strand zurückgelassen, als ich hier angekommen bin, sechs Jahre alt, verängstigt und allein?" fragte ich kühn. "Ein Drache hat mich damals gebracht. Und du hast mich trotzdem aufgenommen."

"Hmm", meinte er, aber ich konnte nicht sagen, ob es Zustimmung war oder ob er nur wollte, dass ich schwieg.

Danach gingen wir schweigend weiter und folgten den anderen, bis uns Rufe von vorne alarmierten, dass der erste der Seemänner gefunden worden war.

Der Seemann hatte die Nacht nicht überlebt. Zwei seiner Freunde auch nicht. Sie waren an den Strand gespült worden, ihre verdrehten Körper waren die ersten Anzeichen dafür, dass sie bereits tot gewesen waren, als sie ans Ufer gespült worden waren. Dapnee begann in der Erde abseits des

Sandstrands zu graben. Ich hatte gar nicht bemerkt, dass er eine Schaufel dabeigehabt hatte. Zwei andere Männer aus unserem Dorf schlossen sich ihm an und der Rest von uns trug die Seemänner zu ihnen. Bei ihrem Anblick wurde mir ganz flau im Magen.

Schmerz durchfuhr mein Herz. Diese Männer hatten vorgehabt, mich zu entführen oder auf unser Dorf zu schießen. Und beides war zwar falsch, aber es war meine Schuld, dass sie tot waren. Vor lauter Schuldgefühlen biss ich mir auf die Lippe und wandte meinen Blick ab, während wir sie zu ihren Gräbern trugen.

"Markiere die Stelle", sagte mein Vater, "und wir werden passende Steine für sie anfertigen, wenn wir können."

"Wir können es ihre Freunde machen lassen", schlug Jamrie vor. "Das wird sie beschäftigen und uns Zeit geben, zu entscheiden, was wir mit ihnen machen."

Ein zustimmendes Gemurmel ging durch die Menge und mehr als einer der Dorfbewohner betrachtete das schlafende Drachenjunge um meinen Hals.

"Es wäre einfacher, dich zu verteidigen, Seleska, wenn du das Ding loswerden würdest", sagte Jamrie plötzlich. "Es ist schwer, ein Mädchen zu verteidigen - selbst eines von uns - wenn es Gift mit sich herumträgt."

"Er ist nicht giftig", protestierte ich, aber das Stirnrunzeln in der Gruppe verriet mir, dass das niemand wörtlich gemeint hatte.

Bis zum Mittag hatten wir fünf Überlebende und vier weitere Leichen aufgesammelt. Dapnee, Jamrie und die anderen Dorfbewohner marschierten weiter die Küste hinauf und mein Vater und ich brachten die ersten fünf Gefangenen zurück in unser Dorf. Sie sahen nicht so aus, als wollten sie Ärger machen, und hatten sich wortlos fesseln lassen.

Aber jeder von ihnen betrachtete den Drachen um meinen Hals mit besorgtem Blick und ich hatte langsam das Gefühl, dass ich diejenige war, die gefährlich und giftig war.

Wir gingen schweigend zurück ins Dorf, mein Vater an der Spitze und ich am Ende der Schlange. Wir waren fast wieder zu Hause, da versuchte Renny es noch einmal.

"Gib es einfach auf, Seleska. Es ist nicht deine Verantwortung."

"Hättest du mich damals verlassen?" fragte ich ihn mit Schmerz in den Augen.

"Niemals", war alles, was er sagte.

"Warum denkst du dann, dass ich den armen Nasataa ohne jemanden zurücklasse, der sich um ihn kümmert?"

Und das war der Knackpunkt der Sache. Wenn ich mich nicht um Nasataa kümmerte, tat es niemand. Und er hatte es nicht verdient, verlassen zu werden. Was für ein Mensch würde ihm das antun? Es spielte keine Rolle, dass er ein Drache und kein Mensch war. Er war mir wichtig, und sei es nur aus dem Grund, dass er jemandem wichtig sein musste.

21

Die Stimmung im Dorf war an diesem Abend düster.

Insgesamt hatten neun Männer und Frauen der Schiffsbesatzung überlebt. Und es hätten noch mehr sein können, hätten die Einwohner Abergandes oder der anderen Dörfer nach welchen gesucht.

Heron ging es viel besser, sein Kopf war verbunden. Er hatte die strikte Anweisung, sich nicht zu überanstrengen, aber er saß mit uns anderen um das Dorffeuer herum, sein altes Grinsen im Gesicht und die Reflexion des Feuers tanzte in seinen Augen.

"Ich habe gehört, dass sich nicht alle sicher sind, was wir mit euch machen sollen", sagte er, nachdem er sich zu mir gesetzt hatte, um sein Brot und seinen Fisch zu teilen. Ich steckte Nasataa ein Stück zu und seine Augenbrauen hoben sich. "Du machst es nicht besser, wenn du den Drachen vor allen fütterst."

"Dann lasse ich ihn wohl besser verhungern", fauchte ich ihm entgegen. Warum machte mich Heron so viel wütender als alle anderen? Das ergab doch gar keinen Sinn.

Ich schlich mich an den Strand, wo ich allein sein konnte, wobei meine lächerlichen Absätze meine Hüften zu sehr schwingen ließen. Ich konnte hören, wie das Dorf diskutierte, was mit den Gefangenen geschehen sollte. Und ich hörte, wie mehr als ein Dorfbewohner flüsterte, dass ich womöglich die Schuld dafür trug. Schließlich brachte jeder, der ein blaues

Drachenjunge mit sich herumtrug, Unglück. Ich hatte nur versucht, das Richtige zu tun. Und ich war diejenige, die alle gerettet hatte! Mehr oder weniger. Nicht ganz ohne Hilfe. Und niemand wäre überhaupt erst in Gefahr gewesen, wenn ich nicht hier gewesen wäre. Na gut, es war zum Teil meine Schuld.

Als ich an der Reihe der Gefangenen vorbeiging, spürte ich, dass Bransons Augen mir folgten. Er hatte den Untergang überlebt, genau wie ich - allerdings war sein Ohr so stark verbrannt, dass selbst die Dorfältesten nicht wussten, wie sie es am besten behandeln sollten. Keiner der Gefangenen redete. Sie aßen schweigend. Sie waren auch nicht bereit, mit den Ältesten zu sprechen. Aber ich konnte ihnen ansehen, dass sie noch nicht aufgegeben hatten. Ihre Rücken waren gerade, und ihre Blicke verfolgten mich scharf. Sie warteten nur darauf, zu entkommen und mich zu den Felsenkriegern zu bringen, die sie bezahlten.

Ich biss die Zähne zusammen. Auf der einen Seite befand ich mich inmitten meiner Feinde, andererseits waren meine Freunde wütend auf mich. Da niemand mehr auf meiner Seite war - nicht meine Eltern und nicht einmal Heron - wusste ich nicht, was ich tun sollte. Ich hatte nicht vor, Nasataa aufzugeben. Er brauchte mich. Was blieb mir dann noch?

Ich ging immer weiter, bis das Dorf außer Sichtweite geriet. Ich ließ mich auf einem großen Treibholzstamm nieder und zog Nasataa auf meinen Schoß, um ihn mit dem restlichen Brot zu füttern.

"Geht es dir gut, Kleiner?" fragte ich sanft und beruhigte ihn mit meinen Gedanken. "Du hattest gestern einen großen Tag. Das ist genug, um jeden zu erschöpfen!"

Er gab ein Geräusch von sich, das wie ein Schnurren klang, und rieb seine Rückenflosse an meiner Handfläche. Ich lächelte, tätschelte ihn sanft und bot ihm mehr Futter an.

Er teilte Bilder von bunten Fischen mit mir und ich gluckste. "Vielleicht beim nächsten Essen."

Er zerrte mit seinen kleinen Zähnen an meiner Hand und ich spielte mit ihm, indem ich ihn hin- und herzog, bis er müde wurde und sich wieder in meinem Schoß zusammenrollte und seinen kleinen Kopf auf seine winzigen Hüften legte. Er schlief, noch bevor er es sich wirklich gemütlich gemacht hatte.

"Ich werde mich um dich kümmern, Nasataa", sagte ich sanft. "Mach dir keine Sorgen. Du brauchst keine Angst zu haben. Ich werde dich nicht verlassen."

Mir stiegen die Tränen in die Augen bei der Erinnerung an meine leiblichen Eltern, die beim Versuch gestorben waren, mich in Sicherheit zu bringen, an meinen Leibwächter, der dabei ebenfalls gestorben war, an Ramariri, der es bis zu dieser Insel geschafft hatte und stundenlang mit dem Tod gerungen hatte, um mich in Sicherheit zu bringen. All diese Menschen waren für mich gestorben. Es ergab keinen Sinn, nur für mich selbst zu leben. Und das hatte ich auch nicht vor. Egal, ob alle meinten, es sei einfacher. Demnach wären auch meine Adoptiveltern dumm. Denn sie hatten mich aufgenommen - eine hilflose Fremde - und ich wusste, dass sie das Gleiche für Nasataa tun würden, wenn sie nicht so besorgt um mich wären.

Ich hatte gar nicht bemerkt, dass ich weinte, bis sich jemand neben mich setzte. Hastig wischte ich mir die Tränen weg.

"Ich habe etwas für dich", sagte Heron und bot mir eine mit Perlen versetzte Tasche mit doppelten Schulterriemen an. Sie war groß genug für zwei Nasataas - oder einen, wenn er noch ein paar Wochen so weiter wuchs. "Mir ist aufgefallen, dass du deine andere Tasche verloren hast."

"Danke", sagte ich verwundert. Wo hatte er überhaupt so eine hübsche Tasche gefunden?

"Sei nicht böse, Seleska", sagte er.

"Ich bin nicht sauer auf dich", sagte ich. "Aber ich habe diesem kleinen Kerl versprochen, dass ich mich um ihn kümmern werde, und nichts wird das verhindern." Ich sah ihn so grimmig an, wie ich konnte. "Nicht das Dorf, nicht meine Eltern und auch nicht du."

Nasataa kuschelte sich enger an mich, während ich die Perlenstickerei auf der Tasche befühlte, die Heron mir gegeben hatte. Sie war wirklich gut gemacht. Sie stammte nicht aus dem Dorf. Hatte er sie in Abergande gekauft? Wann war er dazu gekommen?

"Ich werde nicht versuchen, dich davon zu überzeugen, ihn wegzuschicken", sagte Heron und seine dunklen Augen glitzerten im Licht des aufgehenden Mondes. "Wenn die Ältesten, das Dorf und deine Eltern es nicht können, dann kann ich es auch nicht. Aber kann ich dich davon überzeugen, keine verrückten Dinge zu tun, wie Löcher in Söldnerschiffe zu schlagen? Oder wie auch immer du das Schiff versenkt hast? Ich kann mich gar nicht daran erinnern."

"Das war nicht ich", gab ich zu. "Es war ein blauer Drache."

Heron kicherte, wobei der Verband um seinen Kopf ein wenig verrutschte. "Und du tust so, als wären alle verrückt, die sie als gefährlich bezeichnen!"

"Ich habe nicht gesagt, dass sie nicht gefährlich sind", protestierte ich. "Ich habe gesagt, dass Nasataa nur ein Junges ist und meinen Schutz braucht."

"Weißt du", sagte Heron mit einem sanften Lächeln. "Ich glaube, du hast Recht, dass er nicht das Gefährlichste hier ist. Sondern du. Du bist viel schlimmer als er, weil du Ärger anlockst." Er lachte und ich starrte ihn an, aber schließlich wurde er wieder ernst und sprach weiter. "Versprich mir einfach, dass du dich von Ärger fernhältst, Seleska."

"Ich werde es versuchen", sagte ich.

"Ich muss die Ausbildung beenden, also kann ich nicht immer da sein, um dich zu retten."

"Letzte Nacht musste doch ich dich retten!"

Er gluckste. "Versprich es einfach."

Ich lehnte mich dicht an ihn heran, bis wir nur noch Zentimeter voneinander entfernt waren, und schenkte ihm ein böses Grinsen. "Ich werde nichts dergleichen tun, Heron. Du wirst mir einfach vertrauen müssen."

Er stand auf und wir lachten. "Ich gehe besser zurück ins Dorf, bevor sich jemand Sorgen um mich macht. Freunde?"

"Immer", stimmte ich zu.

Aber nachdem er sich entfernt hatte, biss ich mir auf die Lippe und wandte mich dem Meer zu. Ich konnte nicht hier bleiben und alle in Gefahr bringen, und ich konnte Nasataa nicht im Stich lassen. Und das bedeutete, dass meine Möglichkeiten begrenzt waren. Wo sollte ich sonst hingehen? Wie konnte ich verhindern, dass noch mehr Schiffe kamen und weiter Jagd auf mein Dorf, meine Familie und meine Freunde machten?

Es musste einen Weg geben, den Ärger abzuwenden, bevor es zu spät war.

22

Ich konnte es kaum Entscheidung nennen. Eine Entscheidung zu treffen, bedeutete das Durchdenken der nächsten Schritte und des Abwägens von Risiken und Konsequenzen, anstatt dem Gesang des Meeres zu folgen.

Als ich Nasataa in die neue Tasche steckte, war das einfach eine Handlung. Als ich sie mir auf den Rücken schnallte und einen wehmütigen Blick zurück auf mein Dorf und die Silhouette der Hütte meiner Eltern warf, war das bloße Sehnsucht. Als ich dem Gesang des Meeres folgte und meinen ersten Schritt zum Wasser machte, war das nur ein Instinkt. Nichts davon war wirklich eine Entscheidung.

Stattdessen ging ich mit traurigem, aber singenden Herzen und entschlossener Miene in die Wellen hinaus und lief noch lange weiter, nachdem sie mein wirbelndes Haar bedeckten.

Hätte ich eine Entscheidung getroffen, hätte ich diese lächerlichen Stiefel gegen ein vernünftiges Paar Sandalen getauscht und zusätzliche Kleidung und Decken, einen Wasserbeutel und etwas zu essen eingepackt. Wäre es eine Entscheidung gewesen, hätte ich mich von allen verabschiedet, bevor ich ging. Da es eine Handlung aus der Emotion heraus war, ging ich einfach.

Und ich ging weiter, suchte den Meeresboden in der Richtung ab, aus der ich mich erinnerte, aufgetaucht zu sein, bis mich der Schein des Portals zu dem alten Wrack führte.

Es wäre doch dumm, hindurchzugehen, oder? Es würde mich nur zurück in die Höhle nördlich von Abergande bringen. Ich umkreiste das leuchtende Portal und spürte Nasataas Herzschlag. Es war beruhigend, ihn dort zu haben, auch wenn ich diejenige war, die sich um ihn kümmern sollte.

Die seltsamen Symbole rund um das Portal waren für mich nicht zu verstehen. Ich konnte sie leicht erkennen - Schnörkel, Linien, Punkte und Dreiecke - aber ich konnte sie nicht lesen. Eines der Zeichen - ein Kreis mit einer verschnörkelten Linie daneben - leuchtete. Versuchsweise berührte ich ein anderes Zeichen am Rand - zwei Dreiecke mit einem Punkt daneben. Bei der Berührung mit meinem Finger gaben sie leicht nach und leuchteten auf, während der Kreis und die verschnörkelte Linie erloschen.

Vielleicht bestimmten die Symbole, wohin das Portal führte. Vielleicht führte jedes an einen anderen Ort. Das musste ich ausprobieren. Zumindest wusste ich, dass der Kreis mit der Linie zu der felsigen Höhle führen musste, in der ich mich zuvor versteckt hatte. Wenn ich also diesem Portal zu einem anderen Ort folgte, saß ich nicht fest. Ich konnte immer nach Hause zurück reisen.

Ich wäre ja verrückt, wenn ich es nicht versuchte, oder? Schließlich brauchte ich einen Weg, um weit weg von hier zu kommen. Vielleicht nicht für immer und vielleicht nicht sofort, aber irgendwann. Ich musste nur ein Symbol ausprobieren – nur welches?

Ich ließ meinen Blick über die Symbole schweifen, um zu sehen, ob mir eines von ihnen gefiel.

Ich mochte die Variante mit dem Kreis im Dreieck und der Wellenlinie darunter. Ich hoffte, dass auf der anderen Seite keine Haie warteten. Oder blaue Drachen.

Aber das war ja das Geniale daran. Wenn es mir nicht gefiel, wo ich hinging, konnte ich einfach wieder nach Hause zurückkehren. Außerdem wäre das Dorf froh, mich für ein paar Stunden aus dem Weg zu haben. Sie hatten Diskussionen zu führen und Entscheidungen zu treffen, und meine Anwesenheit machte das alles nur noch unangenehmer. Auch meine Eltern brauchten Zeit, um alles in Ruhe zu verarbeiten.

Ich tat das Richtige, indem ich ihnen diesen Raum gab.

Ich drückte auf das Zeichen, das mir so gut gefiel - der Kreis in dem Dreieck mit der Wellenlinie darunter - und trat in das Licht.

Die Welt verschwand und alles wurde dunkel.

Einen Moment später blinzelte ich heftig, um wieder sehen zu können. Wo auch immer ich war, hier war es Tag. Das Wasser war klar, aber kälter als zu Hause - und doch schien mich die Kälte überraschend wenig zu stören. Gehörte das zu der Fähigkeit, unter Wasser zu atmen?

Dieses Wasser war weniger türkis als vielmehr stahlgrau. Schön.

Ein felsiger Boden umgab das Portal hier mit wogenden Wasserpflanzen, die höher als ich wuchsen. Ich sollte nicht zu weit fort schwimmen. Es wäre leicht, sich hier zu verirren. Aber ich wollte wissen, was für einen Ort ich gefunden hatte.

Ich nahm einen tiefen Atemzug und schwamm nach oben. Das Wasser war hier nicht sehr tief und mein Kopf durchbrach die Oberfläche viel früher, als ich erwartet hatte.

In der Luft angekommen hustete ich – ich musste mich immer noch daran gewöhnen, wieder Luft zu atmen – und nahm mit großen Augen den Anblick vor mir wahr. Ich blickte auf eine Stadt - eine Stadt, die am Land verankert war, sich aber über das Wasser ausbreitete. Promenaden hingen zwischen Türmen, die im Wasser verankert waren, und Boote fuhren zwischen den Türmen hin und her. Von jeder Seite dieser Türme gingen Arme ab, die runde Häuser, Gasthäuser und Geschäfte trugen, Wendeltreppen, Leitern und schwingende Brücken verbanden sie miteinander.

Ein Lächeln breitete sich bei diesem wunderbaren Anblick auf meinem Gesicht aus. Nun, das war eine gute Idee gewesen! Gut, dass ich mich dazu überwunden hatte, hierher zu kommen.

Ich grinste immer noch, da traf mich etwas von hinten und die Welt wurde schwarz.

23

Ich erwachte in einem geflochtenen Käfig aus Schilf.

Zumindest sahen die Stäbe wie Schilf aus, aber als ich daran zerrte, bemerkte ich, dass sie stahlhart waren. Nasataa drückte sich gegen meinen Rücken und ich griff unbeholfen über meine Schulter, um die Tasche zu öffnen und ihn herauszulassen.

Er quietschte vor Freude, rannte über meine Schultern und sprang dann auf meinen Schoß. Ich ließ ihn in Gedanken wissen, dass wir in einem Stahlkäfig saßen, doch er teilte eine Vorstellung davon, wie er die Streben schmolz.

Ich hatte nicht erwartet, dass es funktionierte, aber war trotzdem enttäuscht, als sein Feuer nichts bewirkte. Wenigstens hatte derjenige, der uns in diesen Käfig gesteckt hatte, Essen und Wasser bereitgestellt.

Der Käfig bot eine tolle Aussicht, das war sicher. Wir baumelten von der Seite eines der Türme über dem Wasser. Dieser Turm - ein grüner Turm mit silbernen Verzierungen - stand am äußersten Rand der Wasserstadt. Unter ihm bewegten sich die Boote so zahlreich wie die Menschen auf den Uferpromenaden von Abergande. Ich sah Segelboote und Ruderboote, Fischerboote und schicke Boote mit Vordächern. Ich beobachtete sie zunächst eine ganze Weile, bevor ich meinen Blick auf die anderen Türme und die Menschen richtete, die sich auf den Stegen und Leitern, in den Geschäften und Restaurants mit offenen Türen, in den

Häusern und in den mächtigen Türmen selbst bewegten. In der Ferne lagen große Schiffe vor Anker und kleinere Boote transportierten ihre Besatzungen vom und zum Ufer.

Wenn mir unsere Gefangenschaft nicht solche Sorgen bereitet hätte, hätte ich den Anblick genossen. Wäre ich keine Gefangene, wäre ich herrlich neugierig auf diese Stadt gewesen - wie hieß sie? Wer lebte hier? Wie viele Menschen lebten hier?

Aber ich war eine Gefangene, und der sich zusammenziehende Knoten in meinem Bauch wurde von Stunde zu Stunde enger und erstickte langsam meinen Appetit, meine Freude, meine Hoffnung und sogar meine Neugierde. Mich interessierte nicht mehr, wer mich entführt hatte und warum. Mir ging es nur noch darum, nach Hause zu kommen. Ich klammerte mich an Nasataa und flüsterte ihm tröstende Worte zu, während er mit meinem Haar spielte oder in meinem Schoß schlief.

Schließlich knarrte etwas laut und ich blickte an dem langen, schmalen Arm unseres Käfigs entlang, um eine seltsame Gestalt auf uns zukommen zu sehen. Er - oder vielleicht sie – trug wallende rote Kleidung, die eng um die Hand- und Fußgelenke gebunden war. Sie bauschte sich auf wie ein Segel und verbarg die Körperform ihres Trägers fast vollständig, eine große Schutzbrille verdeckte seine Augen und eine eng anliegende Ledermaske und eine schwere, rote Kapuze den Rest seines Gesichts.

Wer in aller Welt war das?

Er näherte sich vorsichtig dem Käfig und blickte zwischen dem Turm und dem Käfig hin und her, als hätte er Angst, sich mir zu nähern. Was lächerlich war, da ichdiejenige im Käfig war. Ich blieb sitzen und Nasataa spielte auf meinem Schoß mit seinem Schwanz. Ich hätte sowieso nicht aufstehen können. Dafür war der Käfig zu klein.

"Wer bist du?" fragte ich kühn, sobald er in der Nähe war. "Du hast hoffentlich einen guten Grund, mich in diesen Käfig zu stecken!"

Er erstarrte und sah mich einen langen Moment lang an, bevor er die Ledermaske herunterzog und ein Kinn und eine Nase enthüllte, die ausgesprochen weiblich aussahen.

"Ich bin eine Bubbler aus der Stadt der Felsenkrieger Metamora." Es war eindeutig eine Frau, aber die Art, wie sie sprach, klang abwesend, als wäre sie mit ihren Gedanken woanders.

"Was wollt ihr von mir?"

Es kam keine Antwort.

"Und?" bohrte ich nach. "Warum habt ihr mich in einen Käfig gesperrt?"

"Du hast unsere Grenzen missachtet."

"Im Meer?" Ich versuchte, den Spott aus meiner Stimme herauszuhalten.

"Das Meer gehört uns und alles, was darin liegt."

"Das ist doch ein Witz." Wenn ich gestanden hätte, hätte ich meine Hände in die Hüften gestemmt.

"Du und deine Kreatur werden von der Saaasallla einvernommen und dann wird über dein Schicksal entschieden."

"Mein Schicksal?" drängte ich. "Was meinst du mit Schicksal?"

"Deine Art zu sterben."

"Sollte es nicht einen Prozess geben?" Ich war mir nicht sicher, ob ich bei diesen Worten wütend oder ängstlich klang. "Eine Gelegenheit, meinen Fall den Ältesten vorzutragen und für unschuldig oder schuldig befunden zu werden?"

"Du bist bereits schuldig. Die Art und Weise deines Todes ist alles, was noch offen ist. Die Saaasallla bevorzugt das Ertränken."

Nun, dann sollten diese Leute besser eine Menge Geduld haben.

"Gibt es keine Gnade an diesem Ort?" protestierte ich.

"Diese Erklärung ist die Gnade, die wir zuteil kommen lassen. Wir sind dir nichts schuldig. Nicht einmal das."

Sie drehte sich und ließ mich mit offenem Mund zurück. Ich hätte niemals durch das Portal treten und diese verrückte Welt betreten dürfen. Ich musste raus aus diesem Käfig und so schnell wie möglich zurück nach Hause. Keine noch so große Enttäuschung meiner Dorfgemeinschaft konnte so schlimm sein wie das hier!

24

Das Meer sang zu mir. Es war unerreichbar - weit unter unserem Käfig - und doch sang es für mich von kräuselnden Strömungen, von plätscherndem Wasser, von Fischschwärmen, von Regentropfen auf der Oberfläche und vom Wind, der die Wellen aufpeitschte. Er sang mir das Lied der Freiheit, vom Fliegen durch Wind und Brandung mit wehenden Haaren und vor Anstrengung geröteten Wangen. Es sang mir das herrliche Lied des Morgenrots, das jede Welle des Wassers einfing und sie gold und rosa färbte, und vom Abendrot, das das Gleiche in herbstlichem Orange und Rot tat. Es sang von den Tiefen, in denen sich gewaltige Kreaturen ungesehen bewegten, wo Blindheit kein Hindernis war und neue Welten mit seltsamen und großartigen Kreaturen entstanden.

Und dieses Lied erfüllte mich und hielt meine Hoffnung am Leben, während ich die fremde Stadt um mich herum beobachtete, die sich auf meine Hinrichtung vorbereitete.

"Es ist entschieden", sagte meine seltsame Besucherin, die zurückgekommen war und ihre Maske lange genug abnahm, um mit mir zu sprechen. "Tod durch Feuer."

"Feuer? Ihr scheint hier viel mehr Wasser als Feuer zu haben." Mein Herz schlug wie wild. Damit hatte ich wirklich nicht gerechnet. Trotz des ganzen Geredes darüber, mich zu töten, hatte ich nicht damit gerechnet, dass sie es tatsächlich tun würden. Ich schluckte unbehaglich.

"So lautet der Wille der Saaasalla."

"Aber diese Saaasallla kennt mich nicht!" sagte ich. Würde Nasataa das überleben? Er konnte unter Wasser atmen, aber was war mit Feuer? Waren Drachen immun gegen Feuer? Ich hoffte es. Mir wurde übel.

"Das spielt keine Rolle."

"Sie könnte ihre Meinung ändern, wenn sie mich kennen würde. Ich bin wertvoll."

Das ausdruckslose Gesicht verzog keine Miene. "Nicht wertvoll genug."

Wie viel sollte ich ihr verraten? Ich sollte ihr genug verraten, um mich davor zu bewahren, lebendig verbrannt zu werden. Denn wenn ihr Volk Söldner nach mir geschickt hatte, dann war ich es doch wohl wert, am Leben zu bleiben, oder?

"Ich kann unter Wasser atmen", sagte ich und begann mit dem Bemerkenswertesten, das mir einfiel.

"Das kann ich auch."

Das hatte ich nicht erwartet. Ein eiskalter Schauer durchfuhr mich. Vielleicht war ich wirklich nicht so besonders.

"Ich bin eine Prinzessin", sagte ich.

"Das bin ich auch."

Oh. Na ja. Mehr hatte ich nicht zu bieten.

Nach einem Moment wandte sie sich ab um und verschwand. Ich versuchte, mich nicht von Panik und Verzweiflung übermannen zu lassen.

Es musste einen Ausweg aus dieser Situation geben.

Unter uns, auf einer anderen Plattform, begannen sie, Holz für ein großes Feuer aufzuschichten. Ein Feuer, das die Lagerfeuer meines Dorfes in den Schatten stellen würde.

Nasataa gähnte schläfrig und streckte sich auf meinem Schoß aus. Ich hätte schwören können, dass er in der Nacht gewachsen war. Er war jetzt so groß wie eine große Katze und sein Schwanz so lang wie mein Arm. Er kaute schläfrig an meinem Ärmel, wobei ihm ein Sabberfaden aus dem Maul lief, und teilte in Gedanken eine Vorstellung davon, wie er den Käfig verließ und zurück ins Meer ging. Er war es leid, hier gefangen zu sein.

Das war ich auch. Und die Angst erfüllte mich durch Mark und Bein. Wie sollte ich dieses kleine Leben schützen, wenn ich nicht einmal mich selbst schützen konnte?

"Warte!" rief ich der Bubbler zu. Sie war schon fast zu weit weg, aber sie musste mich trotzdem gehört haben. Sie kam zurück und ich fuhr fort. "Ich weiß, dass du mich hinrichtest, aber was ist mit ihm?" Ich hielt Nasataa hoch. "Kann er nicht freikommen?"

"Nein."

"Aber er ist nicht derjenige, der euer Gesetz gebrochen hat."

"Diese Biester töten wir, sobald wir sie sehen. Er wurde nur so lange verschont, weil er bei dir war."

Sie machte auf dem Absatz kehrt und schritt wieder davon.

Biester? Warum hassten alle die blauen Drachen so sehr? Hatten sie hier auch Schiffe versenkt? Aber es waren so viele im Hafen, dass es schwer zu glauben war. Wenn die blauen

Drachen sie versenken wollten, konnten sie das leicht. Es musste einen anderen Grund dafür geben.

Armer Nasataa. Er lebte in einer Welt, die ihn für das hasste, was er war, und es spielte keine Rolle, dass er nur ein Junges war und nie etwas verbrochen hatte.

Ich versuchte, dem flauen Gefühl in meiner Magengrube nicht nachzugeben, aber ich hatte keine andere Wahl. Ich hatte alles versucht, was ich konnte, um uns zu retten - ich hatte alle meine Geheimnisse verraten und sogar versucht, ihn ohne mich zu befreien. Es gab keine anderen Möglichkeiten mehr für mich.

Es sei denn...

Was hatte ich auf diesem Söldnerschiff getan? Ich hatte Nasataa gerufen - ich hatte in Gedanken so stark gerufen, wie ich konnte, beim verzweifelten Versuch ihn zu finden. Vielleicht gelang mir das erneut. Vielleicht gab es irgendwo da draußen einen blauen Drachen, der meinen Ruf hörte und uns wieder rettete.

Ich konzentrierte mich so stark ich konnte ich konnte, rief, rief, flehte um Hilfe. Ich versuchte, eine Vorstellung von Nasataa und mir in diesem Käfig zu projizieren und von dem Feuer, das sie auf der Plattform unter uns vorbereiteten. Ich versuchte, die Brisanz der Situation darzustellen, und rief, rief, rief - zu jedem, der zuhören wollte.

"Bitte! Bitte höre und hilf uns!"

War das ein kleines Beben, das das Lied kurz unterbrochen hatte?

Der letzte Lichtstrahl versank hinter dem Horizont und unter mir wurde das Feuer entzündet. Es schoss hungrig in die Luft, knisterte und knallte vor Wut.

Mein Inneres gefror bei diesem Anblick und der Schweiß trat mir auf die Stirn. Wir hatten keine Zeit mehr. Es war zu spät.

25

Ich hatte nicht bemerkt, dass der Käfig abgesenkt werden konnte, bis er sich langsam durch eine Falltür in der Plattform nach unten in Richtung Feuer bewegte.

Eine Menschenmenge hatte sich eingefunden, um meinen Tod zu beobachten. Toll! Ich würde nicht nur grausam sterben, sondern auch zur Unterhaltung der Menschen in dieser schrecklichen Stadt beitragen. Ich hatte schon immer mal eine Stadt sehen wollen. Der Besuch in Abergande hatte mir so viel Spaß gemacht, dass ich mir sicher war, dass ich die Aufregung eines noch größeren Ortes lieben würde - all die verschiedenen Menschen und die vielen Geschäfte und Gasthäuser. Aber diese Stadt war ganz und gar nicht so, wie ich es mir erhofft hatte. Diese Leute waren Schurken! Und sie fanden es lustig, jemanden sterben zu sehen!

Meine Wut wuchs mit jedem Moment, in dem mein Käfig langsam nach unten gesenkt wurde. Ich drückte Nasataa schützend an meine Brust, mit zusammengebissenen Zähnen und grimmigem Blick. Ich würde nicht weinen. Das würde ich nicht tun. Oh, Himmel und Sterne, das tat ich schon!

Eine Träne lief mir über das Gesicht, aber ich schüttelte den Kopf und wischte sie grob weg. Ich wollte ihnen nicht die Genugtuung gönnen, mich weinen zu sehen.

Nasataa schien weitgehend unbeeindruckt zu sein. Zum Glück erkannte er nicht, in welcher Gefahr wir uns befanden.

Ich hoffte, dass er es nicht merken würde, dass er nicht leiden würde. Der arme kleine Kerl. Er hatte etwas viel Besseres verdient als das hier! Ich hätte ihn vor diesen Monstern beschützen müssen.

Ich spürte ein Zittern im Gesang des Meeres und rief es an, mich zu retten. Bitte! Bitte! Was auch immer du bist, bitte hilf uns! Hilf uns!

Mit höchster Konzentration teilte ich eine Vorstellung von Nasataa, dem süßen, unschuldigen Drachenjungen Nasataa. Welches Wesen sich auch immer in den Tiefen des Meeres regte, würde sie sicher mitbekommen und ihm helfen wollen - oder?

Wir kamen dem Feuer immer näher und das Gemurmel der Menge ging in einen leisen Sprechgesang über, den ich nicht verstand. Ich hatte nie verstanden, warum ich eine Gruppe von Menschen hassen sollte. Schließlich waren Menschen Individuen und jeder war anders, aber in diesem Moment konnte ich nicht anders, als diese Leute zu hassen. Sie wirkten nicht wie Individuen. Sie wirkten wie ein riesiges, sich bewegendes Gebilde aus Hass und Zerstörung - und ich wollte ihnen diese Zerstörung direkt zurück in die hässliche Fratze werfen!

Ich biss die Zähne zusammen und dann tauchte ein Bild in meinem Kopf auf. Es war verschwommen und schwer zu erkennen, aber es sah aus wie mein Käfig, der weit, weit oben in der Luft über dem lodernden Feuer hing.

Ja! Irgendjemand hatte meinen Hilferuf gehört.

Wer war es? Wer hatte unsere Notlage bemerkt?

Ein weiteres Bild tauchte in meinem Kopf auf, aber ich nahm es zu schwach wahr, um etwas erkennen zu können.

Ich hoffte nur, dass das hieß, dass Hilfe unterwegs war. Mir war bereits viel zu heiß, der Schweiß rann mir in Strömen herunter. Meine Haut schmerzte von der Hitze des Feuers unter mir. Rauchschwaden füllten den Käfig, sodass Nasataa und ich husteten und wohl bald daran erstickten. Ich konnte Wasser atmen, aber keinen Rauch!

Wir hatten noch nicht einmal das Feuer erreicht und ich hatte schon das Gefühl, dass es zu viel war.

Ein weiteres, schwaches, unzusammenhängendes Bild erreichte meinen Geist.

"Bitte! Bitte beeil dich!" flehte ich den anderen Geist an. Wir hatten nicht mehr viel Zeit. Meine staubtrockene Lunge brannte.

Und plötzlich wurde der Käfig durchgeschüttelt wie ein Fisch am Ende einer Angelschnur. Die Menschen um uns herum blickten alle auf einen Punkt über meinem Kopf. Hätten ihre Tücher und Masken nicht ihre Gesichter verhüllt, hätte ich wohl ebenso überraschte Blicke wie meinen darin gesehen, als unser Käfig aus der Luft gerissen wurde und die Kette, die ihn hielt, zersprang.

Ich zappelte und versuchte, einen Blick auf das zu erhaschen, was uns gepackt hatte, aber alles ging zu schnell. Wir fielen herab, verfehlten nur knapp ein Boot, das mit Stoffballen beladen war, und wurden dann unter die Brandung gezogen. Ich hustete und war dankbar, dass das Wasser meine Lungen vom Rauch reinwusch. Schwarze Spuren zogen sich beim Ausatmen durch das Wasser.

Wir rasten blitzschnell durch das Wasser, sodass ich nur noch Luftblasen um uns herum wahrnahm und ich klammerte mich an Nasataa. Das Wasser zerrte an mir und verwirbelte mein Haar, sodass ich nichts mehr sehen konnte. Es schien ewig so weiterzugehen, bis wir schließlich anhielten und der Käfig auf dem sandigen Meeresboden landete.

Mit einem metallischen Quietschen wurden die Gitterstäbe auseinandergerissen von zwei riesigen... Tentakeln?

Ich eilte aus dem Korb und trat auf wackeligen Beinen auf den sandigen Meeresboden. Mein Atem beruhigte sich wieder.

Ich versuchte, beim Blick in das einzige Auge unseres Befreiers meine Freude und Dankbarkeit in Gedanken auszudrücken. Bei seinem Anblick keuchte ich vor Schreck.

Wie es aussah, hatte uns ein Tintenfisch von der Größe meines Dorfes gerettet. Er erhob sich stolz und prächtig vor mir, sein Schnabel öffnete und schloss sich und seine langen, verschlungenen Arme wirbelten in der Meeresströmung.

"Danke", versuchte ich unter Wasser zu sagen. Ich teilte im Geiste all die Dankbarkeit, die ich empfand, und er teilte wieder eines seiner schwachen Bilder mit mir.

Plötzlich schloss er die Augen, zog die Arme ein und schoss davon. Die Druckwelle schleuderte mich nach hinten und ich geriet ins Taumeln. Als ich mich endlich gefangen hatte und wieder auf die Beine kam, war der Tintenfisch verschwunden.

Ich drückte Nasataa fest an meine Brust. Ich hatte keine Ahnung, wo wir waren. Ich hatte keine Ahnung, wie ich zum Portal zurückkommen sollte, und ich hatte große Angst davor, zur Oberfläche zurückzukehren, um mich zu orientieren. Beim letzten Mal war das eine schreckliche Entscheidung gewesen.

Ich atmete tief ein. Ich war dankbar, dass der Tintenfisch uns gerettet hatte.

Warum war er meinem Ruf gefolgt? War er einfach so nett und hilfsbereit? Ich hatte mit einem blauen Drachen gerechnet, aber ich hatte nie daran gedacht, dass auch andere Meerestiere mich hören konnten.

Aber das hielt mich nicht davon ab, mich zu fürchten.

Ich hatte keine Ahnung, was ich als nächstes tun sollte.

26

Ich fand meinen Weg zur Küstenlinie, wo das Wasser flacher war. Ich war so müde, dass ich, bevor ich es bemerkte, fast gegen ein rundes Metallobjekt stieß, das so groß war wie die Hütte meiner Eltern. Sofort zog ich mich zurück in den Schatten.

Gerade noch rechtzeitig.

Eine Frau - vielleicht? - mit Schutzbrille und Gesichtsmaske, genau wie meine Entführerin, schwamm aus der Metallkonstruktion hinaus ins Meer. Sie blickte nicht hinter sich und sah mich nicht. Ich kauerte mich in den Schatten und zitterte beim Gedanken, wieder in Gefangenschaft zu geraten.

Die Bubbler hatte nicht gelogen. Diese Menschen atmeten unter Wasser.

Warum hatten die Söldner also mich gewollt? Ich versteckte mich und wartete lange Minuten, ob noch jemand herauskam oder die Frau zurückkehrte. Als beides nicht eintrat, schlich ich zurück ins Meer und fand einen tiefen, felsigen Graben. Ich folgte ihm stundenlang, bis meine Beine anfingen, unter mir nachzugeben. Mir war kalt und ich zitterte - nicht von der Kälte des Meeres, sondern vom Schrecken des vergangenen Tages. Die Angst hielt mich unter den Wellen und weg vom Ufer.

Nasataa lag unruhig in seiner Tasche auf meinem Rücken und signalisierte mir oft mit Bildern in meinem Kopf, dass er hungrig und durstig war. Ich konnte ihn nicht verhungern lassen. Und ich war auch durstig. Irgendwann würde ich zum Ufer gehen und uns frisches Wasser und etwas zu essen besorgen müssen. Aber was, wenn ich wieder in Gefangenschaft geriet? Es war klar, dass jede Entdeckung durch die Felsenkrieger unseren Tod bedeutete.

Ich machte mir immer noch Gedanken darüber, da schlüpfte Nasataa plötzlich aus der Tasche und schoss vor mir heraus.

In Gedanken teilte ich wütend eine Vorstellung davon, wie er zu mir zurückkehrte. Komm zurück!

Er hörte nicht zu, schwamm Richtung Land und schnappte sich unterwegs bunte Fische, die er mit einem einzigen Bissen hinunterschlang. Er war hungrig. Kein Wunder, dass er nicht zuhörte.

Mit müden Gliedern jagte ich ihm hinterher und strampelte durch das Wasser. Ohne der dummen Stiefel wäre ich schneller geschwommen, aber ich wagte es nicht, ganz ohne Schuhe zu bleiben.

Komm zurück, Nasataa!

Das Wasser wurde immer flacher und schließlich stieg er an die Oberfläche. Das war nicht gut! Was, wenn sie ihn erwischten?

Ich jagte ihm hinterher und hob meinen Kopf vorsichtig an die Oberfläche. Nervös blickte ich in alle Richtungen, bereit, sofort wieder unterzutauchen.

Es war niemand da. Ich keuchte erleichtert auf. Keine Menschen, keine Gebäude. Nichts als felsiger Strand und kalte Wolken, graues Meer und wogende Bäume. Ich atmete lange und erleichtert ein. Aber wo war Nasataa?

Ich fand ihn in einer kleinen Höhle, wo er frisches Wasser aus einer natürlichen Schale im Felsen leckte. Ich nahm selbst eine Handvoll davon, bevor ich mich auf den glatten Felsen des Höhlenbodens fallen ließ.

Ich war so müde. Ich musste mich nur einen Moment ausruhen. Ich durfte nicht einschlafen. Es war viel zu gefährlich. Nur ein Moment der Ruhe.

Ein warmer Körper kuschelte sich an mich. Und ich ließ Nasataas sanftes Schnarchen über mich ergehen. Er war ein guter Drache. Ich versuchte, ihm in Gedanken zu sagen, was für ein guter Drache er war, während ich seinem sanften Atem lauschte, ein und aus, ein und aus.

Meine Augen fielen zu und ich schlief in einer Höhle ein, die ich noch nie gesehen hatte, an einem Strand, den ich nicht kannte, in einem feindlichen Land.

Vielleicht war das keine so gute Idee.

Ich ignorierte diesen Gedanken und ließ mich in den Schlaf fallen.

27

"Was haben wir denn hier?"

Erschrocken fuhr ich aus dem Schlaf. Ich versuchte mich zu erinnern, wo ich war oder warum eine dunkle Silhouette über mir stand, umrahmt vom Sonnenlicht.

Eine Höhle. Ich war in einer Höhle. Ich war eingeschlafen. Nasataa wachte neben mir auf und spie beim Gähnen Feuer gegen die Wand der Höhle.

"Und auch ein Drachenjunges. Und du dachtest, du würdest einfach in einer Höhle an der Felsenküste schlafen?" Die Frau, die über mir stand, schnalzte mit der Zunge.

Ich setzte mich auf.

"Wer bist du?" fragte ich, meine Stimme war noch schlaftrunken.

Sie schnaubte, zog sich zurück und legte Treibholz für ein Feuer zurecht. Sie zog einen Feuerstein aus ihrer Tasche, entzündete eine Handvoll Gras und einen Moment später brannte ein fröhliches Feuer.

"Hübsch, nicht wahr?", sagte die Frau. "Aber trotzdem gefährlich. Wie du und der Drache."

Ich zuckte bei ihren Worten zurück. War sie auch ein Feind? Die tanzenden Flammen erhellten ihr Gesicht. Sie war eine Frau in ihren Vierzigern oder frühen Fünfzigern. Ihr schwarzes Haar war von dicken, silbernen Strähnen durchzogen und ihr Gesicht war schön, aber von Wind und Sonne gegerbt, sodass ihre Haut faltig und dünn war. Sie war schmal und schlank, aber sie bewegte sich vorsichtig, als müsste sie eine alte Verletzung schonen, und ich sah, dass sie eine Rüstung aus Leder und Metall trug. Sie trug einen langen Stab mit einer gekrümmten Klinge am Ende und machte den Eindruck, als wüsste sie, wie man ihn benutzte.

"Bist du hier, um uns zu fangen?" fragte ich und lehnte mich mit dem Rücken gegen die Höhlenwand. In einem Kampf konnte ich nicht viel ausrichten. Sie war diejenige mit dem Stab.

Nasataa sprang in meine Arme und seine kleine Flamme erleuchtete die Höhle.

"Ich bin hier, um dir Tee und etwas Warmes zum Essen zu machen", sagte die Fremde grinsend. "Warum fangen wir nicht damit an?"

Wahrscheinlich gab es da einen Haken, oder? Aber ich konnte mir nicht vorstellen, was es sein könnte. Ich war immer noch nicht bereit, mich zu entspannen, aber als sie einen Kessel füllte und ihn auf das Feuer stellte und dann anfing, Suppe zu kochen, trat ich etwas näher und wärmte mich am Feuer.

"Was weißt du über Troglodyten?", fragte die fremde Frau.

"Nichts", sagte ich und genoss die Wärme des Feuers.

"Sie sind die Ältesten der Drachen. Sie besitzen die Weisheit der Drachen und leiten die Drachenvölker durch die Herausforderungen ihrer Generationen. Sie sind seit den Anfängen der Magie bei uns."

Warum erzählte sie mir das? Ich neigte den Kopf zur Seite und nahm eine Tasse Tee. Er duftete und war warm und mein ganzer Körper entspannte sich beim ersten Schluck.

"Vor langer Zeit hatte einer der Troglodyten eine Vision von einer Zeit, in der die Magie die Welt verlassen würde."

Bei diesen Worten spürte ich ein kribbelndes Gefühl. Dachte sie, dass die Zeit jetzt gekommen war? Sie schenkte sich Tee ein und fuhr fort.

"Sie haben einen Auserwählten vorausgesehen. Dieser Auserwählte würde Führung und Schutz brauchen. Pflege und Training. Dieser Auserwählte würde einen starken Beschützer brauchen, der ihm zur Seite steht, damit er die Magie in die Welt zurückbringen kann. In der Rückkehr der Magie liegt die Hoffnung für die Völker und Nationen. Im Moment verlässt uns die Magie und die Menschen bekriegen sich um die Reste, die noch übrig sind. Wenn sie wiederhergestellt werden könnte, könnten wir den Völkern Frieden und Wohlstand zurückbringen."

"Wir?" fragte ich. Was glaubte sie, was ich damit zu tun hatte? Es sei denn... sie dachte doch nicht, dass ich dieser Auserwählte war, oder?

"Ich bin hier, um den Auserwählten zu finden", sagte die Frau mit ernster Miene, bevor sie einen Schluck von ihrem Tee nahm.

"Willst du damit sagen, dass du der starke Beschützer bist?" fragte ich misstrauisch. Sie sah wirklich stark aus.

Sie lachte. "Nein. Ich bin hier, um den Beschützer auszubilden und ihn zu einem Kämpfer zu machen. Du bist nicht der Auserwählte, Seleska. Du bist die Beschützerin. Nasataa ist der Auserwählte."

Mein Gesicht wurde blass. "Woher kennst du unsere Namen?"

Die beruhigende Wirkung des Tees war mit einem Schlag dahin.

"Ich bin Vyvera Kyrynos und ich diene den Troglodyten. Ich wurde von ihnen geschickt, um dich und deinen kleinen Schützling zu finden. Es steht uns nicht zu, den Auserwählten oder seinen Beschützer zu wählen, aber wir können dir zumindest helfen. Ich bin hier, um dir beizubringen, was du wissen musst, um ihm zu helfen, die Welt zu retten."

Bei ihren Worten blieb mir der Mund offen stehen.

Die Welt retten?

War sie verrückt?

"Wirst du meine Hilfe annehmen?", fragte sie.

"Hm, ja." Ich stimmte zu. Schließlich saß ich in einem fremden Land fest, verloren an der Küste, ohne Vorräte und ohne Hoffnung, und hier war eine starke Kriegerin mit warmem Essen, die mir ihre Hilfe anbot. Ich musste schon verrückt sein, abzulehnen.

Sie lächelte breit. "Gut. Abgemacht."

Sie streckte eine Hand aus und ich nahm sie unbeholfen. Ihr Händedruck war fest und stark.

"Was jetzt?" fragte ich. Vyvera reichte mir vier Schalen und eine Schöpfkelle und deutete mir, die Suppe einzuschenken .

"Ich werde dich als nächstes zu den Troglodyten bringen. Sie werden dir noch mehr zu sagen haben. Und ich werde dir beibringen, was du damit machen sollst." Sie reichte mir den Stab mit der gekrümmten Klinge. "Das ist ein Drachenstab - eine uralte Handwerkskunst der Troglodyten und er gehört jetzt dir."

"Oh", sagte ich und nahm ihn an. "So etwas Wertvolles kann ich wirklich nicht annehmen."

"Es ist für dich bestimmt." Ihre Worte waren knapp.

"Hm, danke? Aber womit wirst du kämpfen?"

"Ich habe meinen eigenen", sagte sie.

Ich sah mich verstohlen in der Höhle um, aber sie hatte nichts anderes dabei. Keine Taschen. Keinen Stab.

Vyvera schob Nasataa eine der Suppenschalen zu und er sprang aus meinen Armen auf den Boden und begann zu essen. Sie reichte mir eine weitere und nahm sich selbst eine, bevor sie sich umdrehte und zum Höhleneingang hinausrief.

"Heron! Die Suppe ist fertig!"

Mit einem breiten Grinsen trat mein bester Freund in die Höhle.

Heron? Hier?

Ich stellte die Suppe vorsichtig ab und stürzte mich auf ihn, um ihn so fest zu umarmen, wie ich konnte.

"Ngh", stöhnte er, bevor er mir sanft auf den Rücken klopfte. "Geht es dir gut, Seleska? Vyvera hat gesagt, sie müsste einen Moment mit dir allein sein. Seleska?"

Ups. Ich wollte nicht weinen, aber die Sicherheit, die ich in seiner Gegenwart spürte, trieb mir die Tränen in die Augen. Hastig wischte ich mir über die Augen.

"Ich bin einfach so froh, dich zu sehen", sagte ich.

Er rieb sich unbeholfen den Nacken.

"Ich bin irgendwie hungrig. Wenn es dir recht ist, können wir zuerst die Suppe essen?"

Die Suppe war das Beste, was ich je gegessen hatte.

28

"Wir können nicht hierbleiben", sagte Vyvera nach dem Essen. "Die Felsenkrieger jagen dich. Es scheint, als hättest du dich mit ihnen ganz schön überworfen. Ich werde Damokas holen."

Sie stand auf und verließ die Höhle, während ich noch über ihre Worte nachdachte. Es waren noch mehr Leute da draußen?

"Wie viele von euch sind gekommen, um mich zu finden?" fragte ich Heron.

"Nur Vyvera und ihr Drache Damokas." Sein Lächeln schien mehr zu sagen, als ich verstehen konnte.

"Sie reitet auf einem Drachen?"

"Und was für einen. Du hättest die Dorfältesten sehen sollen, als er auf dem Strand gelandet ist! Deine Eltern haben gerade gemeldet, dass du nicht nach Hause gekommen bist. Wir wollten schon mit der Suche nach dir beginnen."

"Oh", sagte ich dümmlich und spürte, wie ich rot anlief. "Ich wollte nicht, dass sich die Leute Sorgen machen. Ich dachte, es wäre einfacher für alle, wenn ich einfach gehe."

"Und ist es einfacher?" Sein Lächeln änderte sich nicht, aber es schien, als würde er mich hinter seinem Blick auslachen.

"Nein, nur viel gefährlicher." Ich hielt inne. Ich war noch nicht bereit, die ganze Geschichte zu erzählen. "Was ist dann passiert? Wie bist du so schnell hierher gekommen?"

"Über den ganzen Ozean verstreut gibt es Portale. Sie sind ein Geheimnis, aber weil Vyvera bei einer Art besonderem Drachenrat im Dienst steht, haben sie ihr gesagt, wo sie sind. Es hat nur einen Tag gedauert, den ganzen Ozean zu überqueren! Kannst du das glauben? Mit ihrem Drachenstab hat sie erkannt, dass du eine Art Unterwasserportal benutzt hast. Aber die Luftportale führen nicht zur selben Stelle, deshalb haben wir eine Weile gebraucht, um euch zu finden."

"Und was tust du hier?" Ich biss mir auf die Lippe. Beim letzten Mal hatten wir uns gestritten.

Er strich mir eine Haarsträhne hinters Ohr. Die Geste fühlte sich seltsam beschützend an.

"Machst du dich über mich lustig? Ich habe dir nicht zugetraut, dass du alleine in ein anderes Land fliehst. Du würdest wahrscheinlich etwas Verrücktes tun und gleich bei der Ankunft erwischt werden. Ich wollte nicht, dass ein Haufen Fremder dich für all die Risiken bestraft, die du eingehst – das ist meine Aufgabe."

Er zwinkerte.

Warum fühlten sich meine Wangen so heiß an? Er war doch nur ein guter Freund. Es gab keinen Grund, verlegen zu sein. Aber ich war es trotzdem. Dass er Recht hatte, machte es nur noch schlimmer. Ich war in Schwierigkeiten geraten, kaum dass ich hier angekommen war.

Wir sammelten das Geschirr ein, reinigten es und löschten das Feuer. Ich lockte Nasataa zurück in die Tasche und Heron packte Geschirr und Kessel in einen Lederbeutel.

"Du hättest zu Hause bleiben können, wo es sicher war", sagte ich nervös, und half Nasataa, es sich in der Tasche bequem zu machen.

"Natürlich", stimmte Heron zu. "So wie du."

"Aber Nasataa ist meine Verantwortung. Ich kann ihn nicht einfach alleine gehen lassen. Er könnte sich verletzen und hat niemanden, der ihm hilft. Ich bin für ihn verantwortlich."

"Vielleicht bin ja ich für dich verantwortlich. Was passiert, wenn du verletzt wirst und niemanden hast, der dir hilft?" Sein Lächeln war fast zärtlich.

"Was ist mit deiner Ausbildung?" fragte ich. Es war mir unangenehm, wie süß er war.

"Bis die Ältesten herausgefunden haben, was mit den Gefangenen und dem gesunkenen Schiff geschehen soll, was die Rückkehr der blauen Drachen zu bedeuten hat und sie den Schock, Damokas in ihr Dorf fliegen zu sehen, verdaut haben, werden wir beide wieder zurück sein."

Er lachte, als hätte er einen Scherz gemacht, aber ich hatte das ungute Gefühl, dass sich diese Dinge tatsächlich nicht so schnell klären würden.

"Nun", sagte ich und wies den Weg aus der Höhle, "ich bin froh, dass du mit Vyvera gekommen bist. Es ist schön, einen Freund zu haben..."

Ich stockte mitten im Satz, als ich bemerkte, wie Vyvera auf einem riesigen schwarzen Drachen saß. Er war kleiner als die blauen Drachen, aber immer noch riesig. Seine Schuppen schimmerten wie die der blauen Drachen, aber seine Form war mehr an das Land als an das Meer angepasst, seine Beine waren länger, sein Schwanz kürzer und er hatte überhaupt keine Flossen. Er erinnerte mich schmerzlich an Ramariri und wenn er goldfarben gewesen wäre, wäre ich dahingeschmolzen. Stattdessen starrte ich ihn einfach nur an, ehrfürchtig vor seiner Schönheit und erschrocken über die rohe Kraft, die dahintersteckte.

"Das ist ein schwarzer Drache", sagte ich mit einem Keuchen.

"Normalerweise bleiben sie gerne an einem Ort. Sie sind Wächter und Verteidiger", sagte Vyvera von seinem Rücken aus, nahm von Heron den Sack mit dem Geschirr entgegen und verstaute ihn hinter sich. "Normalerweise verteidigen sie Städte - sowohl der Menschen als auch der Drachen. Aber Damokas und ich sind hier, um etwas Wichtigeres zu verteidigen als eine Stadt."

Nasataa steckte sein Köpfchen aus meiner Tasche, quietschte und schoss einen kleinen Feuerball über unsere Köpfe hinweg. Der schwarze Drache schien zu grinsen, bevor er selbst eine Flamme über dem Meer entfachte.

Vyvera verdrehte die Augen.

"Und da unsere Feinde jetzt genau wissen, wo wir sind, würdet ihr bitte aufsteigen?"

Heron half mir, hinter Vyvera in den Sattel zu klettern, und er nahm den dritten Platz hinter mir ein.

Vyvera nahm meinen Stab und steckte ihn in einen Schlitz im Sattel zu ihrem eigenen Stab. Sobald Heron und ich uns festgeschnallt hatten, erhob sich Damokas in die Luft.

Das Gefühl des Fliegens war die reine Wonne. Ich hatte es vermisst. Es brachte bittersüße Erinnerungen zurück, die so stark waren, dass ich vor Freude Tränen weinte. Wir flogen schnell an der Küste entlang in Richtung Süden. Es war nirgendwo in der Nähe von etwas, das mir vertraut war, nirgendwo in der Nähe meines Zuhauses oder meiner Familie.

Und ich wollte im Moment nirgendwo anders sein.

29

Wir flogen die felsige Küste entlang und mieden jedes Anzeichen von Menschen oder Städten. Das war gar nicht so einfach. Die Felsenkrieger waren viel bevölkerungsreicher, als ich mir hatte träumen lassen, und sie siedelten überall entlang der Küste.

"Sollten wir nicht aufs Meer hinausfliegen und Abstand halten?" fragte ich, nachdem wir die erste Stadt in weitem Bogen umflogen hatten und tief durch die Bäume eines nahen Waldes flogen, um nicht aufzufallen.

"Die Troglodyten haben ein Treffen mit dir südlich von hier vereinbart. Das ist der schnellste Weg, um dorthin zu gelangen", sagte Vyvera. "Und trotz des Risikos ist das Treffen zu wichtig, um es zu verpassen. Wir müssen dich und Nasataa so schnell wie möglich dorthin bringen."

Im Flug klärte Vyvera über eine Menge Dinge auf, die mir bislang ein Rätsel gewesen waren.

"Frischgeschlüpfte Drachen wachsen schnell", sagte sie etwa eine Stunde, nachdem wir die Höhle verlassen hatten. "In den ersten Monaten verdoppelt sich ihre Größe jede Woche und sie schlafen die meiste Zeit des Tages.

Nasataa schlief im Rucksack auf meinem Rücken, völlig unbeeindruckt und ohne Angst vor unserem Flug.

"Er frisst fast alles, was er vor die Schnauze kriegt, also füttere ihn ausreichend, sonst frisst er die Tasche, in der er steckt", warnte Vyvera. "Er braucht sonst nicht viel, nur eine

Menge Pflege und Liebe. Er wird in Schwierigkeiten geraten, wenn du nicht aufpasst, und Drachenjunge brauchen eine enge Bindung zu denen, die sie aufziehen - in diesem Fall also zu dir - um zu gesunden Drachen heranzuwachsen."

Es war eine große Verantwortung, aber natürlich war ich bereit, all das für Nasataa zu tun. Er brauchte eine Beschützerin, die bereit war, sich so um ihn zu kümmern, wie er es verdiente.

"Er wird bald anfangen zu reden. Drachen lernen das schnell. Also, sei bereit. Es kann ein Schock sein, wenn du ihre Stimme in deinem Kopf hörst."

Sie hielt inne, wir alle verstummten und Damokas wich einem großen, weitläufigen Bauernhof aus.

"Woher weißt du das alles?" fragte ich sie. "Wird das irgendwo gelehrt?"

Vyvera lachte. "Es gibt Schulen für Drachenreiter, wie die Drachenschule im Dominion. Und es gibt andere Länder, in denen Drachen geritten werden - eine andere Art von Drachen als die Drachen, die von Haz'Drazen abstammen. Ich wurde in der Drachenschule ausgebildet, aber ich bin nicht dort geblieben. Beim Ausbruch der Wahrheitskriege, habe ich im Auftrag des Dominars Haz'drazens Länder besucht. Ich wollte nach Hause zurückkehren, um bei der Verteidigung meiner Stadt zu helfen, aber Damokas war verwundet und wir mussten bleiben, bis er geheilt war. Während ich dort gewartet habe, wurden die Troglodyten auf mich aufmerksam, die mir eine neue Aufgabe gegeben haben."

"Aufgabe?", fragte ich. fragte ich.

Sie lachte. "Nasataa zu finden. Seine Geburt wurde prophezeit und deine auch. Ich musste euch nur rechtzeitig finden."

"Ich schätze, ich habe Glück, dass du mich jetzt gefunden hast", sagte ich.

"Ich war fast zu spät dran. Ich suche seit Monaten nach euch. Wenn du die Portale nicht benutzt hättest, hätte ich euch vielleicht gar nicht gefunden."

"Warum nennt man diese Leute Felsenkrieger?" fragte ich.

"Sie essen Felsen."

"Scheint eine schlechte Ernährung zu sein", sagte Heron hinter uns.

"In Wahrheit sind es Kieselsteine. Sie verschlucken sie ganz. Sie glauben, dass manche Steine magische Eigenschaften haben, die auf die Person übertragen werden können, die sie isst", sagte Vyvera.

"Und haben sie die?" fragte ich.

"Ich selbst habe es nicht erlebt", antwortete Vyvera. "Ich war noch nie in diesem Land. Fremde sind hier nicht willkommen."

"Sollten wir dann nicht von hier verschwinden?" fragte Heron.

Wir duckten uns tief zwischen die Hügelkuppen und passierten einen hohen Turm am Rande des Meeres. Ein strahlend helles Licht schien von ihm aufs Meer. Wozu sollte das gut sein?

"Die Troglodyten sind - uralt. Und da die Magie aus der Welt schwindet, sterben sie aus. Wir müssen mit einem von ihnen sprechen, er befindet sich in der Nähe der Oberfläche dieses Landes, aber er ist bereits so schwach, dass er nicht mehr reisen kann. Wir müssen zu ihm kommen - egal, wie hoch das Risiko ist."

Das Wort "Risiko" machte mich ein wenig nervös, vor allem, weil ein kleiner Drache auf mich angewiesen war. Aber ich musste für ihn tapfer sein und ihn beschützen.

"Das Band zwischen einer Beschützerin und ihrem Drachen ist heilig", sagte Vyvera, als wüsste sie, was ich dachte. "Du musst bereit sein, die volle Verantwortung für die Sicherheit und Pflege deines kleinen Drachens zu übernehmen."

"Natürlich", sagte ich. Und meinte es ernst. Ich war immer noch bereit, alles zu tun, um ihn zu beschützen.

"Kein Opfer kann zu groß sein."

Ich war bereit gewesen, mein Zuhause und meine Familie zu verlassen, um ihn zu beschützen. Das zählte doch etwas, oder?

Sie fuhr fort: "Es wird deine Aufgabe sein, ihn zu dem Helden zu erziehen, der er sein muss, ihn zu trösten, zu leiten, zu beschützen und vor Gefahren zu retten. Du kannst unmöglich auf diese Aufgabe vorbereitet sein, aber ich werde versuchen, dir zu helfen, deinen Weg zu finden."

"Ich verstehe", sagte ich, und ich dachte, dass ich vielleicht doch darauf vorbereitet war, denn hatte ich nicht gesehen, wie meine Adoptiveltern all diese Dinge für mich getan hatten? Und hatte Ramariri das nicht auch für mich getan? Jetzt war ich an der Reihe, für jemand anderen Verantwortung zu übernehmen. Ich musste mich für jemand anderen aufopfern.

"Und ich glaube, das erste Opfer, das du bringen musst", sagte Vyvera, "ist, diese lächerlichen Stiefel loszuwerden."

"Was?"

War das Heron, der da lachte? Ich warf ihm einen bösen Blick zu, aber er lachte nur noch heftiger.

"Wir werden sehen, was wir beim nächsten Halt finden, aber wir können nicht zulassen, dass du überall herumstolperst, während du unseren Auserwählten bewachst, nicht wahr?"

Ich war bereit, mein Zuhause und sogar mein Leben für diesen kleinen Drachen aufzugeben. Warum also schmerzte die Vorstellung, meine Stiefel aufzugeben, so sehr?

30

Wir flogen stundenlang und erst spät am Nachmittag legten wir unsere erste Pause ein. Vyvera setzte uns in einem kleinen Tal zwischen zwei großen Hügeln ab. Ringsherum standen kleine Bauernhöfe und Weiler, so dass es schwierig war, einen Platz zu finden, an dem sich ein so großer Drache verstecken konnte. Er flog schon seit Stunden so, dass seine Füße fast den Boden berührten. Er wirkte müde und setzte bei der Landung zwei Büsche in Brand, bevor Vyvera ihm die Schulter tätschelte und ihn beruhigte.

"Da ist ein Bach. Mach deinem Frust dort Luft", bot sie ihm an und er schlich mit gesenktem Kopf dorthin, tauchte seinen Kopf unter Wasser und spie Feuer. Dampf und Blasen schossen von der Oberfläche in die Höhe und blitzten in der Luft.

Würde Nasataa eines Tages so groß sein? Würde er noch größer werden? Ich hatte wirklich keine Ahnung, worauf ich mich mit ihm eingelassen hatte, oder? Andererseits, hatte auch Ramariri nicht gewusst, was es ihn kosten würde, mich zu beschützen. Ich konnte mich also nicht von meinen Sorgen über seine Größe abschrecken lassen.

Ich stieg vorsichtig ab, öffnete die Tasche, um Nasataa herauszulassen und spielte mit dem Stab herum, den ich bekommen hatte. Das Drachenjunge hüpfte sofort aus der Tasche und jagte einem Schmetterling hinterher.

Ich gesellte mich zu Heron am Rand des Baches, um unsere Wasserbeutel aufzufüllen.

"Füll auch die hier", sagte Vyvera und reichte mir zwei weitere Beutel.

"Gewöhnst du dich an all das?" fragte mich Heron sanft.

"Klar", sagte ich und fummelte an dem langen Stab herum. Es war unangenehm, das Ding mit mir herumzuschleppen. Ein Schwert wäre mir lieber gewesen. Das hätte ich wenigstens wegstecken können. "Ich meine, ich will nicht, dass Nasataa etwas Schlimmes passiert."

"Es ist trotzdem nicht einfach, herauszufinden, dass es deine Aufgabe ist, ihn aufzuziehen und zu beschützen. Das ist eine große Verpflichtung", sagte er. "Nasataa wird dich wahrscheinlich um Jahrhunderte überleben."

Daran hatte ich gar nicht gedacht. Ihm dabei zuzusehen, wie er durch das Gras einem Frosch hinterherhüpfte - der Schmetterling hatte sich in die Bäume geflüchtet - und wie aus seiner kleinen Schnauze von Zeit zu Zeit Feuer schoss, war bezaubernd. Er war ein süßer kleiner Drache voller Freude und Lebenslust. Er trank aus dem Bach und sprang dann auf mich zu, um sich mit zufrieden geschlossenen Augen an mich zu schmiegen. Wie konnte ich ihn abweisen?

"Woher wusstest du, dass du Schmied werden wolltest?" fragte ich.

Heron zuckte mit den Schultern. "Es ist das Einzige, in dem ich je gut gewesen bin. Es war nicht schwer, mich dafür zu entscheiden."

"Ich denke, manche Dinge sind es wert, sich ihnen zu verschreiben", sagte ich mit einem schiefen Lächeln. "Und wenn ich nein sagen würde, würde ich es mein Leben lang bereuen."

Heron nickte mit einem wissenden Lächeln, da sprang Nasataa wieder aus meinen Armen, knurrte plötzlich und schlug wild um sich.

Vyvera schritt mit jemandem an ihrer Seite aus den Bäumen. Eine Person, die karmesinrote, wallende Kleidung trug, die an Knöcheln und Handgelenken zusammengebunden war, sowie eine Brille und eine Gesichtsmaske.

Mein Herz begann zu rasen, bevor ich Zeit nachzudenken hatte. Wir wurden angegriffen! Vyvera hatte uns verraten!

Ich schwang meinen Stab und stürmte nach vorne, wo Nasataa kauerte.

"Gute Instinkte, aber nicht viel Geschick. Daran müssen wir noch arbeiten", sagte Vyvera lächelnd.

Wovon sprach sie?

Neben ihr nahm der Bubbler seine Maske ab und zog die Schutzbrille auf die Stirn zurück.

"Eine seltsamere Gruppe habe ich noch nie gesehen, aber du hast das Zeichen gegeben und das Lied gesungen, also stehe ich euch zur Verfügung."

"Danke", sagte Vyvera aufrichtig.

"Die Lichtbringer stehen bereit, um zu dienen, um den Nationen Licht zu bringen und die Hoffnung der Völker zu nähren", sagte unser Besucher förmlich.

"Du kannst aufhören, so zu tun, als würdest du um dein Leben kämpfen, Seleska", sagte Vyvera zu mir. "Das ist Okton - ein Lichtbringer - Teil einer geheimen Gesellschaft, die sich über die ganze Welt erstreckt und daran arbeitet, Licht an dunkle Orte zu bringen. Er wird uns nichts antun."

"Welche Hilfe braucht ihr?" fragte Okton.

"Einheimische Kleidung für uns drei und Essen. Ich kann mit Gold bezahlen."

Okton schüttelte den Kopf. "Ich nehme dein Gold nicht an. Nicht, weil ich großzügig bin. Wenn ich hier eine fremde Münze ausgebe, töten sie mich und meine Freunde. Behalte deine Goldmünzen."

Ich beobachtete ihn neugierig. Er sprach unsere Sprache, aber mit einem Akzent, der langsam und geschmeidig wie Butter war. Das faszinierte mich, genauso wie sein Aussehen. Wo Oktons Haare aus seiner Kapuze hervorlugten, waren sie leuchtend rot und seine Haut war braun. Ich fragte mich, ob das hier üblich war. Es war unmöglich, das zu sagen, wenn sie sich alle so sehr verhüllten.

"Wir müssen uns beeilen", sagte Okton. "Eine Saaasallla-Patrouille ist im nahen Dorf. Sie werden jeden Fremden töten, den sie sehen. Erst recht, wenn ihr mit so einer Kreatur unterwegs seid."

Er zeigte auf Damokas und ich spürte einen Stich eisiger Angst in mir. Das bedeutete, dass sie auch Nasataa töten würden, und das war alles nicht seine Schuld. Er war nur ein Drachenjunges, das ich in dieses fremde und bösartige Land gebracht hatte. Es schien seltsam, dass Okton nicht auch auf ihn hingewiesen hatte.

Ich sah mich nach dem kleinen Kerl um. Wo war er hin?

"Wie lange brauchst du, um sie herzubringen?" fragte Vyvera. "Und kann ich dich auf andere Weise bezahlen?"

Okton antwortete, aber ich hörte nicht zu. Ich war auf der Suche nach Nasataa.

Er war nicht in der Nähe von Damokas. Er war nicht entlang des Baches. Mein Blick schweifte über das Gras und die Blumen des Tals und folgte jeder Bewegung einer Fliege oder eines Schmetterlings. Wo war er?

"Ich habe Nasataa verloren", sagte ich nach einem Moment. Mein Kopf fühlte sich leicht an und mein Herz begann so schnell zu schlagen, dass ich kaum hören konnte, wie Heron mich fragte, ob ich mir sicher sei.

Mein kleiner Drache! Ich hatte ihn verloren.

31

"Nasataa!" rief ich. "Nasataa!"

Ich versuchte verzweifelt, eine Spur von ihm zu finden, und flehte ihn im Geiste an, zu mir zurückzukehren, aber es kam nichts zurück. Er war irgendwo da draußen, und er konnte nicht weit weg sein. Aber in welche Richtung war er verschwunden?

Ich rannte auf den nächstgelegenen Hügel zu. Ich hörte, wie mir meine Kameraden leise nachriefen, aber ich hatte keine Zeit anzuhalten und ihnen zuzuhören. Ich musste meinen kleinen Drachen finden, bevor ihm etwas zustieß. Ich stellte mir vor, wie er hier draußen war, kalt und allein, verängstigt und hungrig, ohne einen einzigen Freund auf der Welt und umgeben von Feinden, die ihn sofort töten würden. Es war alles meine Schuld, weil ich nicht sorgfältig genug auf ihn aufgepasst hätte. Er würde dort draußen sterben, weil er sich ungeliebt fühlte - vielleicht rief er sogar nach mir - und bekam keine Antwort.

Ich erreichte den Hügel und weinte vor Angst. Mein Herz klopfte so stark, dass ich nichts anderes mehr hörte. Ich drehte mich alle paar Sekunden um und suchte das Gelände um mich herum ab, mein Blick schweifte über Bäume, Gras und Felsen, auf der Suche nach dem kleinen Kerl.

Er musste hier irgendwo sein. Wenn ich ihn nur finden könnte.

Mein Blick wanderte hin und her. Ich konnte das ganze Tal von hier aus überblicken. Ich konnte sehen, wie Heron durch das tiefe Gras auf mich zurannte. Ich konnte sehen, wie Damokas sich aufbäumte und Vyvera auf ihn zustürmte. Ich konnte sehen, wie Okton in der Hocke erstarrte und mich beobachtete. Aber von meinem kleinen Freund gab es keine Spur. Er war nicht im Tal.

Ich drehte mich zurück, wo die Bäume weiter vorne etwas lichter wurden. Wenn ich höher stieg, konnte ich vielleicht über das Tal hinwegsehen und einen Blick darauf erhaschen, wohin er gegangen war.

"Nasataa!" Ich rief, "Nasataa!"

Ich erreichte die Spitze des Hügels und konnte über den Hügel hinweg auf die Straße und das hügelige Ackerland sehen. Wo war er?

Da!

Er lief durch die Gräser und jagte einem leuchtend blauen Schmetterling hinterher. Ich wollte gerade vor Erleichterung jubeln, da sah ich, worauf er sonst noch zurannte. Eine Gruppe Reiter mit langen Lanzen und der gleichen lockeren Kleidung wie Okton – nur ohne Schutzbrillen und Masken und mit Wappenschildern, auf denen steinförmige Siegel zu sehen waren – hielt an und zeigte in meine Richtung. Einer von ihnen schien zu schreien.

Ich erstarrte auf der Stelle. Wenn ich zu Nasataa rannte, wäre ich ihnen nahe genug, dass sie mich einholen konnten. Wenn ich nichts tat, rannte er ihnen direkt in die Arme. Ich wusste nicht, was ich tun sollte. Sollte ich sie angreifen und ihre Aufmerksamkeit auf mich lenken?

Hinter mir ertönte ein lautes Brüllen und Damokas erhob sich in die Luft, schlug kraftvoll mit den Flügeln und streckte den Kopf aus. Vyvera saß auf seinem Rücken, ihr fester Blick war auf die Patrouille gerichtet.

Ich zögerte nicht. Ich nutzte die Gelegenheit und rannte den Hügel hinunter in Richtung Nasataa, da schickte die Patrouille einen Schwall von Pfeilen auf Damokas. Ich hatte ihre Bögen nicht einmal bemerkt!

Wenn ich ihre Aufmerksamkeit nicht erregt hätte, würden sie meine Freunde nicht angreifen. Ich hätte meine Panik unter Kontrolle halten müssen.

Ich rief Nasataa im Geist, aber er schien mich nicht zu hören. Er rannte immer noch blindlings auf unsere Feinde zu. Das hielt mich aber nicht davon ab, weiter in seine Richtung zu laufen. Auch nicht, als ich mit meinen hochhackigen Stiefeln umknickte und mich das Knacken meines Knöchels alles vergessen ließ. Ich fiel zu Boden und schlug hart auf. Dann rappelte ich mich wieder auf, schnappte mir meinen Stab, und benutzte ihn als Krücke.

Ich fuchtelte mit den Armen, um Nasataas Aufmerksamkeit zu erregen.

Ich war zu spät dran. Einer der Männer sprang von seinem Pferd und rannte zu dem kleinen Drachen, packte ihn und zerrte ihn zur Patrouille. Ich rannte weiter, trotz der Schmerzen und dem seltsamen Gefühl, wie mein Fuß bei jedem Schritt unter mir nachgab.

Sie konnten ihn nicht mitnehmen! Nicht meinen Nasataa!

Ich sah, wie das Pferd, auf das sie ihn geworfen hatten, sich aufbäumte. Die Augen der Männer waren auf mich gerichtet und es war klar, dass sie auch mich wollten, aber dann zog mich etwas nach hinten, starke Arme packten mich und drückten mich ins Gras.

Ich sah, wie der Anführer der Patrouille mich beobachtete. Sein Blick wurde ernst, dann deutete er nach vorne und sie stürmten die Straße entlang, weg von mir.

Sie nahmen Nasataa mit und ich wusste nicht, wohin. Ein Schluchzen zerriss meine Lunge und ich kämpfte gegen die Arme, die mich festhielten. Warum war die Patrouille nicht zurückgekehrt, um uns auch zu holen?

Ich wusste, dass es Heron war, der mich zurückgehalten hatte, ohne dass ich hinsehen musste.

Er trug mich und es kostete einige Mühe, den Stab von uns fernzuhalten, damit ihn die Klinge beim Laufen nicht verletzte.

Ein Schwall Hitze schlug mir ins Gesicht und ich drehte mich um, um zu sehen, wie Flammen durch das Gras um uns herum schlugen. Die Bäume am Berghang standen in Flammen. Das ganze Tal brannte.

"Ich kann laufen", rief ich Heron zu. Ich hielt ihn nur auf.

"Nicht mit diesem Knöchel", sagte er.

Und ich hätte dankbar sein sollen, dass er mein Leben gerettet hatte und mich in Sicherheit gebracht hatte, aber mein Blick war immer noch auf die Soldaten gerichtet, die meinen Drachen wegtrugen.

Wo brachten sie ihn hin? Ich wünschte mir von ganzem Herzen, dass ich besser aufgepasst hätte.

In der Ferne war der Vyveras Schwarzer Drache nur ein Punkt am Himmel.

32

"Hier entlang", sagte Okton und kam durch das brennende Gras gesprungen. Im Laufschritt führte er uns über die Straße, in ein bewaldetes Wäldchen und dann an einem rauschenden Fluss vorbei.

Am Flussufer zog er eine Wand aus geflochtenen Ästen und Ranken beiseite und zerrte ein kleines Boot heraus, das er dort versteckt hatte.

"Setz sie da rein", befahl er Heron, und Heron warf mich praktisch in das Boot, bevor er mir eine große Plane über den Kopf zog. Er schob meinen Stab grob unter die Plane.

"Bleib hier", zischte er und dann hörte ich, wie Ruder ins Boot geworfen wurden.

"Zieh das über deine Kleidung an. Es wird eng anliegen. Du bist recht groß", sagte Okton.

Dann wurde das Boot in Bewegung gesetzt und zu Wasser gelassen. Auf das Platschen der Ruder folgte ein weiteres Flüstern von Okton.

"Folge meinem Rhythmus. Wir rudern im Takt und stromaufwärts."

Heron schien zu verstehen und wir schossen durch das Wasser.

Ich zerrte an der Plane und versuchte, etwas zu sehen, aber bevor ich mich befreien konnte, drückte mich eine Hand nach unten.

"Bleib unter der Plane", zischte Heron.

Ich wusste nicht, wie lange ich dort wartete, aber mit jeder Minute fühlte ich mich angespannter. Jeder Moment kam mir wie eine Stunde vor. Je länger ich mich hier versteckte, desto weiter brachten meine Feinde Nasataa weg. Was, wenn sie ihn bereits getötet hatten? Was, wenn er verletzt oder hungrig war und niemand da war, um sich um ihn zu kümmern?

Und wo war Vyvera hin? Sie war blitzschnell verschwunden, ohne auch nur eine Sekunde an den Rest von uns zu denken. Ich hatte ihr vertraut. Ich war eine Närrin gewesen.

Es fühlte sich wie Stunden an, bevor ich Okton zu Heron flüstern hörte.

"Dieser Kanal, dieser hier."

Und noch länger, bevor der Boden des Bootes auf festem Untergrund aufsaß und die Plane von meinem Kopf gezogen wurde.

"Entschuldige die Unannehmlichkeiten, junge Dame", sagte Okton mit seinem zuckersüßen Akzent. "Aber es war die einzige Möglichkeit, dich da rauszuholen, bevor die Bubbler kommen, um das Feuer zu löschen. Deine Freundin hat die Ablenkung gut hinbekommen. So konnten wir entkommen, während die Patrouille hinter ihr und dem Drachen her war."

"Aber der kleine Drache. Nasataa", sagte ich. Ich konnte kaum verhindern, dass ich beim Aussprechen seines Namens weinte. Ich hatte ihn im Stich gelassen.

"Sie werden ihm nichts antun, bevor nicht eine Behörde darüber entschieden hat. In unserem Land tut niemand etwas ohne ein schriftliches Urteil einer Autorität. Du hast also

Zeit, ihn zu retten, wenn du das willst. Aber jetzt kümmern wir uns erst einmal um dich." Er sah zu Heron auf. "Kannst du sie wieder tragen?"

Ich blickte in seine Richtung und sprang vor Schreck fast in die Luft. Heron trug die rote Kleidung und die Schutzbrille der Menschen hier und sah aus wie ein riesiger Felsenkrieger.

Er kicherte über meinen schockierten Blick.

"Es sind eine Menge Leute auf dem Fluss. Gut, dass Okton Kleidung für mich dabei hatte!"

Er hob mich mit Leichtigkeit hoch und folgte Okton mit mir in den Händen. Wir hatten an einem grasbewachsenen Ufer des Flusses angehalten. In der Nähe stand eine kleine Hütte inmitten mächtiger, ausladender Bäume.

Okton öffnete die Tür und wir folgten ihm ins unordentliche Innere. Werkzeuge und Utensilien und Stapel von Büchern füllten jeden verfügbaren Platz und hingen an den Wänden und an Schnüren, die von der Decke hingen. An den Wänden hingen knorrige Knotenkunstwerke und auf dem Boden standen Fischerbojen aufgereiht. Da lag ein unfertig geflicktes Netz. Da lag ein unfertig genähtes Kleidungsstück aus Leder. Dann lag da noch eine unfertige Perlenbastelei. Heron setzte mich auf einer Bank über einem Bücherstapel ab und legte meine Füße auf sein Knie und zog mir die Stiefel aus.

"Das kann ich selbst machen", protestierte ich, aber er ignorierte mich.

"Wir können den Knöchel umwickeln", sagte Okton und brachte einen langen Verband. "Aber ich habe keine Schuhe für sie, außer den weichen Waldstiefeln, die die Leute im

Süden bevorzugen. Sie müssen nicht genau passen, also könnte sie ein Paar davon tragen."

Sobald Heron meine Stiefel ausgezogen hatte, tastete er meinen Fuß ab. Dann begann er, den Verband, den Okton uns gegeben hatte, um meinen Knöchel zu wickeln und ihn fachmännisch zu verbinden.

"Es ist keine schlimme Verstauchung", sagte er und berührte sanft meinen verletzten Fuß. "Wenn du ihn gut bandagierst und vorsichtig bist, wird er schnell heilen."

"Danke", sagte ich und spürte, wie ich rot anlief.

"Ich suche dir mal die Schuhe", sagte Okton, während Heron sich um den Verband kümmerte.

Okton kam mit weichen Stiefeln zurück, die mir nur bis zu den Knöcheln reichten. Sie waren aus weichem Fell und er hatte Recht - obwohl sie mir etwas zu groß waren, waren sie so weich, dass sie sich an mich anpassten. Er bot mir auch eine Schutzbrille, eine Maske und die rote Kleidung an.

"Danke", sagte ich aufrichtig. Wenn wir uns irgendwo einschleichen mussten, um Nasataa zu retten, ging das mit einheimischer Kleidung einfacher. "Was ist der Zweck der Schutzbrille und der Maske?"

Die Frage schien ihm unangenehm zu sein, aber schließlich antwortete er.

"In unserem Land ist die Magie versiegt. Die Sucher der Saaasallla nutzen oft ihre besonderen Fähigkeiten, um Löcher in die Erde und das Meer zu sprengen und nach neuen Quellen der Magie zu suchen. Wir tragen die Schutzbrillen und Masken, um uns vor den Dingen zu schützen, die dabei aufgewirbelt werden. Im Boden liegen merkwürdige Dinge vergraben - Dinge, die die Menschen nicht stören sollten."

Das war beunruhigend. Ich zeigte auf die Schutzbrille auf seinem Kopf. "Woher weißt du, wann du sie aufsetzen musst?"

"Du wirst es wissen", sagte er kurz.

"Auf welche Art und Weise 'sprengen' diese Sucher Löcher?" fragte Heron mit zusammengekniffenen Augen. Es war klar, dass dieser Teil seine Aufmerksamkeit erregt hatte.

"Das ist ein Geheimnis", sagte Okton. "Aber es geht darum, Pulver und Flüssigkeiten zu kombinieren."

Heron runzelte immer noch die Stirn, da ertönte ein Knall vor der Hütte und Okton zog seine Schutzbrille so schnell über die Augen, dass es wie ein Instinkt aussah. Mit großen Augen machten wir es ihm nach, aber nach einem Moment zog er sie wieder hoch, ging zur Tür und öffnete. Eine erschöpft aussehende Vyvera trat hindurch.

"Wir müssen gehen", sagte sie. "Jetzt."

33

"Warum?" fragte Okton.

"Deine Hütte ist umstellt."

Ich rappelte mich auf und Heron schlang einen Arm um mich, ich stützte mich mit der anderen Hand auf den Stab und humpelte so aus der Hütte. Hinter uns wühlte Okton in seinen Sachen, ging von Stapel zu Stapel und warf die Sachen in einen großen Rucksack.

"Beeil dich!" sagte Vyvera zu ihm. "Wir müssen uns alle auf Damokas' Rücken quetschen. Vier sind eine große Last."

Heron half mir nach draußen und auf Damokas. Um die Hütte herum hörte ich das Knacken von Ästen – da schlich jemand herum. Zu besorgt, um laut zu sprechen, umklammerte ich den Stab. Meine andere Hand fand eine von Herons Händen und ich umklammerte sie fest. Er drückte meine Hand ebenfalls.

Plötzlich spitzte sich die Lage zu.

Beim ersten Aufblitzen von etwas Rotem in den Bäumen stieß ich einen erstickten Schrei aus und im selben Moment rannten Vyvera und Okton aus der Hütte, wobei ein langer Schal und ein mir unbekannter Gegenstand aus Oktons Tasche fielen.

Damokas wirkte nervös, und das aus gutem Grund. Der erste Pfeil sauste auf uns zu und schlug mit einem dumpfen Knallin einem Baum neben Damokas' Kopf ein.

Okton schob mir seine übervolle Tasche zu und ich packte sie und verstaute sie auf Damokas' Rücken, Heron packte ihn und zog ihn hinter sich in den Sattel. Damokas war schon in der Luft, als er sich festschnallte.

Ein Schrei ertönte von der Baumgrenze, aus der rote Gestalten auftauchten. Ein Hagel von Pfeilen ging auf uns nieder – ein letzter, verzweifelter Versuch, uns aufzuhalten. Sie flogen um uns herum und einige prallten am Bauch des Drachens ab.

Okton stieß einen Schrei aus und Vyvera fluchte.

"Sie sind überall. Ich dachte, du hast gesagt, es wäre nur eine Patrouille!"

"Eine Patrouille ist die militärische Bezeichnung für eine Gruppe von tausend Soldaten", protestierte Okton.

"Hat dich ein Pfeil getroffen?" fragte ich ihn. Der Schrei hatte mir Sorgen gemacht.

"Nein", sagte Okton atemlos.

Endlich brach Damokas durch die Wolkendecke. Hier oben waren wir nicht zu sehen, und obwohl ab und zu ein Pfeil durch die Wolken flog, hatte keiner von ihnen mehr die Kraft, uns zu verletzen.

"Ich denke, wir sind sicher, solange wir auf dem Drachen sind", sagte Heron und Vyvera schnaubte.

"Klar. Solange es bewölkt bleibt."

"Die Pfeile können uns nicht erreichen", wandte er ein.

"Die Türme werden jeden Feind auslöschen, der fliegt", sagte Okton.

"Türme?" fragte Heron.

"Hast du sie nicht an den Ufern und den Stadtmauern glänzen sehen? Man sagt, dass ein Turm einen Feuerstrahl so verstärken kann, dass er eine Möwe auf eine Meile Entfernung trifft."

"Nun, Damokas ist größer als eine Möwe", sagte Heron. "Und die Geschichte klingt übertrieben."

"Dann können wir ja beruhigt sein", sagte Okton ironisch.

"Nasataa wurde von den Männern auf Pferden gefangen genommen", unterbrach ich die Diskussion. Für mich war das der wichtigste Teil. Pfeile, Türme - nichts davon war wichtiger als der kleine Drache.

"Ich habe gesehen, wohin sie mit ihm gegangen sind", sagte Vyvera. "In einen dieser Türme in der Nähe einer Stadt."

"Aaavtar - das ist die Stadt", stimmte Okton zu. "Aber wenn er im Turm ist, wird ihn dort niemand retten können. Schon gar nicht, wenn wir fliegen. Sie werden uns sofort sehen und vom Himmel schießen."

"Wie wäre es, wenn wir Damokas irgendwo verstecken und uns reinschleichen?" fragte ich. Wenn sie Recht hatten und die Wolken unser einziger Schutz waren, mussten wir uns schnell entscheiden, bevor sich der Himmel klärte.

"Und wer soll sich hineinschleichen?" fragte Vyvera.

"Ich!" sagte ich kühn.

Was hatte ich mir dabei gedacht? Wollte ich mich wirklich freiwillig in einen feindlichen Turm schleichen? Ich wusste nicht einmal, wie ich mich wehren sollte, wenn mich jemand angriff! Aber Nasataa war irgendwo da drinnen und ich wollte ihn aus dieser Gefahr befreien, egal wie viel Angst ich hatte.

"Du hast einen verstauchten Knöchel", sagte Vyvera.

"Ich nicht", sagte Heron. "Ich werde mit ihr gehen."

Ich drückte dankbar seine Hand. Ich musste es nicht allein tun.

"Ihr wisst nicht, wie ihr euch in diesem Land verhalten müsst, um nicht aufzufallen", protestierte sie.

Okton seufzte. "Ich gehe mit ihnen."

"Warum gehst du dann nicht allein und lässt sie bei mir?" fragte Vyvera.

"Ich fasse keinen Drachen an!" sagte Okton. "Ich werde ihnen helfen, ihn rauszuholen, damit ihr alle gehen könnt, aber ich werde auf keinen Fall einen Drachen anfassen."

"Du reitest auf einem Drachen!"

"Das ist etwas anderes." Er rückte seine Brille zurecht.

"Und welche Rolle spiele ich in deinem genialen Plan?" fragte mich Vyvera trocken.

"Kannst du uns abholen, wenn wir fliehen?" fragte ich. "Ich meine, wenn wir aus der Reichweite des Turms sind, kannst du uns irgendwo rausholen?"

Vyvera seufzte so laut, dass wir sie über das Rauschen des Windes hinweg hören konnten.

"Ich kann mir keinen besseren Plan vorstellen. Schlag einen guten Treffpunkt vor, Lichtbringer", sagte sie zu Okton.

Ich lächelte. Wir würden Nasataa retten.

34

Es fühlte sich seltsam an, in der wallenden roten Kleidung zu schleichen.

"Warum rot?" flüsterte ich Okton zu. Vyvera hatte Damokas im Sturzflug durch die Wolken geschickt, um im Wald zu landen, und dann war sie sofort weitergeflogen, um die Aufmerksamkeit von uns abzulenken. "Rot sticht so sehr hervor!"

"Wir tragen nicht alle rot", sagte Okton und bahnte uns einen Weg durch das Dickicht.

Ich stützte mich auf meinen Stab und folgte ihm. Mein Knöchel tat weh und ich schwitzte vom Laufen, auch wenn der Stab das meiste Gewicht trug, aber ich wagte nicht anzuhalten.

"Rot steht für Krieger. Andere Klassen tragen andere Farben."

"Das heißt also, du bist ein Krieger?" drängte ich.

Heron folgte uns schweigend. Irgendetwas beschäftigte ihn und er beobachtete ständig den Wald.

"Ja."

"Wo sind deine Waffen?"

Ich war vorher zu beschäftigt, um zu bemerken, wie anders diese Welt als zu Hause war. Der Wald war dicht und verworren und roch nach Pflanzen, von denen ich vorher nicht einmal wusste, dass es sie gab. Aber der Boden schien nur aus toten Pflanzen zu bestehen - nicht wie der Sand zu

Hause und ich konnte das Meer nicht riechen. Es fühlte sich falsch an, das Meer nicht riechen zu können.

"Ich kämpfe mit Händen und Füßen", sagte Okton.

"Und du hilfst uns. Gegen dein eigenes Volk." sagte Heron und jetzt wurde mir klar, warum er so ruhig war. Er traute Okton nicht. Seine Stimme klang misstrauisch.

"Fürmein Volk", korrigierte Okton und warf Heron einen festen Blick über die Schulter zu. "Mein Volk leidet schon lange unter der harten Herrschaft der Saaasallla. Unser Leid nimmt mit ihrer Verzweiflung zu. Wenn die Magie nicht wieder in den Brunnen der Erde gefunden wird, werden immer mehr Menschen auf der Suche nach ihrer Macht geopfert."

"Hier scheinen eine Menge Menschen zu leben", bemerkte Heron.

Okton blieb stehen und ich lief fast in ihn hinein, bevor er sich umdrehte und Heron ansah.

"Damit wir uns richtig verstehen, Inselbewohner. Es gibt hier viele Menschen, ja, aber jeder einzelne von ihnen ist wertvoll. Der Wert eines Menschen hängt nicht davon ab, was er der Welt bringt. Der Wert eines Menschen liegt darin, ein Mensch zu sein. Menschen für Macht zu opfern - selbst wenn es viele Menschen gibt, selbst wenn es in einem Land mit so vielen Menschen leicht sein kann, den Wert des Einzelnen zu übersehen - ist immer noch falsch."

"Tut mir leid", sagte Heron und mit überraschter Miene. "Ich habe nicht gemeint, dass dein Volk nicht wichtig sei."

Okton schnaubte, aber er drehte sich um und ging weiter.

"Wie werden sie auf der Suche nach Magie geopfert?" fragte ich sanft, um Mitgefühl zu zeigen. "Graben sie

Brunnen, dringen sie in tiefe Höhlen vor oder verbringen sie zu viel Zeit unter dem Meer?"

Er blieb wieder stehen und ich wich einen Schritt zurück, weil ich mir Sorgen machte, dass ich das Falsche gesagt hatte. Es war schwer zu wissen, was das Richtige war. Ich wusste nichts über dieses Land oder seine Bräuche und selbst die unschuldigsten Bemerkungen oder Fragen schienen gefährlich zu sein.

"Magie kommt aus dem Leben. Wenn sie nicht mehr unter der Erde und im Meer gebündelt ist, kann sie aus den Lebewesen gesaugt werden."

"Wie schrecklich", sagte ich und versuchte, vorsichtig zu sein. "Töten sie eure Bäume und Blumen?"

Es gab so viele Bäume und Blumen, dass es schwer war, sich diesen Ort ohne sie vorzustellen.

Er schnaubte. "Man bekommt kaum Magie aus nicht empfindungsfähigen Lebewesen. Das ist ineffizient. Die Saaasallla bevorzugt Effizienz."

"Oh."

Wir erreichten den Waldrand und Okton wies uns an, unten zu bleiben, während wir den Turm von der Baumgrenze aus beobachteten. Ein Wächter patrouillierte um das Lager am Fuße des Turms und wahrscheinlich gab es noch mehr Wachen im Turm. Ich spürte Schweißperlen auf meiner Stirn. Das würde schwieriger werden, als ich es mir vorgestellt hatte. Wo in diesem riesigen Lager hatten sie Nasataa wohl untergebracht? Über den Zelten wehten Flaggen in verschiedenen Farbkombinationen. Hatte das etwas zu bedeuten?

"Deshalb", flüsterte Okton und ließ seinen Blick über das Lager schweifen, "bevorzugen die Bubbler empfindungsfähige Kreaturen. Menschen... und Drachen."

Herons Flüstern war heiser. "Willst du damit sagen, dass sie den Menschen das Leben aussaugen, um an Magie zu kommen?"

Ich hatte das Gefühl, dass ich mich hinsetzen musste. Mir war plötzlich schwindlig.

Mit zitternder Stimme flüsterte ich: "Willst du damit sagen, dass sie Nasataa das Leben aussaugen werden?"

"Alle Eindringlinge werden als Quelle für Leben und somit Magie betrachtet. Was denkst du, was sie mit dir machen würden, wenn sie dich erwischen?"

"Wenn ich raten müsste, lebendig verbrennen."

Er wirkte überrascht. "Durchaus möglich. Das ist eine Möglichkeit, jemandem die Magie auszusaugen."

Ich tauschte einen erschrockenen Blick mit Heron aus.

"Aber glaube nicht, dass du etwas Besonderes bist. Ich mache das nicht nur, um dir zu helfen", sagte Okton grimmig. "Ich habe mich den Lichtbringern angeschlossen, nachdem die Saaasallla meiner Familie das Leben genommen und wie Abfall in ein Massengrab geworfen hat."

Und das waren die Leute, an denen wir versuchen wollten, uns vorbeizuschleichen?

Vielleicht war das doch keine so gute Idee.

Und dann hörte ich eine schwache Stimme in meinem Kopf.

Seska?

Nasataa! Er hatte gerade sein erstes Wort gesprochen!

Und wahrscheinlich sollte es meinName sein!

35

"Er ist da drin", keuchte. "Ich habe ihn gehört!"

"Gut", sagte Okton und kniff die Augen zusammen. "Versuch, nicht zu sprechen. Du klingst ausländisch. Folge mir."

"Wie kommen wir in den Turm?" fragte Heron.

"Der Turm ist nicht unser Ziel. Er dient nur dem Kampf. Sie werden den Drachen nicht da drin haben. Er wird wohl in einem der Bubbler-Zelte sein - eines mit einer blau-weißen Flagge", sagte Okton. "Folgt mir jetzt und seid still!"

Bevor ich etwas sagen konnte, war er schon in Bewegung. Ich sah Heron an, aber er zuckte nur mit den Schultern und wartete darauf, dass ich mich bewegte, bevor er mir folgte. Ich zog die Schutzbrille über meine Augen - sie fühlte sich seltsam an, aber ich dachte, es sei besser, mein Gesicht zu verbergen - und folgte Okton. Ich versuchte, nicht über meinen Knöchel zu stolpern. Vielleicht hätte ich auch die Maske aufsetzen sollen, aber sie fühlte sich zu seltsam an und Panik stieg in mir auf, wenn sie auf meinem Gesicht saß.

Ich drehte mich um und sah Heron seine Maske und Schutzbrille tragen. Er war aber trotzdem zu groß für dieses Land. Ich hatte noch keinen Felsenkrieger gesehen, der so groß und muskulös war wie er.

Wir erreichten den Wachposten zuerst. Zwei Wachen standen auf beiden Seiten der ausgetretenen Straße, sie hielten lange Waffen, die meinem Stab sehr ähnlich sahen, aber am Ende hatten ihre Waffen zwei Zacken mit Widerhaken statt einer Klinge.

"Begehr?", fragte der erste Wächter.

"Zum Faaallland", antwortete Okton knapp.

Hinter den Wachen gingen zwei Felsenkrieger mit einer Schubkarre vorbei. Ihre wallende, rote Kleidung war bis zur Taille heruntergezogen und dort festgebunden, um sie nicht bei der Arbeit zu stören. Ich konnte mich nur schwer beherrschen, sie nicht anzustarren. Ihre Körper waren völlig weiß – als trugen sie Farbe unter der Haut. Vom Kragen bis zur Taille waren ihre Knochen auf der Haut abgebildet, und Muster aus Blumen und Vögeln wirbelten um sie herum.

Ich war froh, dass ich eine Schutzbrille trug, sodass niemand sah, wie mir die Augen aus dem Kopf fielen.

"Worum geht es?", fragte der Wachmann.

"Privat", sagte Okton.

"Passwort?"

"Daxillius."

Der Wachmann trat zurück und ließ uns passieren. Warum hatte Okton das Passwort? Hatten wir einfach nur unglaubliches Glück, dass wir ihn gefunden hatten, oder steckte mehr dahinter? Nervös folgte ich ihm und hoffte, dass es sich nicht um eine Falle handelte.

Auf der anderen Seite des Lagers gab es einen Aufruhr. Stimmen erhoben sich und ein lautes Krachen dröhnte über das Lager.

Ich traute mich nicht, Okton Fragen zu stellen. Er hatte sich beim ersten lauten Geräusch hinter ein Zelt geduckt, und ich war ihm gefolgt. Heron stieß mir in den Rücken, aber ich war froh, dass er da war.

Die Sonne ging gerade unter und wir folgten Okton immer noch durch das Lager. Es war größer, als es aus der Luft ausgesehen hatte. Ohne Okton hätte ich mich hier verlaufen. Die Flaggen waren schwer zu erkennen und ich hatte immer noch keine weiß-blaue entdeckt.

Eine Gruppe von Männern mit Speeren trabte vorbei und dann duckte Okton seinen Kopf in eines der Zelte und winkte uns, ihm zu folgen. Er zündete eine Lampe an und schnappte sich einen doppelzackigen Speer aus einem Ständer an der Seite des Zeltes.

"Versorgungszelte haben eine reinweiße Fahne", sagte er zügig und füllte eine Gürteltasche mit Vorräten.

"Was ist das?" fragte Heron ihn.

"Kiemenmasken", sagte Okton und stopfte die hauchdünnen, durchsichtigen Dinger in seine Tasche. Sie leuchteten leicht, als enthielten sie Magie. "Man kann mit ihnen einen ganzen Tag lang unter Wasser atmen und sie regulieren Wärme und Druck unter den Wellen. Die Bubbler benutzen sie."

"Wozu brauchen wir sie?" fragte Heron.

"Im Moment gar nicht. Sie sind schwer zu finden."

"Du hast also beschlossen, eine Pause zu machen und ein paar zu stehlen?" Er wirkte schockiert.

Okton beugte sich knurrend vor. "Ich lebe seit Jahren am Rande des Abgrunds, Junge, und dank euch haben sie meine Hütte geplündert und ich habe all meine Ausrüstung verloren, also ja, ich nehme mir, was ich brauche, wenn ich kann. Wenn du nur halbwegs bei Verstand bist, nimmst du auch welche. Sie sind unbezahlbar."

Er schnappte sich eine Handvoll und schleuderte sie Heron entgegen.

Heron schüttelte den Kopf, sein erschrockener Blick traf meinen, aber er steckte sie trotzdem ein.

"Wir sollten nicht lange hier bleiben", sagte ich. "Wer weiß, was sie mit Nasataa anstellen."

Ich rief im Geiste nach ihm und fand sofort seinen kleinen Verstand. Er war besorgt um mich. Er war hungrig.

Ich schnappte mir aus einem Fass neben uns ein paar Stangen von etwas, das wie getrocknetes Fleisch aussah, und steckte sie in meine Tasche. Ich hatte sie unter den roten Kleidern versteckt. Wenn wir schon stehlen mussten - und das tat ich nicht gerne, aber sie hatten mir ja auch Nasataa gestohlen - dann konnten wir auch gleich etwas Nützliches stehlen.

Ich schickte Nasataa ein Gefühl der Beruhigung und spürte einen Anflug von Freude in seiner Antwort.

Selska!

"Halt dich fest, kleiner Kumpel. Ich komme ja schon."

"Komm schon, Okton", sagte ich und zerrte an seinem Ärmel. Ich bemerkte, dass Heron einen großen Hammer aus dem Regal gezogen hatte und ihn schwang. Er sah den Schmiedehämmern, die er zu Hause benutzte, sehr ähnlich. Er dachte doch nicht etwa daran, den mitzunehmen, oder? "Wir müssen uns beeilen!"

Sie mussten sich beide konzentrieren. Ein kleiner Drache brauchte uns.

Ich konnte fühlen, dass Nasataa noch unverletzt war. Aber wie lange konnten wir uns noch erlauben, zu zögern? Außerhalb des Zeltes war das letzte Licht verblasst und ich machte mir Sorgen, erwischt zu werden. Sicherlich hatten sie ein Auge auf ihre Versorgungszelte.

Ich wollte gerade noch mehr sagen, aber dann hörten wir Schreie.

"Kam dir die Stimme bekannt vor?" fragte Heron besorgt.

36

Ich hatte keine Zeit zu antworten, bevor Heron aus dem Zelt und durch die Dunkelheit stürmte. Ich humpelte ihm hinterher und fiel schnell zurück. Ich hörte einen Fluch in der Dunkelheit, Okton überholte mich und rannte in Richtung der Stelle, in die Heron in die Nacht gestürzt war.

Dieser Knöchel war ein echtes Problem. Was sollte ich tun, wenn ich meine Freunde verlor? Mein Herz schlug schneller und ich schob mir die Schutzbrille auf die Stirn, um besser sehen zu können. Die Nacht war trotz der Dunkelheit hell erleuchtet. Der Turm in der Mitte des Lagers stand in Flammen und die Menschen rannten aus allen Richtungen darauf zu, bellten Befehle oder schrien sich gegenseitig an.

Ich beeilte mich so schnell ich konnte und versuchte, so auszusehen, als würde ich dasselbe tun wie sie alle, aber jetzt machte ich mir Sorgen. Ich hatte keine Chance, Heron und Okton einzuholen, und ohne sie war ich verloren.

Und wie sollte ich Nasataa befreien, wenn ich nicht einmal wusste, wo ich war?

Wie nach ihm gerufen, meldete Nasataa sich in meinen Gedanken.

Selska!

War er in meiner Nähe? Aus irgendeinem Grund klang er lauter. Näher.

Er schickte mir ein Bild von der Innenseite eines Zeltes, was keine große Hilfe war, aber die Wände waren orange.

Konnte ich im Dunkeln erkennen, welche Farbe die Wände der Zelte haben?

Einige von ihnen hatten Lichter im Inneren und diese leuchteten orange oder mattrot durch den Zeltstoff. Eines der Zelte zu meiner Linken schien besonders orange zu leuchten. Vielleicht war es aber auch nur meine Einbildung.

Ich versuchte, die Fahne oben auf dem Zelt zu erkennen, aber in der Dunkelheit gelang es mir nicht. Sollte ich das Risiko eingehen und nachsehen? Immerhin schienen alle durch das Feuer und die Schreie abgelenkt zu sein und ich konnte Heron und Okton unmöglich einholen.

Ich leckte mir zögernd über die Lippen.

Zögern brachte nur Unglück.

Entschlossen biss ich die Zähne zusammen und eilte so schnell ich konnte trotz meinem schmerzenden Knöchel auf das orangefarbene Zelt zu.

Draußen war niemand zu sehen. Ich huschte zum Eingang und sah mich verstohlen um, aber alle Menschen, die ich sah, rannten mit Eimern oder Waffen in der Hand auf den Turm zu.

Gut, ich konnte ja mal nachsehen. Ich holte tief Luft, spannte mich an und duckte mich ins Zelt.

Ein aufgeregtes Quietschen drang durch die Luft.

Nasataa!

Ich hastete zu seinem Käfig. Mit Tränen in den Augen steckte ich meine Finger durch die Gitterstäbe und fasste nach ihm.

"Dir geht es gut! Oh, Nasataa, ich habe mir solche Sorgen gemacht!"

Selska!

Ich griff in meine Tasche und zog einen Streifen des Trockenfleischs für ihn heraus. Es war, als wäre mir eine schwere Last von den Schultern genommen worden. Es ging ihm gut! Er war eingesperrt - aber es ging ihm gut.

Wie bekam ich ihn nun hier heraus?

Er leckte mir sanft über die Finger, sah mit großen, süßen Augen zu mir auf und begann dann fröhlich auf dem Fleisch herumzukauen. Er war wirklich hungrig.

Auf den Tischen und Stühlen in der Nähe war kein Schlüssel zu finden. Auf einem niedrigen Tisch standen immer noch dampfende Teetassen. Wer auch immer hier gewesen war, musste mit den anderen zum Feuer gelaufen sein.

Das bedeutete, dass sie zurückkamen, sobald es gelöscht war.

Ich musste mich beeilen.

"Pass auf, Nasataa", sagte ich. "Ich werde versuchen, dich zu befreien."

Ich rammte das Ende meines Stabs durch die Gitterstäbe seines Käfigs und versuchte, sie auseinanderzubiegen, aber es gelang mir nur, den Käfig zu drehen. Ich brauchte einen besseren Hebel.

Vorsichtig hob ich den Käfig auf den Boden, klemmte ihn zwischen meine Füße und versuchte es erneut. Eine der Stangen verbog sich leicht, aber nicht genug, um Nasataa zu befreien. Ich zog den Stab heraus und setzte mich auf den Boden, umklammerte eine Stange mit meinen Fingern und klemmte die Ferse meines gesunden Knöchels in den etwas breiteren Spalt, den ich geschaffen hatte. Ich zog mit meinen Händen und drückte mit meinem Fuß so fest ich konnte.

Sie bewegten sich!

Ich holte tief Luft und versuchte es erneut.

Dieses Mal gelang es mir, die Stäbe unter lautem Quietschen auseinanderzuziehen.

Reichte das aus?

Ein freudiger Nasataa zwängte sich durch die Gitterstäbe, kletterte hoch, setzte sich auf meine Schulter und kaute an meinem Ohr. Ich umarmte ihn fest, wobei ich vor Tränen einen Moment lang nichts sah.

"Alles ist gut", sagte ich. "Ich werde nie wieder zulassen, dass dich mir jemand wegnimmt!"

"Das Versprechen wird etwas schwierig zu halten sein", sagte eine Stimme vom Zelteingang.

Ich drehte mich um.

Da stand die Bubbler aus Metamor, ihre Maske hing an einem Band von ihrem Hals und ihre Brille war hochgeschoben. Sie war kaum älter als ich, stellte ich fest. Aber ihr Blick war tödlich.

"Es sei denn, du willst, dass er mit dir stirbt."

37

Mit einer Hand öffnete ich meine Tasche und ließ Nasataa hinein, mit der anderen griff ich nach meinem Stab.

"Du kannst nicht einmal gerade stehen und willst gegen mich kämpfen? Ihr Ausländer seid solche Witzfiguren", sagte die Bubbler.

Ich schluckte und hielt den Stab abwehrend vor mich. Sie lachte nur.

"Das wird nichts bringen, Mädchen. Ich bin in den Künsten der Lebensmagie ausgebildet. Ich sauge dir das Leben aus den Knochen und lasse sie dann damit ohne Haut tanzen.

"Das würdest du doch nicht wirklich tun, oder?' fragte ich. "Das ist krank."

Sie riss die Augen auf, als hätte meine Reaktion sie überrascht.

"Macht dir das Spaß?" drängte ich. "Fühlst du dich gut, wenn du eklige, gruselige Dinge tust, wenn du ganz allein dasitzt, weil du all die Menschen getötet hast, die deine Freunde hätten sein können?"

Ihre Augen wurden größer und ihre Hand streckte sich wie eine Klaue aus. Hatte ihr nie jemand die Wahrheit darüber gesagt, wer sie war? Wer sie wirklich war, schien sie zu schockieren. Das konnte ich sehen.

"Es ist noch nicht zu spät", sagte ich und versuchte, die Situation zu beruhigen. Vielleicht hatte sie noch nie jemand genug geliebt, um ihr zu sagen, dass ihr Verhalten schrecklich war. "Du könntest ein netter Mensch werden. Finde Freunde. Sei eine positive Kraft in der Welt."

Schweiß brach ihr auf der Stirn aus und eine Ader trat ihr hervor.

"Es funktioniert nicht", keuchte sie.

"Es könnte funktionieren. Wenn du es mit mehr Mitgefühl und Freundlichkeit versuchst, könnte es auch für dich funktionieren", ermutigte ich sie.

Ihre Augen waren so weit aufgerissen, dass ich Angst hatte, sie könnten ihr aus dem Gesicht springen, und ihre Wangen waren lila gefärbt. Hatte sie überhaupt Luft geholt, während wir uns unterhalten hatten? Sie hob die andere Hand, ebenfalls wie eine Klaue.

"Die Magie. Sie funktioniert nicht."

Oh.

Sie hatte versucht, mich zu töten. Und ich hatte sie ermutigt, freundlich zu sein.

Ups.

Mit einem dumpfen Aufprallfiel sie zu Boden und Heron rannte ins Zelt, er trug jemanden über die Schultern gelegt und von einer Wunde auf seiner Wange tropfte Blut.

"Du hast den Drachen?", fragte er atemlos.

"Ja! Heron, bist du..."

"Lauf!", rief er, machte auf dem Absatz kehrt und rannte aus dem Zelt. War das Vyvera, die über seinen Schultern hing? Ihr Kopf schwankte leblos hin und her, ihre Kleidung war zerrissen und blutig.

Wo war Okton? Wo war Damokas?

Ich humpelte Heron hinterher, wir sprangen von Zelt zu Zelt und versuchten, nicht gesehen zu werden, während um uns herum die Leute weiter zum Feuer rannten.

"Okton?" keuchte ich mit schmerzender Stimme.

"Sorgt für Ablenkung."

Wir flitzten zum nächsten Zelt. Ich konnte kaum mit ihm mithalten, obwohl er einen Menschen trug und ich nur Nasataa und den Stab.

Ich konnte spüren, wie Nasataa sich in der Tasche auf meinem Rücken zusammenrollte. Waren das Schnarchgeräusche, die ich hörte? Wenigstens fühlte sich einer von uns wohl. Er hatte es verdient, sich sicher und beschützt zu fühlen. Er hätte gar nicht erst in Gefahr geraten dürfen. Aber wie konnte ich ihn in einer Welt wie dieser beschützen?

Wir waren näher am Rand des Lagers, als ich erwartet hatte. Der Fluss floss an diesem Teil des Lagers vorbei und ich konnte sehen, dass Heron sich auf ihn zubewegte.

"Sollten wir nicht zum Treffpunkt gehen?" fragte ich Heron beim nächsten Zelt.

"Das können wir nicht, Seleska." Seine Stimme klang besorgt... panisch?

Ein Schrei ertönte hinter uns.

Wir rannten von der Stelle, an der das letzte Zelt stand, über das offene Feld in Richtung des Flusses.

"Kann Damokas nicht kommen und uns holen?" Ich brachte die Worte kaum heraus, so heftig atmete ich.

Mein Knöchel rutschte wieder unter mir weg und ich stürzte, aber rappelte mich wieder auf, stützte mich an meinem Stab ab, blinzelte die Tränen zurück, und rannte weiter.

Weitere Rufe drangen durch die Luft hinter uns.

Wir erreichten das Flussufer und ich suchte nach einem Boot. Keines zu sehen.

Heron drehte sich mit großen Augen zu mir um.

"Damokas?" fragte ich noch einmal und brachte vor Erschöpfung kein Wort mehr heraus.

"Tot", keuchte er.

Hinter uns waren die Schritte nun lauter zu hören. Wir mussten von hier verschwinden. Sofort.

Ich schluckte, griff in Herons Tasche und holte zwei der Kiemenmasken heraus, die er aus dem Zelt gestohlen hatte. Ich legte eine über Vyveras Gesicht, in der Hoffnung, dass sie noch so lebendig war, dass sie sie brauchen konnte, und die andere über Herons.

"Ich hoffe, die funktionieren", sagte ich, bevor ich seine Hand ergriff und ihn hinter mir in den Fluss zog.

Mit seiner warmen Hand in meiner, ließen wir uns von der eiskalten Strömung fortreißen. Ich klammerte mich an ihn und hoffte, dass die Tatsache, dass er sich auf mich verließ, mich so unter Druck setzte, dass mir einfiel, was als nächstes zu tun war.

Selska! Wasser!

Wenigstens Nasataa klang zufrieden.

38

Ich nahm Herons Hand und zog ihn unter Wasser. Er trug Vyvera und stolperte über das Flussbett. Wir stemmten uns gegen die Strömung und mehr als einmal warf mir Heron einen verwirrten Blick zu. Aber unsere Feinde erwarteten wohl, dass wir flussabwärts gingen.

Wir waren in der Unterzahl. Einer von uns war bewusstlos, und der Drache, auf den wir uns verlassen hatten, um uns aus dem Schlamassel zu befreien, war tot. Und wo war Okton? Er war unser ortskundiger Führer gewesen und wir hatten ihn in dem Tumult verloren.

Ich wollte so gerne mit Heron darüber reden, aber ich konnte unter Wasser nicht sprechen und Herons Mund war unter der Kiemenmaske.

Frustriert lief ich das Flussbett entlang und hielt meinen Stab bereit. Zum Glück machte mir mein Knöchel im Wasser weniger zu schaffen. Der hatte ohnehin bereits genug Schwierigkeiten bereitet.

Lautes Rauschenerfüllte meine Ohren und dann tauchte etwas in einer Wolke aus Luftblasen direkt vor uns durch das Wasser. Ich spannte mich an und hielt den Stab bereit. Heron war immer noch mit Vyvera beschäftigt. Es lag an mir, uns zu verteidigen. Mein Herz pochte wie verrückt, aber ich biss die Zähne zusammen und machte mich bereit.

Die Blasen verzogen sich und die dunkle Gestalt im schattigen Fluss ging auf uns zu. Ich stieß mit meinem Stab nach vorne und die Gestalt erstarrte mit aufgerissenen Augen.

Oh nein! Es war Okton!

Ich versuchte, zu signalisieren, dass es mir leidtat, doch er deutete einfach nur eindringlich, ihm zu folgen.

Eine weitere Gestalt schoss in einem Schwall Blasen durch das Wasser vor mir und ich stürmte vorwärts. Alle unsere Verbündeten in diesem Land waren bereits hier, das hier konnte nur ein Feind sein. Ich stach mit dem Stab zu und traf das Bein unseres Gegners. Das Wasser färbte sich rot und er und tauchte mit großen Augen zurück an die Oberfläche.

Ich blickte zurück zu Heron und Okton, und mir blieb das Herz stehen. Ich hatte nicht einmal ein Geräusch gehört, und doch waren sie von Bubblern umgeben!

Und jetzt wusste ich, warum sie Bubbler genannt wurden.

Seltsame, bunte Blasen, die aus den Enden ihrer Stäbe kamen, umströmten sie. Sie hielten kleine Lampen in ihren Händen. Wie lange konnten die unter Wasser brennen? Oder waren sie magisch?

Ich stürzte auf die anderen zu und schlug einem der Bubbler mit meinem Drachenstab in den Rücken. Blut füllte das Wasser um ihn und ich zuckte zusammen.

Was tat ich? Ich konnte meine Freunde nicht verteidigen, wenn ich jedes Mal zurückschreckte, wenn ich jemanden verletzte. Aber der Schmerz eines anderen Menschen ließ mich nicht kalt – und sollte es auch nicht.

Ich biss die Zähne zusammen und stieß den Stab mit der Klinge nach vorne, um einen zweiten Bubbler zu treffen. Ich wusste nicht, wo ich ihn getroffen hatte, nur dass er stolperte und dann nach oben an die Oberfläche schoss. Der Bubbler, den ich beim ersten Mal getroffen hatte, schien vor Schrecken erstarrt zu sein. Er umklammerte seinen Rücken und krümmte sich vor Schmerz.

Es war ein seltsames Gefühl, unter Wasser zu kämpfen - das Wasser verlangsamte unsere Bewegungen und das Geräusch des rauschenden Wassers blendete alle anderen Geräusche aus. Der Strom trug dunkle Wolken aus Blut davon.

Aber jetzt kamen drei weitere Bubbler näher und ignorierten Heron und Okton, um sich mich vorzuknöpfen. Ich war eindeutig die größte Bedrohung. Ich war die Einzige mit einer Waffe.

Ich hielt meinen Stab fest. Hinter ihnen sah ich, wie Heron den strauchelnden Okton auffing. Okton musste beim Kampf verletzt worden sein. Oder vielleicht waren diese bunten Blasen giftig.

Einer der Bubbler schoss einen Strom von Luftblasen auf mich. Ich duckte mich verzweifelt unter ihnen hinweg. Die Art und Weise, wie sie durch die Strömung kräuselten, machte sie unberechenbar und es schwer, ihnen auszuweichen.

Ein zweiter Strom schoss auf mich zu. Ich wich abermals aus, schlug wild mit meinem Stab um mich und ließ einige Blasen platzen.

Oh, oh. Schlechte Idee.

Die zerplatzten Blasen füllten das Wasser mit einem glitzernden roten Schleier, und dann fuhr Schmerz durch meine Lungen, als hätte ich Pfeffer eingeatmet. Ich nieste heftig und war vorübergehend außer Gefecht gesetzt.

Ich fasste mich so schnell ich konnte, holte mit meinem Drachenstab aus und schlug erneut zu. Aber jetzt steckte ich in Schwierigkeiten. Heron schwankte im Wasser, die Last zweier bewusstloser Menschen war zu groß. Aber was konnte er sonst tun? Ich konnte ihm nicht helfen. Ich konnte keinen von ihnen tragen - nicht einmal im Wasser.

Ich stieß erneut zu, obwohl meine Lungen immer noch brannten. Diesmal schlug ich so hart zu, dass die Klinge in meinem Gegner stecken blieb. Es tat mir beinahe leid, dass ich den Stab hin und her riss, um die Klinge wieder freizubekommen. Ich stieß gegen etwas Hartes, zog den Stab noch einmal in die andere Richtung und er war endlich draußen. Mein Gegner sackte mit einer klaffenden Brustwunde zusammen und mir wurde übel.

Ich sah noch drei weitere, doch ob sich hinter dem aufgewühlten Wasser noch mehr verbargen, konnte ich nicht erkennen.

Mit finsteren Mienen richteten sie ihre Blasenstäbe auf mich, wobei sie darauf achteten, nicht in die Reichweite meines Stabes zu kommen.

Sie nicken sich gegenseitig zu und ließen einen Schwall Luftblasen in Herons Richtung los.

Mit einem fast panischen Gefühl sprang ich nach vorne und zerschlug die Blasen so schnell ich konnte, aber die, die zu nahe an mir zerplatzten, überwältigten mich. Ich fühlte mich heiß und fiebrig und konnte nichts mehr sehen. War das Ramariri, der durch das Wasser schwamm? War das meine leibliche Mutter, die nach mir rief?

Nein! Nimm dich zusammen, Seleska! Das waren Halluzinationen, nichts weiter. Ich umklammerte meinen

Stab und versuchte, meine Sicht zu klären. Ich schmeckte Blut und mir wurde übel bei dem Gedanken, dass ich es mit dem Wasser einatmete.

Ich würde wohl sterben, denn gegen drei Feinde hatte ich keine Chance, wenn ich gleichzeitig gegen die Auswirkung ihres Giftes ankämpfen musste. Hatte ich drei gesagt? Es schienen jetzt fünf zu sein. Nein, acht. Moment mal! Halluzinierte ich? Welche von ihnen waren echt?

"Hilfe!" rief ich in Gedanken. "Hilfe!"

39

Ein verschwommener Fleck raste an mir vorbei und ich zuckte zurück, wobei ich den Stab zur Verteidigung hochzog. Ich traf nichts als Wasser. Da war ein weiterer Fleck, dann ein dritter und dann wurde ich von der Seite hart getroffen und stolperte, wobei ich gerade noch das Gleichgewicht mit dem Stab halten konnte. Ich wurde ein zweites Mal von den Füßen geschleudert und fiel gegen Heron.

Seine Augen waren groß und er deutete mit seinem Kinn auf etwas hinter mir. Ich blickte zurück und riss die Augen auf beim Anblick der schlanken Körper, die durch das blutrote Wasser wirbelten.

Das waren keine Haie... oder doch? Nicht in einem Fluss.

Aber riesige Fische waren sie jedenfalls. Und sie... nein, daran konnte ich nicht einmal denken. Der Geruch von Blut stieg mir in die Nase und ich beeilte mich, eine Schulter unter Okton zu legen, um Heron zu helfen.

Wir waren zu langsam. Mit zwei Personen, die wir unter Wasser gegen die Strömung tragen mussten, konnten wir unmöglich schnell genug sein.

Immerhin wurden wir nicht von diesen Fischen zerfetzt.

Noch nicht.

Ich stemmte mich fester gegen den Strom, die Angst verlieh mir eine Kraft, von der ich nicht wusste, dass ich sie hatte. Es dauerte lange Minuten, bis der Geruch von Blut aus dem Wasser verschwunden war. Noch länger dauerte es, bis ich mich umdrehen und hinter meine Schulter blicken konnte, wo ich nichts als Dunkelheit sah.

Mein Herz hämmerte in meiner Brust und jede Welle von Seegras und jedes Rauschen der Strömung versetzte mich in Angst und Schrecken. Jeden Moment konnten sie sich von ihrem Festmahl abwenden und über uns herfallen. Wir waren leichte Ziele, einfache Beute.

Schließlich wurden meine Schritte zu schwer und ich konnte nicht mehr weitergehen. Ich spürte die Angst in meinen Knochen, sie zog mich nach unten und ließ meinen Knöchel vor Schmerz ächzen.

Ich dachte, es war vorbei, da schüttelte Okton plötzlich den Kopf, und obwohl er sich weiter auf uns stützte, begann er langsam wieder zu laufen.

Als Okton sich schließlich wieder selbst auf den Beinen halten konnte, ließ ich ihn los tauschte einen dankbaren Blick mit Heron aus. Er trug immer noch Vyvera und sah aus, als könnte er keine Minute länger durchhalten.

Selbst Nasataas geringes Gewicht in meiner Tasche begann an mir zu zerren.

Ich lief fast in den Anker vor mir. Oben am Ende der Kette war das kleine Boot ein dunkler Umriss, der vom Mondlicht umrahmt wurde. Das Wasser musste hier sehr flach sein.

Ich hielt einen Moment inne und holte Luft.

Ich versuchte zu schreien, als Okton aufsprang und zur Oberfläche schwamm. Was hatte er vor? Was dachte er sich dabei?

Heron versuchte ihm zu folgen, aber er war zu erschöpft, um Vyvera zu tragen. Sollte ich ihm helfen? Ich spürte den Drang, ihm zu Hilfe zu kommen, aber ich spürte auch den Drang, nicht an die Oberfläche gehen.

Ich schüttelte den Kopf und versuchte ihm zu vermitteln, dass es ein schrecklicher Fehler war, dorthin zurückzugehen, wo die Bubbler und Felsenkrieger waren. Sicherlich waren sie auf der Suche nach uns. Sicherlich waren sie uns auf den Fersen. Und über der Wasseroberfläche waren wir ein leichtes Ziel.

Heron stieß sein Kinn mit entschlossener Miene in Richtung Wasseroberfläche. Ich folgte seinem Blick zu Okton, der uns energisch zuwinkte.

Das war eine schreckliche Idee.

Heron schüttelte den Kopf. Er wusste, was ich dachte, und er wollte mit Okton gehen. Das konnte ich in seinem Blick erkennen.

Ich unterdrückte einen Seufzer und packte Vyveras Beine, um Heron zu helfen und gemeinsam machten wir uns auf den Weg an die Oberfläche.

Okton sollte besser wissen, was er tat.

40

Wir brachen durch die Oberfläche und ich hustete Wasser aus. Daran würde ich mich nie gewöhnen. Ich brauchte einen Moment, um zu begreifen, warum Heron so panisch dreinblickte. Ich griff nach ihm und riss ihm die Kiemenmaske vom Mund. Ihr Licht verblasste und er hustete und würgte, genau wie ich, und spuckte schließlich das Wasser aus und holte tief Luft. Vyvera hustete ihr Wasser aus, obwohl sie immer noch bewusstlos war. Zum Glück, ich hatte ich mir schon Sorgen gemacht.

Es stellte sich heraus, dass das kleine Boot leer war. Es war im Fluss in der Nähe einer baufälligen Anlegestelle verankert und mit einer Plane abgedeckt. Okton, dem die Erschöpfung ins Gesicht geschrieben stand, half uns, Vyvera ins Boot zu ziehen und zu schieben, und dann purzelten wir anderen hinein und deckten uns mit der Plane zu. Uns war kalt und nass, aber niemand hatte genug Kraft, um sich darüber zu beschweren, dass wir auf engstem Raum zusammengepfercht waren und uns aneinanderdrängten. Wenigstens war es warm.

Nasataas beruhigendes Schnarchen ließ mich einschlafen.

Als ich aufwachte, leckte er mir das Gesicht und rülpste eine kleine Flamme in die Luft. Die Plane war an einem Ende durchgesackt und das Morgenlicht drang in das schimmelige Boot ein. Ich hatte Mühe, mich aufzusetzen. Ich hatte nicht annähernd lange genug geschlafen. Waren es überhaupt mehr als ein paar Stunden gewesen? Vermutlich nicht.

Aber das Morgenlicht hellte unsere Laune auf. Sicher, wir wurden gejagt und gequält und mein Knöchel pochte schmerzhaft, aber heute konnte es nur besser werden.

Nasataa spuckte wieder Feuer und ich fischte etwas von dem Trockenfleisch aus meiner Tasche. Es war nicht mehr ganz trocken und hing feucht und stinkend von meiner Hand. Ihm schien das nichts auszumachen, denn er aß es mit Genuss. Ich zuckte mit den Schultern. Wenigstens war das Flusswasser nicht brackig. Es ließ sich durchaus trinken.

Er duckte auch am Bug unter der Plane hervor und beugte sich zum Trinken herunter. Er war wirklich ein unbeugsames kleines Ding. Wir waren an einem fremden Ort – umgeben von Feinden - er war zweimal gefangen und eingesperrt worden, hatte nur altes, matschiges Fleisch zu fressen und schien so glücklich wie ein Fisch im Wasser. Dieser Kampfgeist gefiel mir!

Ich lächelte zärtlich, bevor ich ein Husten hinter mir hörte und mich umdrehte, um einen verschlafenen Heron zu sehen, der sich die Augen rieb. Er hatte neben mir geschlafen – fast auf mir.

"Wir sind am Leben", sagte ich und war überrascht, wie rau meine Stimme klang.

"Vorerst", stimmte er zu, aber die Anspannung der Situation ließ seine Stimme hart klingen.

"Heute ist ein besserer Tag", versicherte ich ihm mit einem strahlenden Lächeln.

Vyvera setzte sich so plötzlich auf, dass ich fast zusammenzuckte. Sie meldete sich mit einem Hustenanfall, der ihren Körper durchschüttelte, bevor sie einen schwarzen Gallenklumpen ausspuckte. Sie war in schlechterer Verfassung, als ich angenommen hatte. Schlimme Wunden zogen sich über ihre Arme und Beine. Einer ihrer Arme hing leblos an ihrer Seite.

Hatte Heron letzte Nacht nicht auch eine Kopfwunde gehabt?

Ich warf einen kurzen Blick auf ihn und sah, dass ihm die Sorge ins Gesicht geschrieben stand. Seine Wunde war verkrustet. Sie konnte nicht besonders schlimm gewesen sein, aber ich machte mir große Sorgen. Vyvera war unser Ausweg aus diesem Ort. Sie war diejenige, die wusste, wo wir waren und wie wir dorthin gekommen waren, und sie sah... schlecht aus. Sehr schlecht.

"Er ist tot", keuchte sie. "Ich hatte gehofft... ich hatte befürchtet... nun, er muss tot sein."

"Damokas?" fragte Heron sanft und fuhr nach ihrem Nicken fort. "Ich habe ihn gesehen, nachdem wir dich gefunden haben. Sie haben seinen Kopf wie eine Trophäe auf ihrem Turm angebracht."

Sie keuchte, ihr Körper zitterte, und dann hustete sie wieder, ein schrecklicher, bellender Husten, der aus ihrem Innersten zu kommen schien. Die schwarze Galle, die sie ausspuckte, sah nicht gut aus. Ich tauschte einen besorgten Blick mit Heron aus, bevor ich mich neben sie setzte.

Sie ließ mich ihren Arm in eine improvisierte Schlinge legen und zuckte bei meiner Berührung kaum zurück, obwohl ihr Arm völlig unbeweglich schien.

"Ich glaube, wir brauchen einen echten Heiler", sagte ich grimmig. "Ich glaube, er ist schwer verletzt."

Ich hatte schon mal einen gebrochenen Arm im Dorf gesehen. Die Heiler hatten sich vergewissert, dass der Knochen in Ordnung war, und ihn dann verbunden, damit er sich nicht bewegen konnte, bis er verheilt war. Ich wusste nicht, wie das richtig ging, und hatte Angst, es schlimmer zu machen, wenn ich ihn falsch verband.

"Das bringt nichts", sagte Vyvera mit schmerzverzerrtem Gesicht. "Wir müssen weitermachen. Die Troglodyten warten auf dich und es muss unsere oberste Priorität sein, Nasataa und dich zu ihnen zu bringen."

Nasataa sprang auf, als hätte er seinen Namen gehört, und schnappte nach fliegenden Insekten. Er war so unschuldig. Zu unschuldig für all das hier.

"Das werden wir tun", versicherte ich ihr. "Aber zuerst müssen wir dich zu einem Heiler bringen."

Sie bellte ein freudloses Lachen.

"Als ich gesagt habe, dass es nichts bringt, habe ich es ernst gemeint. Ich werde nicht länger als zwei Wochen leben. Drachen und ihre Reiter sind aneinander gebunden. Wenn einer stirbt, stirbt auch der andere. Mein Husten - die schwarze Galle, die ich ausspucke - ist das Ergebnis davon. Wir haben nur zwei Wochen - allerhöchstens - um dich zu den Troglodyten zu bringen. Ich werde dich dorthin bringen, und wenn ich dabei sterbe."

41

Ich erschauderte bei ihren Worten, Erinnerungen an die wenigen gemeinsamen Tage mit Ramariri schossen mir durch den Kopf. Er hatte mir so viel bedeutet. Ich hatte nicht einmal gemerkt, dass er im Sterben lag, als er schon fast tot war. Ich hatte keine Zeit gehabt, ihm ehrlich zu sagen, wie viel er mir bedeutete. Dieses Gefühl blieb, selbst nachdem die Erinnerungen verschwunden waren. Dieses schreckliche Gefühl von Verlust und Hilflosigkeit, gepaart mit Angst. Ich hasste dieses Gefühl. Aber es war mir so vertraut wie das Atmen.

Ich schlug die Augen auf und sah Nasataa, der an der Seite des Bootes entlang hüpfte. Ich musste stark für ihn sein. Ich durfte nicht in Panik geraten oder zögern. Ich musste stark sein.

Ich merkte nicht, dass ich immer noch mit den Gefühlen in mir kämpfte, da legte Heron einen Arm um mich. Er zog mich an sich und drückte mich gegen seinen starken Körper. Er hatte etwas an sich, das mir ein Gefühl der Sicherheit gab - als könnte die ganze Welt um uns herum zusammenbrechen, aber Heron wäre immer noch da. Ich atmete tief ein.

"Können wir irgendetwas für dich tun?" fragte Heron Vyvera.

Sie lächelte schief. "Wir können uns beeilen, damit meine letzten Tage einen Sinn haben."

Nun, das war wohl auch eine Antwort.

Ich wurde von einem Husten hinter Vyvera überrascht. Ich hatte nicht einmal bemerkt, dass Okton wach war, bis er sich aufsetzte und sich die roten Augen rieb.

"Wenn du rasch flussaufwärts musst, und wenn Heron noch Kiemenmasken hat, kann ich dir helfen."

"Oh?" fragte Vyvera.

"Ich kenne einen Unterschlupf nicht weit von hier. Wir können laufen. Aber wir sollten uns beeilen. Wir sind hier leichte Ziele. Sie werden die Flussoberfläche absuchen."

"Nur die Oberfläche?" fragte ich.

Er zuckte mit den Schultern. "Wie gesagt, die Kiemenmasken sind selten und halten nicht ewig."

"Einen Tag lang hast du gesagt?" fragte ich.

"Oder bis ihr wieder auftaucht." Er zeigte auf die drei Kiemenmasken, die verschrumpelt und trocken wie totes Laub am Boden des Bootes lagen.

"Und wie viele hast du?" fragte ich Heron und biss mir auf die Lippe. Wir hatten doch genug, oder? Wir mussten genug haben.

"Sieben", sagte er.

Dann konnten er und Vyvera noch dreimal zusammen unter Wasser reisen.

Ich schluckte. Würden sie ausreichen?

Natürlich würden sie das. Es hatte keinen Sinn, sich über Dinge zu sorgen, die wir nicht ändern konnten. Wir würden schon einen Weg finden. Ich fand immer einen Weg.

"Komm schon, Nasataa!"

Er rannte zu mir, sprang in meine ausgestreckten Arme und leckte mir das Gesicht.

"Ja, ich liebe dich auch."

Selska! Reite!

Ich öffnete die Tasche für ihn und er kletterte hinein, wobei er den Kopf heraushielt, damit er beobachten konnte, wie wir einen schmalen Pfad zwischen hohen Laubwedeln entlangschlichen. Der Weg war befestigt, aber es wuchsen kleine Pflanzen auf ihm, er schien also nicht oft benutzt zu werden. Meine Füße schmerzten in den weichen Lederstiefeln, die Okton mir gegeben hatte, und mein verstauchter Knöchel machte es nicht besser. Ich vermisste meine Sandalen. Ich musste so bald wie möglich neue besorgen. Wenn ich so viel Zeit im Wasser verbrachte, waren Stiefel keine gute Idee.

Der Weg schlängelte sich am Fluss entlang, bis er schließlich zu einem hohen, schmalen Haus mit einem riesigen Wasserrad an der Seite führte. Ein langer Schacht führte von dem schmalen Haus zu einem größeren Haus dahinter.

"Es ist eine Wassermühle", sagte Okton, als ergäbe das mehr Sinn.

"Sie mahlen Getreide mit der Kraft des Wassers", erklärt Vyvera.

Ich sah zu, wie sich das Rad bewegte, und war fasziniert von den Schaufeln, die das Wasser des Flusses auffingen und das Rad drehten. Wie seltsam. Dieses Land war voller Wunder. Wenn mich nicht nur alle umbringen wollten, würde ich es genießen, all diese neuen Dinge zu sehen.

Neben der Wassermühle waren verschiedene Boote vertäut - einige davon waren groß genug, um Fracht in Säcken und Ballen zu transportieren.

"Wartet hier auf mich. Ich sorge dafür, dass ihr in Sicherheit seid", sagte Okton und schlüpfte den Feldweg hinunter, wo sich das Laub zu einer weiten Grasfläche lichtete, die von leuchtenden Blumen gesäumt war.

Vyvera bekam einen Hustenanfall, aber sie unterdrückte ihn und atmete tief ein.

"Wenn wir einen Moment Zeit haben, möchte ich dir etwas über den Stab erzählen", sagte sie und sah ihn wehmütig an. Bis zu diesem Moment hatte ich nicht einmal bemerkt, dass sie mit ihrem Drachen auch ihren Stab verloren hatte.

"Mit deinem Stab", sagte sie und nahm ihn sanft aus meinen Händen, "kannst du kämpfen. Du kannst ihn zum Aufschlitzen, Hacken und Stechen benutzen. Aber das ist nicht alles. Dieser Stab hat magische Kräfte."

42

"Magische Kräfte?" fragte ich.

"Keine Zeit für Fragen. Wenn wir unter Wasser unterwegs sind, können wir uns nicht unterhalten, und meine Zeit ist begrenzt. Also, hör zu. Präge dir zuerst die Bewegungen ein." Sie wirbelte herum und demonstrierte jede einzelne Technik. "Block. Hieb. Finte. Parieren. Stich. Rückhand. Zeig es mir."

Ich nahm den Stab vorsichtig und versuchte, ihre Bewegungen nachzuahmen. Es gelang mir nur teilweise, mich schnell genug zu erinnern, was sie wie bewegt hatte.

"Guter Anfang. Jedes Mal, wenn wir eine Pause machen, gehst du sie durch. Wenn du das jeden Tag machst, wirst du vielleicht schon bald gut genug sein, um mit jemandem einen Kampf zu üben. Und jetzt zur Magie. Der Stab verfügt über keine eigene Magie. Vielmehr kann der Stab jede Magie absorbieren, die dir entgegengeschleudert wird. Vielleicht hast du das schon bemerkt?"

Ich nickte. Das ergab Sinn, nicht wahr? Ich hatte gesehen, wie die Bubbler mit ihren verschränkten Händen versucht hatte, irgendetwaszu tun, während ich ihr einen Vortrag darüber gehalten hatte, wie sie ein besserer Mensch werden konnte. War das mein Stab gewesen, weswegen sie mir nichts anhaben hatte können?

"Das dachte ich mir schon", sagte Vyvera. "Denn ich kann die Kraft in diesem Stab spüren. Seine Magie zu benutzen, wird mehr Zeit in Anspruch nehmen. Wie du auf die Magie zugreifen und wie du sie für dich wirken lassen kannst, ist von Person zu Person verschieden. Benutze ihn einfach immer wieder, um magische Angriffe abzuwehren und zu absorbieren, und mit der Zeit wirst du lernen, dir die Magie zunutze zu machen."

Ich nickte ernst und versuchte, nicht zu aufgeregt auszusehen. Ein magischer Stab? Ich hatte keine Ahnung gehabt, dass er so wertvoll war, als ich ihn bekommen hatte! Er hatte sich bereits als Waffe und Stütze als nützlich erwiesen.

Ich wirbelte den Stab so, wie sie es mir gezeigt hatte, und probierte die Techniken aus. Konnte ich die Kraft spüren, die in ihm steckte, so wie sie es getan hatte? Oder bildete ich mir das nur ein?

"Und schlag deinem Freund nicht aus Versehen den Kopf ab", sagte Vyvera augenzwinkernd.

Mit großen Augen bemerkte ich, dass Heron hinter mir stand und sich duckte.

"Ich werde mal nachsehen, wo Okton bleibt", sagte Vyvera und lief den Weg hinunter.

Ich wollte ihr gerade folgen, da legte Heron mir eine Hand auf die Schulter. "Seleska?"

"Ja?"

Er hielt inne. Was war so schwer für ihn zu sagen?

"Vielleicht sollten wir nicht flussaufwärts fahren. Vielleicht sollten wir flussabwärts fahren."

"Aber das werden sie doch erwarten", sagte ich verwirrt.

Er leckte sich nervös über die Lippen. "Wir hatten erwartet, mit Vyvera zu reisen und ihren Drachen an unserer

Seite zu haben, der uns rettet, wenn es schlecht läuft. Aber Seleska, die Havenwind-Inseln sind weit weg von hier. Wenn du wirklich durch Portale unter dem Meer gehen kannst, könnte das die einzige Möglichkeit sein, zurückzukommen. Und wenn Vyvera im Sterben liegt, könnte sie sterben, bevor wir hier einen sicheren Ort finden. Vielleicht ist es eine bessere Idee, gleich nach Hause zu reisen und Nasataa mitzunehmen. Wo ist er besser aufgehoben als dort, wo wir Freunde und Familie haben?"

Ich schüttelte den Kopf. "Wir würden ihn in Gefahr bringen."

"Keiner wird wissen, wo wir sind. Im Moment wissen es eine ganze Menge Leute." Er ließ den Blick über das Gebüsch schweifen, als erwartete er, dass jeden Moment von allen Richtungen Feinde auf uns zustürmten.

"Vyvera gibt ihr Leben dafür", sagte ich hin und her gerissen.

Ohne mich konnte er nicht nach Hause reisen. Er wäre hier gefangen, inmitten von Feinden. Aber wenn ich aufhörte und mit ihm umkehrte, starb der Troglodyt, bevor wir ihn treffen konnten, und alles, wofür Vyvera gekämpft hatte, wäre umsonst gewesen. Ihr Drache wäre umsonst gestorben. Nach außen hin wirkte sie ruhig, aber ich wusste, wie es war, einen Drachenfreund zu verlieren. Und Ramariri und ich waren erst wenige Tage befreundet gewesen, nicht seit Jahren wie Vyvera und ihr Drache.

Außerdem, wenn böse Mächte wirklich hinter Nasataa her waren - und auch hinter mir - dann gab es keinen Ort, an dem wir sicher waren. Unsere einzige Hoffnung war, uns zu wehren.

"Es tut mir leid, Heron", sagte ich. "Aber ich kann nicht einfach weglaufen. Wenn ich weglaufe, werde ich immer auf der Flucht sein. Wenn ich bleibe und kämpfe, könnte ich gewinnen."

Er nickte, aber sein Blick war angespannt. Er war genauso besorgt wie ich.

Ich wollte ihn trösten, aber in diesem Moment kamen Okton und Vyvera zurück.

"Wir haben Glück", sagte Okton mit einem strahlenden Lächeln. "Ein Kamerad der Lichtbringer ist mit dem Lastkahn flussaufwärts unterwegs und hat sich bereit erklärt, euch auf dem Rumpf mitfahren zu lassen."

"Auf dem Rumpf?" fragte ich. Das konnte er doch nicht ernst meinen, oder?

"Klar. Unter Wasser und frei von neugierigen Blicken! Das ist die perfekte Lösung!"

Perfekt? Mir fielen da ganz andere Adjektive ein. Heron und Vyvera mussten die ganze, lange Reise den Kopf unter Wasser halten um ihre Kiemenmasken nicht zu zerstören.

"Wie viele Tage flussaufwärts ist unser Treffen?" fragte ich Vyvera.

"Mindestens fünf", sagte sie.

"Und Yvor kann dich bis zur Stadt Tinlin bringen, drei Tage flussaufwärts", sagte Okton stolz.

"Damit ist uns tatsächlich geholfen", sagte Vyvera ernst.

Mir bildete sich ein Knoten im Hals, denn es war ihr förmlich anzusehen, dass ihr bewusst war, dass diese drei Tage zu den letzten ihres Lebens zählten. Ich konnte keinen Rückzieher machen. Nicht jetzt. Ich griff nach Herons Hand und war überrascht, sie nicht zu finden. Er stand ein paar

Schritte abseits und blickte den Fluss hinunter in Richtung Meer. Er war nicht glücklich über meine Entscheidung.

Ich schluckte schwer und versuchte, den Kloß in meinem Hals loszuwerden. Ich musste tun, was richtig war, auch wenn es meinem Freund nicht gefiel.

"Danke, Okton", sagte ich und versuchte, nicht so besorgt zu klingen, wie ich war. Nach drei Tagen flussaufwärts blieb uns immer noch eine weite Strecke übrig, und wir hatten nicht genug Kiemenmasken, um unter Wasser weiterzureisen. Er führte uns zum Boot und Heron folgte uns so widerwillig, dass ich ein schlechtes Gewissen hatte.

43

Das war ein Fehler gewesen. Ich versuchte, nicht daran zu denken. Stattdessen versuchte ich daran zu denken, dass es auch ein Abenteuer war, und ich mir mein ganzes Leben lang Abenteuer gewünscht hatte. Wenn ich nach Hause zurückkehrte und meinen Eltern davon erzählte, würden weder die Unannehmlichkeiten noch die Schwierigkeiten eine Rolle spielen, sondern nur das tolle Abenteuer und die Menschen, mit denen ich es erlebt hatte. Glaubte ich denn selbst daran?

Ich rief mir ins Gedächtnis, was für ein großartiges Abenteuer wir erlebten, als Heron und Vyvera ihre Kiemenmasken über Mund und Nase zogen und wir uns von Okton verabschiedeten. Ich rief mir ins Gedächtnis, was für ein großartiges Abenteuer wir erlebten, als ich versuchte, Nasataa davon zu überzeugen, in seiner Tasche zu bleiben, und die Vorräte, die Okton mir gegeben hatte, zu ihm stopfte - einen Wasserbeutel mit sauberem Wasser, ein Paar Sandalen, ein in Wachstuch eingewickeltes Paket mit Trockenfleisch und ein paar Münzen.

Ich rief mir ins Gedächtnis, was für ein großartiges Abenteuer wir erlebten, als der Kapitän des Kahns uns Seile herabließ, um uns am Rumpf festzumachen.

Auch Heron versuchte, eine gute Laune zu bewahren, und hielt meine Hand.

Wir waren im Begriff großartige Abenteuer an unbekannten Orten zu erleben!

Nur meine Eingeweide schienen nicht begriffen zu haben, wie toll Abenteuer waren. Die rumorten nämlich, als wären sie ganz anderer Meinung.

Auch Vyveras Schicksal tat mir im Herzen weh - wir hatten ihre Wunden so gut es ging verbunden, aber ihr Zustand verschlechterte sich langsam.

Selbst meine Muskeln begriffen nicht, wie toll Abenteuer waren. Schon nach einer Stunde, die wir uns am Boot festhielten, protestierten sie. Ich rückte herum und zappelte, um es mir eine Spur gemütlicher zu machen. Ich wagte es nicht, loszulassen. Am Heck des Kahns drehte sich ein riesiges Schaufelrad, das das Boot flussaufwärts gegen den Strom trieb.

Ich dachte schon, meine Arme gäben nach, da wurde das Boot langsamer. Es hielt an und dann fiel ein Anker durch das Wasser auf den Grund des Flusses.

Heron warf mir einen verwirrten Blick zu. Aber ich wusste genauso wenig wie er, was los war. Er zeigte nach oben. Oh ja, ich war die Einzige, die nachsehen konnte, ohne ihre Fähigkeit unter Wasser zu atmen zu verlieren.

Mit schmerzenden, steifen Armen zog ich mich am Seil entlang und stieß mit meinem Kopf an die Oberfläche. Ich musste mich anstrengen, um nicht laut zu husten. Stattdessen verschluckte ich mich leise an dem Wasser, das aus meinen Lungen der Luft wich.

Vom Boot oben ertönten Stimmen.

"...Patrouille kommt. Haltet euch bereit!"

Das Geräusch eines Bootes, das gegen unseren Kahn stieß, war zu hören. Gut, dass ich nicht auf der anderen Seite aufgetaucht war! Und dann hörte ich noch mehr Stimmen.

"Hier ist die Flusswache der Saaasallla, in Begleitung von Bubbler Atura Feliciano. Wir sind auf der Suche nach drei Geflüchteten. Habt ihr Passagiere auf eurem Boot?"

Mehr brauchte ich nicht zu hören. Ich stieg wieder hinunter ins Wasser. Bubbler konnten auch unter Wasser atmen. Sie konnten jemanden nach unten schicken, um nach uns zu suchen. Wir mussten uns sofort verstecken.

Ich konnte meinen Freunden nichts zurufen – wie sollte ich sie warnen?

Ich war mir nicht sicher. Als ich Heron sah, riss ich meine Augen so weit auf, wie ich konnte, um Angst zu signalisieren. Wir trugen beide die Brillen der Bubbler - seltsame Vorrichtungen aus Glasscheiben, Metallgehäusen und Lederriemen. Im Wasser halfen sie, alles klarer und leichter zu sehen.

Ich zeigte auf das Heck und schwamm voran. Wir konnten uns im Schaufelrad verstecken. Nur ein Verrückter würde dort nachsehen, wenn ihm sein Leben lieb war.

Zum Glück folgte mir Heron und half Vyvera. Sie sah kränklich aus. Sie zog die Kiemenmaske kurz ab, spuckte schwarzen Schleim ins Wasser und setzte sie wieder auf, bevor sie erneut in einen Hustenanfall verfiel. Bei diesem Anblick drehte sich mir der Magen um. Ich wünschte mir so sehr, ihr helfen zu können.

Wir arbeiteten uns zum Schaufelrad vor und kletterten zwischen die Schaufeln, um uns darin zu verstecken. Die anderen schienen zu verstehen, was los war, obwohl Heron sehr besorgt aussah. Wir machten uns in unseren Verstecken so klein wie möglich

In meiner Tasche wachte Nasataa auf.

Bleib drinnen!

Ich teilte die Erinnerung daran, was ich über der Wasseroberfläche gehört hatte, in Gedanken mit Nasataa, damit er in der Tasche ruhig blieb. Er konnte herauskommen, wenn das alles vorbei war.

Ich spürte, wie mich ein schleichendes Gefühl überkam, als wollte das Wasser mir etwas sagen. Ich konnte mir nicht helfen. Ich beugte mich hinunter und spähte hervor zum Rumpf.

Ich sah etwas Rotes und zuckte zurück. Sie suchten wirklich unter Wasser nach uns! Am Boden des Schiffes zogen sich Luftblasen entlang! Ich biss die Zähne zusammen und wagte einen zweiten Blick.

Ein Bubbler schwamm am Rumpf entlang. Ich kroch in das Schaufelrad zurück.

Bitte sieh hier nicht nach! Bitte sieh hier nicht nach!

44

Mit aufgerissenen Augen ich hob meinen Finger über die Lippen, um Heron und Vyvera zu warnen, aber das war nicht nötig. Sie waren beide regungslos. Sie konnten das besser als ich!

Nasataa zappelte in der Tasche auf meinem Rücken.

Still! Sei still!

Ich stellte mir vor, wie er still dalag und sich entspannte und teilte diesen Gedanken mit ihm. Er teilte mit mir Gedanken über verkrampfte Muskeln und den Wunsch zu schwimmen.

Nein! Sei still!

Er wollte nicht hören. Stattdessen drückte er sich gegen meinen Rücken und ein paar Luftblasen glitten aus der Tasche ins Wasser. Mit einer Hand griff ich um meinen Rücken und drückte ihn fest an mich. Er war dabei, uns auffliegen zu lassen!

Lange Sekunden vergingen und dann hörte ich das Kurbeln der Ankerkette.

Heron lugte aus dem Schaufelrad hervor, drehte sich wieder um und gab uns ein eindringliches Zeichen, ihm zu folgen. Ich schwamm heraus, aber Vyvera bewegte sich nur langsam und unbeholfen unter einem weiteren, schweren Hustenanfall. Heron griff nach ihrer Kleidung und zerrte sie mit aller Kraft aus dem Schaufelrad.

In der Nähe des Bugs sah ich, wie sich der Anker an seiner Kette hob. Er war fast ganz oben.

Heron und ich stießen im Wasser nach vorne und schwammen so schnell wir konnten. Wir hatten kaum unsere Plätze erreicht, da begann das Schaufelrad sich zu drehen.

Ich schwamm energisch, doch klammerte mich mit einer Hand fest an meinen Stab. Ich konnte es mir nicht leisten, eine so unbezahlbare Waffe zu verlieren.

Auch Heron schwamm so schnell er konnte und zog dabei Vyvera mit sich.

Erschöpft erreichten wir unsere Seile, wickelten sie um unsere Beine und Arme und spürten bereits die Strömung an uns zerren. Wir warfen einander dankbare Blicke zu. Wir waren dankbar, dass wir am Leben und frei waren. Ich zumindest.

Vyvera teilte unsere Blicke nicht. Sie klammerte sich verzweifelt an das Seil und presste den Kopf an die Brust. Behutsam legte Heron einen Arm um sie. Er war immer so… sanft zu anderen Menschen. So zuverlässig, wenn es hart auf hart kam. Ich sollte das mehr zu schätzen wissen.

Ich fing gerade an zu lächeln, da spürte ich einen Ruck in meiner Tasche. Nasataa schlüpfte heraus und flitzte neben mir durch das Wasser. Er sollte besser in der Nähe bleiben! Konnte er gegen eine so starke Strömung anschwimmen? Ihm schien es gut zu gehen, aber in den Stunden, die vergingen, bis das Boot endlich wieder ankerte, behielt ich ihn genau im Auge.

Ich schwamm an die Oberfläche, um zu sehen, was los war, und Kapitän Yvor rief zu mir herunter.

"Wir liegen für die Nacht vor Anker. Die Männer und ich werden an Deck schlafen, aber das Ufer ist nicht weit. Bei Tagesanbruch legen wir wieder ab."

Ich nickte dankbar.

Wir schlugen unser Lager am Ufer auf, entzündeten ein Feuer am Sandstrand und teilten die Wasserbeutel und das Trockenfleisch. Nasataa rollte sich so nah am Feuer zusammen, dass die Flammen fast seine schimmernden Schuppen erreichten. Heron ließ sich in der Nähe nieder und fiel sofort in einen tiefen Schlaf. Ich wollte mich gerade zu ihm setzen, da wurde Vyvera von einem weiteren Hustenanfall durchgeschüttelt und zeigte auf mich.

"Schlaf nicht. Üb."

"Was?", fragte ich ungläubig.

"Der Stab. Du musst üben. Du musst ihn benutzen können."

Sie rollte sich am Feuer zusammen und brach wieder in ihren schrecklichen, bellenden Husten aus, und ich hatte die Qual der Wahl. Sie konnte mich kaum zum Üben zwingen, wenn sie so krank war. Und ich war so müde, dass ich ihre Anweisung am liebsten ignoriert hätte. Andererseits, wie sollte ich Nasataa verteidigen, wenn ich nicht in der Lage war, diesen Stab zu benutzen?

Mit einem müden Seufzer stand ich auf, schritt den Strand entlang und begann dann mit den Techniken, die Vyvera mir gezeigt hatte, zunächst langsam und vorsichtig, aber immer schneller, je vertrauter sie mir wurden. Wahrscheinlich bildete ich mir das nur ein, aber der Stab schien leicht zu leuchten, wenn ich mit ihm umging. Und es fühlte sich tatsächlich so an, als leitete er mich bei meinen unbeholfenen Bewegungen. Ich musste wirklich müde sein, wenn ich das dachte.

Ich übte, bis ich nicht mehr konnte. Schließlich kehrte ich zum Feuer zurück, ließ mich neben Nasataa nieder und schlief ein.

Die nächsten beiden Tage verliefen genauso wie der erste - eine Kombination aus Festhalten an Seilen, bis unsere Muskeln schmerzten, und verzweifeltem Verstecken vor den Patrouillen, die den Fluss durchstreiften. Manchmal fuhren ihre Boote so nah vorbei, dass ich ihre Farbe im dunklen Wasser erkennen konnte. Es war nervenaufreibend und anstrengend, aber ich erinnerte mich immer wieder daran, dass es immer noch ein Abenteuer war und Abenteuer keine Spaziergänge waren. Kapitän Yvor verteilte nachts Essen an uns - gerade genug, um uns am Leben zu halten - und ich übte mit dem Stab in jeder Pause, aber bis jetzt hatte ich noch keine Magie bemerkt.

In der zweiten Nacht zeichnete uns Vyvera eine Karte in den Sand, mit der wir unser Ziel finden sollten, und verlangte von uns, dass wir sie auswendig lernten. Unser Ziel lag unter einem Wasserfall. Ich würde gerne einen Wasserfall sehen. Auf den Havenwind-Inseln gab es keine und ich hatte das Gefühl, einen zu sehen wäre ein echtes Abenteuer.

"Nur für den Fall", sagte Vyvera und ließ uns zum dritten Mal ihre Anweisungen wiederholen. Ihr Husten war schlimmer geworden und manchmal trat schwarze Flüssigkeit aus ihren Augen aus. Ich begann mir Sorgen zu machen, dass sie keine zwei Wochen mehr hatte. Vielleicht hat sie nicht einmal mehr zwei Tage.

Ich wollte etwas sagen oder tun, um sie zu trösten, aber das Einzige, was mir einfiel, war, ihren Wünschen nachzukommen, also prägte ich mir die Karte ein, übte mit dem Stab und hoffte von ganzem Herzen, dass sie den Troglodyten, für den sie sterben würde, noch treffen würde.

45

Am dritten Morgen sprach Kapitän Yvor kurz mit uns, bevor wir uns unter dem Rumpf versteckten.

"Uns haben Nachrichten erreicht, dass die Revolution an der Küste zugeschlagen hat."

"Revolution?" fragte Vyvera und fiel sogleich in einen weiteren Hustenanfall.

"Es heißt, dass ein Drache einen der Wachtürme angegriffen hat. Seitdem ist das Volk in Aufruhr. Manche wollen schon lange den Sturz der Saaasallla." Er sah sich misstrauisch um. "Aber ich sollte nicht über solche Dinge sprechen. Ich erwähne es nur, um euch daran zu erinnern, vorsichtig zu sein. Ich habe zugestimmt, euch bis zur Stadt Tinlin zu verstecken, aber ich habe noch nie so viele Patrouillen gesehen, und die Bubbler Atura Feliciano ist höchstpersönlich auf der Jagd nach euch. Es wird schwer für euch sein, euch zu verstecken - vor allem, weil man euch ansieht, dass ihr Ausländer seid. Seid vorsichtig. Passt auf euch auf. Versucht, in keiner Weise aufzufallen."

Wir nickten.

"Glaubst du, dass es zum Krieg kommt?", fragte er besorgt.

Ich zitterte. Ich hasste den Gedanken an Krieg. Ich hasste den Gedanken daran, dass Menschen einander töteten. Niemand sollte töten, um seinen Willen durchzusetzen. Aber das hatte mich nicht davon abgehalten, mit dem Stab zuzuschlagen, um Nasataa zu verteidigen? Das war das Blut, das ich im Wasser gesehen hatte, und Knochen, an denen meine Klinge hängen geblieben war.

Der Kapitän zuckte bei dieser Frage mit den Schultern. "Wer kann das schon sagen? Wenn wir Tinlin erreichen, werde ich für ein paar Stunden im Hafen anlegen, um zu entladen. Inzwischen könnt ihr an Land gehen und die nächste Etappe eurer Reise antreten. Ich hoffe, ihr erreicht euer Ziel."

Wir nickten.

"Danke, dass du uns geholfen hast", sagte ich und lächelte. Mehr hatte ich ihm nicht zu bieten. "Ich hoffe, du bekommst dafür keinen Ärger."

"Das werde ich nicht, wenn ihr euch nicht erwischen lasst", sagte er. "Also seid vorsichtig. Wir erreichen gegen Mittag Tinlin."

Der weitere Weg hatte sich länger angefühlt als nur ein Vormittag, aber die Sonne stand hoch am Himmel, als das Schaufelrad stoppte und wir langsam in den Hafen einliefen. Heron und ich tauschten Blicke aus und nickten einander zu.

Es war soweit.

Wir mussten vom Hafen weg und in die Stadt, und zwar ohne dabei aufzufallen.

Ich wandte mich Vyvera zu, um zu fragen, wo wir waren, aber sie schien kaum bei Bewusstsein zu sein. Heron schüttelte sie sanft und legte einen Arm um sie, um sie am schlammigen Flussboden entlang des Stegs zu führen. Ich versuchte im Geist Kontakt mit Nasataa aufzunehmen, aber er war erschöpft von der nächtlichen Jagd nach Glühwürmchen und schlief - zum Glück - fest. Mein Bauch knurrte beim Gedanken an Essen - sogar an Glühwürmchen - aber ich unterdrückte den Hunger. In den Geschichten waren Abenteurer immer hungrig. Irgendwann fand ich schon wieder etwas zu essen.

Wir glitten vorsichtig über den Schlammboden. Hier konnten wir nicht auftauchen. Wenn wir klatschnass aus einem Fluss traten, in den uns niemand hineingehen hatte sehen, erregten wir nur Aufmerksamkeit. Wohin konnten wir also gehen? Wir brauchten einen abgelegeneren Ort. Ich führte uns mit ausreichend Abstand am Ufer entlang.

Die Welt über mir war nur verschwommen zu erkennen. Ich musste bald einen Blick über die Wasseroberfläche riskieren.

Schließlich fanden wir eine etwas abgelegenere Anlegestelle. Diese war etwas abgenutzter, mit verrottendem Holz und altem Schutt drum herum. Hier waren nur ein paar Boote vertäut. Genau das, was wir brauchten.

Ich kroch auf die andere Seite des Stegs und schwamm vorsichtig zwischen zwei Booten an die Oberfläche. Ich unterdrückte ein lautes Husten und würgte leise das Wasser aus meiner Lunge heraus. Ich hatte Glück! Die Boote hier waren in desolatem Zustand und verlassen. Ich riskierte es, mich ein wenig höher zu ziehen, um über sie hinwegzusehen.

Wir befanden uns am Rand des Flusshafens, auf der am weitesten flussaufwärts gelegenen Anlegestelle und der verfallensten von allen. Treibgut lag am Ufer und hohe Bäume hingen über dem Wasser und ließen ihre ungepflegten Äste in die pollenbedeckte Oberfläche hängen. Weiter am Fluss entlang wimmelte es auf den anderen Stegen von Booten und Menschen. Ich konnte den Lastkahn ausmachen, mit dem wir gereist waren, und auf seinem Deck erkannte ich eine Bubbler-Patrouille. Sie würde nichts finden, aber trotzdem hoffte ich, dass sie Kapitän Yvor keinen Ärger machten.

Wir mussten schnell ans Ufer kommen, bevor sie auf die Idee kamen, auch unter Wasser zu suchen.

Ich tauchte wieder unter und gab Heron und Vyvera ein Zeichen, mir zu folgen. Ich führte sie das schlammige Ufer hinauf und wir tauchten inmitten des Treibguts und der herabhängenden Äste auf. Sie boten uns perfekte Deckung, um unsere Kleidung auszuwringen. Heron und Vyvera rissen ihre Kiemenmasken herunter und warfen sie zum Treibgut am Boden.

"Wir werden in unseren eigenen Klamotten besser aussehen als in der Bubblerkluft", sagte Vyvera, und Heron entledigte sich schnell des wasserdurchtränkten roten Tuchs und warf die Maske und die Schutzbrille beiseite. "Bubbler ziehen mehr Aufmerksamkeit auf sich, als Fremde, und euch beiden kauft keiner ab, dass ihr Bubbler seid."

Ich zögerte, aber ich begriff ihre Logik und zog schnell meine Verkleidung aus und stopfte sie in meine Tasche.

Ein Schrei ertönte unten am Strand und ich spähte durch die Äste, um nachzusehen.

Die Bubbler-Patrouille schob Kapitän Yvor mit gefesselten Händen vor sich her. Ein kalter Schauer lief mir über den Rücken.

"Wir sollten uns beeilen", sagte ich und warf einen besorgten Blick auf Heron und Vyvera.

46

Wir konnten nichts für Kapitän Yvor tun.

"Sie haben keine Beweise, dass er uns geholfen hat", sagte Vyvera unter einem gedämpften Husten. "Sie werden ihn nicht lange behalten."

Ich war mir da nicht so sicher. Unsere Feinde hatten bisher keinen besonders gerechten Eindruck auf mich gemacht.

"Wir brauchen trockene Kleidung. In den nassen Sachen fallen wir auf", murrte Heron. Wir liefen gerade eine kleine Gasse entlang und ein alter Mann, der Vögel fütterte, sah uns von seiner Bank aus finster an.

"Folgt mir", sagte Vyvera und führte uns weiter die Gasse hinauf. "Wenn ihr genug reist, werdet ihr feststellen, dass die meisten Menschen auf die gleiche Weise leben."

"Was soll das heißen?" fragte Heron.

"Das bedeutet, dass sie ihre Wäsche in den Gassen aufhängen und wenn wir Glück haben, können wir Kleidung stehlen."

Ich wollte nicht stehlen. Was, wenn ich jemandem sein Lieblingshemd wegnahm?

Heron wich einen Schritt zurück, um neben mir zu gehen. "Ich denke, dass eine alte Hose ein geringer Preis für die Rettung der Welt ist."

Es dauerte nicht lange, bis wir Kleidung gefunden hatten, die uns passte. Ich trug wieder Sandalen, wofür ich dankbar war, aber die Kleidung hier war aus einer weichen Faser, an die ich nicht gewöhnt war, und die Menschen hier verwendeten mehr Stoff als wir auf den Inseln. Meine Kleidung fühlte sich sperrig an. Das galt auch für die Tasche auf meinem Rücken.

Wir wickelten unsere alten Klamotten in ein festes Paket und legten sie zum schläfrigen - und irritierten - Nasataa in meine Tasche. Hoffentlich schlief er wieder ein. Wenn er in dieser Stadt den Kopf heraussteckte, würde das jemand bemerken und wir wären in großen Schwierigkeiten.

Ich schnallte mir den Wasserbeutel über die Schulter. Er hatte nicht mehr in die Tasche gepasst. Wir mussten bald schwierige Entscheidungen treffen, was wir behalten wollten.

Fast alle in Tinlin trugen Kapuzen - das war praktisch, um unser ausländisches Aussehen zu verbergen. Trotzdem zogen wir auf den Straßen Blicke auf uns.

"Ich glaube, es ist das Seegras", flüsterte Heron nach ein paar Minuten.

Ich blickte nach unten, aber da klebte kein Unkraut mehr an mir. Wovon sprach er? Aber dann sah ich es. Überall auf der Straße trugen die Menschen Ketten aus Seegras um den Hals. Einige waren violett, andere grün und die mit den grünen Ketten schienen die mit den violetten zu meiden und umgekehrt. Hatte das etwas zu bedeuten?

Wir hielten neben einem Wagen an, der Halsketten verkaufte, und Vyvera fuhr mit ihren Fingern über eine violette Kette aus Seegras.

"Das beste Seegras auf Lager, meine Dame. Gestern aus dem Meer geerntet", sagte der Verkäufer, was eindeutig eine Lüge war, denn wir hatten für die gleiche Strecke drei Tage gebraucht. "Ihr solltet euch welches besorgen. Du und deine Freunde. Niemand wird jemandem trauen, der sich nicht deklariert."

"Deklariert?" fragte ich.

"Mit dem Seetang deklarierst du deine Seite, meine Dame", sagte der Verkäufer und sein Blick verriet mir, dass er von einer Frau nicht viel politisches Wissen erwartet hatte. Ich biss mir auf die Zunge. Wenn ich versuchte, ihm zu zeigen, dass er sich in mir irrte, verriet ich uns.

"Es scheint, dass die Violetten die Patrouillen der Saaasallla nicht mögen", murmelte Heron.

"Die Rebellen, meinst du", sagte der Verkäufer. "Ja, violett ist eine gefährliche Farbe."

"Münzen", sagte Vyvera und sah mich an.

Widerwillig fischte ich ein paar Münzen aus meinem Rucksack, versuchte dabei Nasataa nicht zu stören, und reichte sie ihr.

"Wir nehmen drei grüne", sagte Vyvera.

Der Verkäufer grinste. "Eine ausgezeichnete Wahl!"

Vyvera zerrte Heron und mich vom Karren weg und legte uns das Seegras über die Schultern.

"Aber", begann ich, und Heron brachte mich zum Schweigen.

"Verkleidungen sind nicht dazu da, deine wahren Gedanken auszudrücken. Sie sollen dafür sorgen, dass du nicht auffällst!" erinnerte mich Vyvera. "Und wir müssen ein Schiff finden, das flussaufwärts fährt, also müssen wir in ein Gasthaus gehen und uns mit Flussschiffern umgeben. Wir wollen nicht mit irgendeiner Rebellion in Verbindung gebracht werden."

Ich hielt meinen Mund, aber der Plan gefiel mir nicht. Lügen schien keine gute Idee zu sein und ich hasste die missbilligenden Blicke und das Kopfschütteln, das ich von jeder Person erntete, die eine violette Halskette trug. Ich war doch auf ihrer Seite!

Aber Vyvera behielt Recht. Schließlich fanden wir ein gutes Gasthaus in der Nähe des Flusses, und niemand mit violettem Seegras war zu sehen.

Kaum hatten wir die Schwelle des Gasthauses überschritten, sahen wir, wonach wir gesucht hatten. An der Wand standen die Namen der Schiffe und eine Liste mit den Abfahrtszeiten und -orten. Nach der groben Karte, die neben uns hingekritzelt war, konnten wir mit der Seeschlange, der Grünen Forelle oder der Horizont mitfahren.

Perfekt.

Ein Lächeln breitete sich auf meinem Gesicht auf, da fluchte jemand laut und alle Augen folgten seiner Hand, die auf mich zeigte.

"Was ist das?", fragte er.

Ohne ihn hätte ich gar nicht mitbekommen, dass Nasataa mich am Ohr leckte.

47

Ich öffnete den Mund, um etwas zu sagen, aber Heron hatte mich schon an der Taille gepackt. Er warf mich praktisch aus der Tür des Gasthauses.

"Lauft!", rief er, und wir rannten los.

Wir rannten die Straßen entlang, über Kopfsteinpflaster und gewundene Steintreppen hinab, vorbei an Geschäften und um Karren herum. Rufe und Schreie drangen durch die Luft hinter uns, aber wir gewannen Abstand. Mit etwas Glück entkamen wir ihnen!

Es war meine Schuld. Vor lauter Aufregung hatte ich vergessen, Nasataa im Auge zu behalten und mich zu vergewissern, dass er noch schlief.

Wir liefen von der Straße in eine Gasse und wieder zurück, eine Treppe hinauf und eine andere hinunter, bis wir wieder in der Nähe des Hafens waren. Ich lief an einem halb verrotteten Bootshaus vorbei, dessen Dach halb eingestürzt war, da flüsterte Heron mir etwas zu.

"Seleska!"

Ich drehte mich um und sah, wie er und Vyvera sich in den verfallenen Schuppen duckten und ich eilte ihnen hinterher. Heron drückte die Tür zu und presste sein Auge auf ein Loch in der Wand und lugte nervös hinaus. Alte Ruder und ausrangierte Töpferwaren stapelten sich in den Ecken des Schuppens und alles roch nach Schimmel und verrottendem Holz.

Nasataa schlüpfte aus der Tasche, sprang in meine Arme und legte sein heißes Köpfchen auf meine Schulter.

"Es ist alles in Ordnung", flüsterte ich. "Es ist nicht deine Schuld."

Er leckte mir aufgeregt über das Gesicht.

"Schhhhh!" zischte Heron mir zu.

In der Ferne hörte ich das Geräusch von Stiefeln und Stimmen. Einige waren nah, andere weiter weg, aber schließlich kamen sie an uns vorbei und niemand hielt an, um im baufälligen Bootshaus nachzusehen.

Schließlich gesellte sich Heron zu uns in den hinteren Teil des Schuppens und verschnaufte mit uns. Vyvera unterdrückte einen Hustenanfall.

"Ich glaube nicht, dass ich das noch lange durchhalte", flüsterte sie in die Dunkelheit. Draußen wurde es immer dunkler. "Ich habe mich bei der Flucht überanstrengt."

"Wenn wir vorsichtiger sind, müssen wir nicht mehr fliehen", versicherte Heron ihr.

"Das meine ich nicht. Es fällt mir schwer, zu atmen."

Wir schwiegen lange Zeit.

"Es tut mir leid, Vyvera", sagte ich.

"Ich möchte, dass du zwei Dinge weißt", flüsterte sie nach einer Pause. Selbst zu sprechen schien ihr schwerzufallen. "Erstens: Du bist wichtig für die Rettung der Welt, Seleska. Du musst zu den Troglodyten gelangen. Die Welt braucht dich. Nasataa braucht dich. Ohne den Segen der Troglodyten werden dich die Felsenkrieger finden und töten. Versprich mir, dass du zu ihnen gehen wirst."

"Ich verspreche es", flüsterte ich.

"Zweitens: Du musst weiter mit dem Drachenstab üben. Das Schicksal der Welt hängt davon ab, wie gut du den Umgang mit ihm beherrschst."

Nun, das klang extrem.

"Versprich es mir", beharrte sie.

"Ich verspreche es."

Heron bewegte sich unbehaglich neben mir. Er hatte schon einmal umkehren wollen und ich vermutete, dass er das immer noch wollte.

"Es gibt eine Prophezeiung, die mich zu dir geführt hat", sagte Vyvera.

Ich war mir nicht sicher, was ich sagen sollte. Prophezeiungen waren seltsame religiöse Dinge, nicht wahr? Was hatten sie mit dem echten Leben zu tun? Aber das konnte ich jemandem, der im Sterben lag, nicht sagen.

Stattdessen griff ich durch die Dunkelheit und nahm ihre Hand. "Gib nicht auf, Vyvera".

"Ich gebe nicht auf", sagte sie und rang zwischen jedem Wort nach Luft. "Ich will nur, dass ihr nicht aufgebt."

Heron hustete unbeholfen. "Ich werde Seleska und Nasataa nicht verlassen."

Sie versuchte zu lächeln und sagte: "Das ist alles, was ich hören musste."

Dann wurden wir still und bald begann Nasataa wieder zu schnarchen. Ich hörte lange Zeit auf Vyveras Atmung und hielt ihre Hand. Ich wünschte, ich wüsste, was ich sagen könnte, um ihr zu helfen oder zumindest ihre Sorgen zu lindern.

Für einen langen Moment herrschte Stille im Schuppen.

"Vyvera?" flüsterte ich.

"Ich glaube, sie ist weg", sagte Heron.

Schließlich ließ ich ihre kühle Hand los. Abenteuer waren doch nicht immer lustig. Und sie waren nicht immer gute Geschichten. Manchmal taten sie einfach nur weh und ließen Menschen scheinbar grundlos sterben.

Ich merkte nicht einmal, dass mein Atem zitterte, bis Heron mich in der Dunkelheit fand und mich in seine großen Arme schloss. Er umarmte mich lange und ich glaubte sogar einen Kuss auf dem Kopf zu spüren, bevor er sich schließlich räusperte und sprach.

"Wenn wir ein Schiff finden, das flussaufwärts fährt, könnte uns das zu Vyveras Ziel führen. Ich erinnere mich an ihre Wegbeschreibung."

Und damit wusste ich, dass er an meiner Seite blieb. Wenigstens waren Nasataa und ich nicht allein. Ich umarmte ihn voller Dankbarkeit, hatte aber Angst, dass er seine Meinung änderte, wenn ich seinen Sinneswandel erwähnte.

"Soweit ich mich erinnere, fährt die Grüne Forelle morgen früh in unsere Richtung", sagte ich.

48

Es war seltsam, sich unter einem Boot zu verstecken, dessen Besatzung nichts von uns wusste. Ich passte meinen Griff um das Seil vorsichtig an. Heron hielt sich angestrengt daran fest. Ich streckte meine Hand aus, um ihm mit dem Handrücken auf die Schulter zu klopfen, woraufhin er müde zu mir aufsah und mir mit einem dumpfen Nicken zu verstehen gab, dass er nicht loslassen würde.

Mit einer Hand am Seil und einer an meinem Stab konnte ich ihm nicht helfen. Ich konnte zur Oberfläche hochtauchen und mich orientieren, aber er saß unter Wasser fest, da er unsere letzte Kiemenmaske trug.

Noch vor dem Morgenrot hatten wir das Seil aus dem Schuppen mitgenommen und an einer unauffälligen Stelle am Bug des Bootes befestigt. Obwohl seitdem ein ganzer Tag vergangen war, musste ich immer wieder daran denken, wie wir den Schuppen verlassen hatten.

Wir hatten beide dagestanden, gezittert und Vyveras leblosen Körper angesehen. Es hatte sich falsch angefühlt, sie einfach in der Scheune liegenzulassen. Sie war ein wertvoller Mensch. Aber es waren keine Ältesten dagewesen, um Worte des Abschieds zu sprechen, keine Frauen des Stammes, um ihren Körper mit Xyana-Blütenwasser zu waschen, keine Männer des Stammes, um das große Feuer zu entzünden und sie in die Umarmung der Erde zu entlassen.

"Wir können nicht bleiben, Seleska", hatte Heron gesagt. "Wenn wir bleiben, kriegen sie uns."

Aber den ganzen Tag über konnte ich nur an Vyvera denken. Hatten sie ihre Leiche gefunden? Würden sie sie anständig begraben, taten sie das überhaupt bei Ausländern? Die Schuldgefühle plagten mich.

Außerdem war Nasataa hungrig. Schon seit Stunden schickte er mir in Gedanken Bilder von Futter. Und wenn ich nicht einen Weg fand, ihn zu füttern, drehte er durch. Ich war mir ziemlich sicher, dass er bereits das letzte Fleisch in der Tasche gegessen hatte und vielleicht auch etwas von der Lederkleidung.

Er krabbelte in der Tasche auf meinem Rücken herum. Wie lange noch, bis er beschloss, sie zu verlassen und was sollte ich dann mit ihm machen?

Herons Hand rutschte auf dem Seil ab. Ich biss die Zähne zusammen und hoffte, dass er sich fing, aber auch seine andere Hand rutschte ab und dann trudelte er durch das Wasser vom Schiff weg. Ich stieß mich vom Rumpf ab und jagte ihm mit aller Kraft hinterher.

Über meinem Kopf schoss ein blauer Streifen vor mir her und auf Heron zu. Nasataa. Ich wusste, dass er bald aus dem Sack schlüpfen würde!

Ich schwamm so schnell mich ein Arm und zwei Füße ließen und versuchte, sie einzuholen. Die dunkle Strömung des Flusses zwischen uns verdeckte alles. Das war doch gut, oder? Niemand von der Oberfläche würde uns sehen, solange wir unsere Köpfe nicht aus dem Wasser steckten

Ich fand Heron im flachen Wasser neben dem Ufer liegen. Er achtete darauf, sein Gesicht unter Wasser zu halten, aber seine Arme und Beine waren seltsam verrenkt.

Wenn ich nur mit ihm reden könnte. Er sah nicht gut aus. Ich hatte Heron noch nie so gesehen. Hatte er sich verletzt?

Ich lugte vorsichtig über die Wasseroberfläche. Das gelang mir immer besser, ohne einen Hustenanfall zu bekommen. Das Boot war schon lange weg. Niemand sonst war hier. Wir konnten auf ein anderes Boot warten, aber Heron schien nicht zu einer Weiterfahrt in der Lage zu sein.

Ich tauchte zurück unter das Wasser und sah wie Nasataa kleine Fische um Heron herumjagte. Nun, zumindest dieses Problem war gelöst.

Vorsichtig packte ich Heron an den Schultern und zog ihn aus dem Wasser.

"Kannst du laufen?" fragte ich.

Er nickte und ich nahm seine Hand und zog ihn in den Wald, wo wir uns einen Platz mit dichtem Gebüsch suchten. So hatten wir wenigstens etwas Deckung. Nasataa folgte uns und schnappte sich unterwegs Käfer aus der Luft. Wenigstens war sein Hunger bald gestillt. Mein Bauch knurrte. Ich hatte seit mehr als einem Tag nichts mehr gegessen, und auch dann nicht viel.

"Heron", sagte ich, als wir die Büsche erreicht hatten. "Geht es dir gut?"

Er nickte, aber rieb sich die Augen und wirkte verzweifelt.

"Was ist los?" fragte ich ihn.

"Seleska, ich fühle mich einfach verloren." Er hielt inne. "Ich bin mit Vyvera mitgekommen, um sicherzugehen, dass es dir gut geht und du sicher nach Hause kommst, aber je weiter wir gehen, desto weiter sind wir von zu Hause entfernt. Und Vyveras Drache ist gestorben und mit ihm unsere Gelegenheit auf eine schnelle Flucht, und jetzt haben wir auch sie verloren. Ohne sie wissen wir nicht, wo wir sind und was wir zu tun haben. Keiner von uns war je außerhalb unserer Inseln. Wir wissen nicht, was wir tun sollen oder wie die Dinge in diesem seltsamen Ort laufen. Ich weiß, dass sie Prophezeiung zitiert hat, und ich weiß, dass du ihr versprochen hast, dass wir weitermachen, aber das hier fühlt sich wie ein Irrweg an."

"Wir sind nur noch einen Tag von dem Ort entfernt, den sie auf der Karte eingezeichnet hat. Vergiss nicht, es waren nur noch zwei Tage bis nach Tinlin."

"Einen Tag mit dem Schiff", sagte er und blickte grimmig auf den Wald vor uns.

Ich schluckte und folgte seinem Blick. Ich bekam einen dicken Knoten im Hals. Was sollte ich tun, wenn Heron die Hoffnung verlor? Ich wusste auch nicht, was ich tun sollte, aber ich sah keine andere Möglichkeit, als weiterzugehen. Jetzt umzukehren machte alles noch schlimmer.

"Gib nicht auf, Heron."

"Ich gebe nicht auf, Seleska. Ich weiß nur nicht, was ich tun soll."

"Folge mir", sagte ich. "Ich werde dich beschützen. Ich beschütze uns alle."

Und wie sollte ich das anstellen? Sein grimmiges Lachen verriet mir, dass er meine Unsicherheit teilte.

"Ich bin mitgekommen, um dich zu beschützen, Seleska."

"Nun, Heron", sagte ich schüchtern. "Wie kannst du das tun, wenn du gehst? Du weißt, dass ich Hilfe brauche, um mich aus Schwierigkeiten herauszuhalten."

Er lachte und schien wieder bei besserer Laune zu sein.

Ich stellte mich auf die Zehenspitzen, umarmte ihn - obwohl meine Arme kaum um seinen kräftigen Körper reichten - und küsste ihn auf die Wange.

"Mach dir nicht so viele Sorgen", sagte ich. "Wie kannst du ein Abenteuer genießen, wenn du dich die ganze Zeit darüber aufregst, dass du eines erlebst?"

Er lächelte wieder, dieses Mal etwas aufrichtiger.

"Lass uns ein Feuer machen und uns abtrocknen, bevor wir weiterreisen", sagte ich, aber wenn ich ehrlich war, machte ich mir Sorgen. Ich war mir nicht sicher, ob ich die Aufgabe, die Vyvera mir hinterlassen hatte, bewältigen und gleichzeitig Herons Laune aufrechterhalten konnte.

49

Es war ein gutes Gefühl, wieder an Land zu sein.

Nasataa rannte von Busch zu Busch und von Blume zu Blume und riss alles Essbare aus der Umgebung. Er war glücklich und lebhaft und völlig unbekümmert über unsere Situation. Das gefiel mir an ihm.

Heron hingegen bereitete mir Sorgen. Er war in Gedanken versunken und obwohl wir wieder reden konnten, hatte er kaum zwei Worte mit mir gewechselt. Zuerst war ich besorgt gewesen und hatte überlegt, wie ich ihn aufmuntern konnte, aber bald wich die Sorge der Irritation. Wir saßen doch alle im selben Boot. Ich hatte ihn nicht gezwungen, an diesem Abenteuer teilzunehmen, also lag es nicht an mir, seine Welt in Ordnung zu bringen. Ich musste seine schlechte Laune einfach ignorieren und weitermachen.

Das Gestrüpp entlang des Flusses war dicht genug, um uns vor dem Wasser zu verbergen, aber spärlich genug, dass wir uns einen Weg bahnen konnten und ich begann zu denken, dass wir die ganze Zeit über an Land hätten reisen können, anstatt uns an Boote zu klammern.

Ein dumpfes Geräusch erregte meine Aufmerksamkeit und ich wich schnell hinter ein Gebüsch zurück und gab Heron ein Zeichen, sich mir anzuschließen. Nasataa rannte mein Bein hinauf, um sein Kinn auf meine Schulter zu legen und meinen Kopf zu kraulen. Er wurde langsam zu schwer dafür.

Wir blickten ängstlich auf das Wasser und sahen ein Boot aus einer Biegung des Flusses auftauchen und leise über das Wasser gleiten. Aus der Mitte des Bootes ragte ein Schornstein empor, aus dem schwarzer Rauch aufstieg. War das eine Art Magie? Es sah nicht so aus. Wenn überhaupt, dann erinnerte es mich an Herons Schmiede.

Ich warf ihm einen fragenden Blick zu, aber er schüttelte den Kopf.

An der Spitze des Bugs lehnten zwei Bubbler an der Reling und ließen ihre Blicke über das Wasser streifen.

"Ich weiß nicht, warum du so auf diese Typen fixiert bist, Atura. Dein Vater wird sich von der Gefangennahme eines einzigen Ausländers nicht beeindrucken lassen." Eine weibliche Stimme drang so klar über das Wasser, als stünde ich neben ihr auf dem Deck.

Ich erstarrte bei der Antwort. Diese Stimme erkannte ich. Es war die Bubbler, die sowohl Nasataa als auch mich bedroht hatte, zuerst, als ich in einem Käfig eingesperrt gewesen war, und dann im Zelt.

"Diese Fremde ist anders, Sanala. Ich werde alles tun, um sie und ihre Abscheulichkeit zu fangen. Diese Fremde ist ein Feind, der in vergangenen Zeiten geweissagt wurde. Besiegen wir sie, steigt unser Land auf. Versagen wir, gehen wir unter."

Die andere Frau bellte ein Lachen. "Sei nicht so dramatisch. Was soll denn die Herrschaft der Felsenkrieger ruinieren? Wir beherrschen dieses Land seit Generationen. Die anderen Völker denken, wir seien Barbaren. Und da wir jeden Eindringling vernichten, kennt niemand unsere Geheimnisse."

"Geheimnisse!" Atura spuckte. "Wenn du denkst, dass grobe Mechanik und brennende Felsbrocken eine große Macht sind, dann hast du keine Ahnung, was Magie bewirken kann. Wir können es uns nicht leisten, sie zu verlieren. Was würdest du ohne Kiemenmasken machen?"

"Einen anderen Weg finden, unter Wasser zu atmen. Wenn wir Boote mit Steinen antreiben können, wer weiß, was wir sonst noch alles machen können. Ich schwöre, Atura, der Stein, den du verschluckt hast, hat dich so bitter gemacht, dass ich dich manchmal kaum ertragen kann."

Das meiste davon ergab für mich keinen Sinn, obwohl Heron die Augen aufriss, als sie über Mechanik sprachen. Das Einzige, was ich mitbekam, war das, was mir am meisten Sorgen bereitete. Atura war wirklich auf der Jagd nach mir. Und jetzt hatte sie uns auf dem Fluss überholt und überall, wohin wir nun gingen, konnte sie auf uns warten.

Und ihre Freundin hatte Recht. Sie war bitter! Sie hätte meinen Rat befolgen sollen, ein besserer Mensch zu werden.

"Ist dir klar, was das bedeutet?" flüsterte Heron, als sie endlich vorbei waren.

"Dass Atura auf mich hören sollte und netter zu den Leuten sein sollte?"

Seine Augenbrauen hoben sich. "Ich hat Steine erwähnt. Irgendwie treiben sie diese Dinger mit Steinen an. Hast du eine Ahnung, was dieses Wissen für unser Dorf bedeuten könnte? Wir könnten so viele Dinge herstellen. Ich frage mich, was das für ein Gestein ist."

Wenigstens war einer von uns zufrieden. Jedoch nicht lange. Vor uns zog das Boot an Land.

"Wir werden hier alles absuchen, bevor wir weiterfahren. Durchsucht alles."

50

"Beeil dich", flüsterte ich und wir machten uns auf die Suche nach einem Versteck. Wir duckten uns unter ein Gewirr von Wurzeln in einem kleinen Überhang. Der umgestürzte Baum und ein mannshoher Stein, der das Loch in der Böschung hinterlassen hatte, verdeckten ihn teilweise, aber reichte das aus?

Nasataa schlang sich um meinen Hals und spürte unsere Sorge. Ich versuchte ihm zu signalisieren, dass er in die Tasche schlüpfen sollte, aber er ignorierte mich. Ich zerrte an ihm und versuchte, ihn von mir loszubekommen.

Heron packte mich, ohne auf meinen Kampf mit Nasataa zu achten, und zog mich hinter sich her, wobei er mich so tief wie möglich in die von den Wurzeln gebildete Senke drückte. Er stand in der Hocke vor mir, eindeutig bereit, es mit jedem Angreifer aufzunehmen.

Lange Momente vergingen, in denen wir das Rascheln von Füßen im Gebüsch und die gelegentlichen Rufe des Suchtrupps hörten. Ich schwitzte vor Anspannung. Warum durchsuchten sie ausgerechnet diesen Ort? Ich wünschte, Okton wäre hier, um Licht in die Sache zu bringen. Oder Vyvera. Sie hätte es gewusst. Stattdessen waren es nur Heron und ich, die keine Ahnung hatten, wo wir waren und was wir taten.

Ein Ast knackte in unserer Nähe. Ich erstarrte vor Angst. Wie aus dem Nichts stieß Nasataa ein schnatterndes Geräusch aus. Drückte er so seine Angst aus?

"Hier entlang", sagte der Suchende und bahnte sich seinen Weg durch die Bäume auf uns zu.

Ich drückte mich enger in die Wurzeln und versuchte, unbemerkt zu bleiben. Heron drückte sich ebenfalls zurück und damit auf mich! Ich keuchte unter seinem Gewicht.

"Es wird alles gut, Seleska", sagte ich mir. "Dir wird es gut gehen. Und Heron und Nasataa auch." Aber es war schwer, fröhlich zu bleiben, wenn unsere Feinde uns immer näher kamen.

Der Blick des Bubblers suchte alles ab. Er streifte über die Äste oben in den Bäumen und dann über den Boden, um nach Verstecken zu suchen. Er trat gegen trockene Blätter und Stöcke und kam schließlich in Sichtweite.

"Habt ihr schon etwas gefunden?", tönte es von weiter hinten.

Er brauchte sich nur in unsere Richtung zu drehen und würde uns sehen. Er blickte über seine Schulter und antwortete.

"Noch nicht."

Er drehte sich wieder um und mir blieb das Herz stehen, als sich unser Blick traf. Er öffnete den Mund, aber Heron war schneller. Er sprang aus unserer Deckung durch die Luft und drückte den Mann gegen das umgestürzte Wurzelgewirr des Baumes. Mit einer Hand riss er einen Stein hoch, mit der anderen packte er ihn am Hals und erstickte seinen Ruf. Blitzschnell hob er den Stein hoch und schlug dem Bubbler auf den Kopf.

Nein! Ich riss die Hände vor meinen Mund. So viel Gewalt hatte ich von Heron nicht erwartet. Nicht von dem milden, sanften Heron, der sich immer um die Menschen kümmerte!

Der Bubbler fiel leblos zu Boden. Ich drehte mich zur Seite und übergab mich geräuschvoll.

"Geht es dir nicht gut, Malan?", fragte der zweite Bubbler und trat hinter den großen Felsen. Mit aufgerissenen Augen erblickte er Heron, der immer noch den Stein umklammerte. Er holte einen langen Speer hervor und stach auf Heron ein.

Heron drehte sich lautlos zur Seite, aber genauso schnell schoss der Speer erneut auf ihn zu. Mit seinem Stein hatte er schlechte Karten.

Lautlos ergriff ich meinen Drachenstab und stürzte mich aus der Deckung auf den Bubbler. Die Klinge des Stabes glitt so leicht in seinen Rücken, dass es sich fast unwirklich anfühlte. Heron sprang vor und presste seine Hand auf den Mund des Mannes, bevor dieser einen Laut von sich geben konnte.

Als er endlich leblos zu Boden sackte, waren wir beide außer Atem und blickten mit großen Augen entsetzt auf das, was wir getan hatten.

"Die anderen werden merken, dass sie nicht zurückkommen", sagte ich schließlich. Was hatten wir getan?

Als ich mich nach Abenteuern gesehnt hatte, war mir nie klar gewesen, dass ich ein schrecklicher Mensch werden musste, um sie zu bestehen. Heron hatte nicht einmal mitkommen wollen - und doch hatte er instinktiv getötet, als wäre es das Normalste auf der Welt. Ich blickte ihn mit großen Augen an und meine Hände zitterten so sehr, dass ich fast meinen Stab fallen ließ.

"Hast du noch die Bubbler-Klamotten?" fragte Heron außer Atem. Ich stand immer noch wie gelähmt da und er bohrte nach. "In der Tasche?"

"Ja", sagte ich, nahm die Tasche mit zitternden Händen ab und kramte darin herum, um die rote, wallende Kleidung, die Schutzbrillen und Masken herauszuholen.

"Zieh sie über deine Kleidung an. Wir werden uns als die beiden ausgeben."

Ich gehorchte und zitterte so sehr, dass ich mich kaum anziehen konnte.

"Du musst die Tasche unter der Kleidung tragen. Schaffst du das?" drängte Heron.

Ich nickte, immer noch unfähig zu sprechen. Das würden sie uns nie abkaufen. Wir sahen ihnen überhaupt nicht ähnlich.

"Wir werden nicht auf das Schiff gehen. Sie werden sofort wissen, dass wir es sind", erklärte Heron. "Wir rennen in den Wald und erlauben ihnen nur flüchtige Blicke auf uns. Sie haben keine Zeit, Deserteure zu jagen. Hoffentlich."

Ich zitterte so stark, dass ich den Stab kaum noch halten konnte. Heron nahm ihn und wischte die Klinge an der Kleidung eines gefallenen Bubblers ab. Ich zuckte zusammen. Das war nicht richtig. Hatte er nicht schon genug Demütigung erlitten?

"Seleska?"

Ich starrte immer noch auf das Blut an der Kleidung, wo Heron die Klinge abgewischt hatte.

"Seleska!"

Ich blickte auf und sah in Herons feurige Augen.

"Wenn wir überleben wollen, werden wir Dinge tun müssen, die uns nicht gefallen. Verstehst du das?"

Ich nickte, aber mein Herz fühlte sich so leer an, dass ich Angst hatte, nie wieder Freude empfinden zu können. Mit großen Augen wanderte Mein Blick erneut auf die Toten.

"Und Seleska?"

Ich blickte zurück zu Heron. Er bewegte sich vor die Toten, um mir die Sicht auf sie zu versperren. Seine Augen loderten immer noch feurig.

"Heron?" Meine Stimme klang sogar für meine Verhältnisse schwach. Nasataa rutschte die wallende Kleidung entlang und schlüpfte in die Tasche.

"Ich denke, bevor wir wieder unser Leben riskieren, sollte ich dir etwas geben."

"Was?" fragte ich schwach.

"Das."

Er beugte sich herunter und küsste mich sanft auf die Lippen. Ich hatte Angst, dass ich es mir nur einbildete, um mich abzulenken. Aber es war sein warmes Lächeln, das mein leeres Herz wieder auffüllte.

"Jetzt folge mir. Sie sollen uns sehen, aber nicht erkennen. Kapiert?"

"Verstanden", sagte ich und war froh, dass er das Kommando übernahm, denn ich war viel zu benommen, um irgendeine Entscheidung treffen zu können.

51

Die schlimmsten und besten Momente meines Lebens kurz hintereinander zu erleben, brachte mich ganz schön durcheinander.

Schnell schleppte Heron die Leichen der beiden Männer, die wir getötet hatten, in unser Versteck und zog an den Wurzeln über ihnen, bis von ihnen genug Erde abgefallen war, um die Leichen zu überdecken.

Er nickte mir zu, wir zogen die Schutzbrillen herunter und die Masken hoch und liefen durch das Gebüsch.

"Hexon? Malan?" Jemand rief in der Nähe. "Wo seid ihr beide hin? Wir haben unser Netz fertig und sind bereit, weiterzuziehen! Hexon? Wenn ich wegen dir zu spät zum Essen komme, nehme ich mir deine Ration! Malan?!"

Heron lenkte uns in Richtung der Stimmen, wobei er darauf achtete, genug Abstand zu halten, dass sie uns nur flüchtig zwischen den Bäumen sehen konnten.

"Da seid ihr ja!" Heron steigerte sein Tempo und ich hielt Schritt.

"Wo wollt ihr denn hin? Himmel und Sterne!"

"Was machen die da?"

"Wir werden nicht warten, wenn sie sinnlos im Wald herumlaufen!"

"Meinst du, sie haben etwas gesehen?"

"Nein! Es sind nur die beiden und das ist nicht einmal ihr Suchbereich."

Ich folgte Heron und blickte weder nach rechts noch nach links, nur geradeaus, immer tiefer in den Wald, immer noch auf dem Pfad neben dem Fluss. Das war eine verrückte Idee, aber es war die beste, die wir hatten.

Wir passierten den letzten Bubbler, und ich erkannte Atura. Sie hielt inne und beobachtete uns mit zusammengekniffenen Augen.

"Bubbler! Gemäß Artikel 16 verlange ich, dass ihr anhaltet und auf eure Posten zurückkehrt, sonst ordne ich eure Festnahme an", rief sie, aber wir liefen weiter, ohne sie eines Blickes zu würdigen. Wir waren zu weit weg und zu schnell unterwegs, um noch eingeholt werden zu können. Meine einzige Sorge war, dass sie meinen Stab erkennen könnte. Ich wagte nicht, mich umzudrehen und nachzusehen.

Erschöpft und voller Schmerzen ließen wir uns schließlich in einer Senke nieder. Wir hatten seit Stunden niemanden mehr gehört, aber wir waren immer weiter gelaufen. Und ich machte mir immer noch Sorgen, dass einer von ihnen aus einem Versteck auftauchte und uns schnappte.

"Glaubst du, sie folgen uns?" keuchte ich.

"Du meinst, ob sie uns nachlaufen?" fragte Heron. "Nein. Aber mit dem Boot."

Ich nickte. "Wir müssen nah dran sein."

"Da war ein Wasserfall", sagte Heron. "Wir müssen den Fuß des Wasserfalls finden. Wenn wir uns am Fluss halten, werden wir ihn irgendwann finden."

Ich nickte erschöpft. In zügigem Tempo gingen wir weiter. Ich wollte unbedingt über den Kuss sprechen. Hatte er ihn ernst gemeint, oder hatte er mich nur ablenken wollen?

Aber dafür war jetzt nicht der richtige Zeitpunkt. Jetzt war es an der Zeit, meine Augen offen zu halten und eine Katastrophe zu verhindern.

Bei Anbruch der Abenddämmerung hörten wir schließlich das Rauschen eines Wasserfalles. Wir hatten es geschafft.

Essen war kein Thema - wir hatten keines und es machte keinen Sinn, sich darüber zu beschweren. Es gab auch keine Diskussion darüber, ob wir im Dunkeln nach der Höhle im Wasserfall suchen sollten und riskieren wollten, auf den nassen Steinen auszurutschen und uns zu verletzen. Wir dachten auch nicht darüber nach, ein Feuer zu machen - schließlich wurden wir immer noch gejagt.

Stattdessen rollten wir uns zu dritt auf einem Haufen an den Wurzeln eines Baumes zusammen und lauschten. Wenn wir nur bis zum Morgen durchhalten könnten, ohne entdeckt zu werden. Wir waren so nah dran. Wenn wir nur noch ein kleines bisschen länger durchhalten könnten.

Meine letzten Gedanken - bevor ich in einen unruhigen Schlaf fiel - drehten sich darum, wie ich alle in Sicherheit bringen konnte.

52

Ich wachte durch das Knacken eines Zweigs auf und setzte mich mit einem Ruck auf. Ich war mit meinem Kopf auf Herons Brust eingeschlafen und er atmete immer noch tief neben mir. Nasataa krabbelte in meine Arme und ich umarmte ihn fest und streichelte seinen Kopf. Es musste ein streunendes Tier gewesen sein.

Jetzt, wo es hell wurde, erkannte ich unsere Situation. Wir waren den Geräuschen des Wasserfalls gefolgt. Er befand sich flussaufwärts von uns und ergoss sich in ein breites Becken, das sich zum Fluss hin verengte. Im Licht der Morgendämmerung tanzten Regenbögen über den Fuß des Wasserfalls, und die Gischt füllte die Luft und die Felsen ringsum.

Unter anderen Umständen wäre es ruhig und idyllisch gewesen.

Aber oben über die Klippen und unten entlang des Beckens zogen sich steinerne Strukturen. Mauern und Türme mit runden Glasfenstern an den Seiten umgaben das Gelände. Überall wimmelte es von Bubblern - sie arbeiteten, hielten Wache, be- und entluden Boote bei den Anlegestellen. Lange Seile dienten dazu, die Waren die Klippen hinauf- oder hinunterzutransportieren.

Aber natürlich. Warum sollten sie ihren regen Flusshandel durch einen Wasserfall unterbrechen lassen? Jedenfalls machte das die Sache kompliziert. Laut Vyveras

Karte mussten wir zum Fuß des Wasserfalls gelangen. Aber dazu mussten wir an all den Bubblern vorbei, die genau diesen Wasserfall bewachten.

Mein Mund wurde trocken und ich versuchte, meine Verzweiflung zu unterdrücken.

"Wer ist denn ein guter Junge?" gurrte ich Nasataa an. Er spie aufgeregt Feuer. "Wer kann gut schlafen, wenn ich vor einer Gefahr fliehen muss? Das bist du! Wer hält nachts alle warm? Ja, das bist auch du! Wer setzt Seleska in Brand, tut ihr aber nicht weh? Ja, das bist auch du!"

Und dann schoss mir eine Idee in den Kopf. Nasataas Flammen waren magisch und so stark, dass er Dinge unter Wasser in Brand setzen konnte. Vielleicht war das der Schlüssel. Wir konnten all die Wächter ablenken, indem wir die Anlegestellen und Boote in Brand steckten. Konnte Heron ohne Kiemenmaske schnell genug zum Fuß des Wasserfalls schwimmen? Es schien eine schlechte Idee zu sein, aber gab es denn eine bessere?

Ich warf einen Blick zurück auf meinen schlafenden Freund. Er wirkte so unschuldig, wenn er schlief. Aber er war groß und stark. Daran musste ich mich erinnern. Er hatte nicht gezögert, mir gegen die Bubbler zu helfen - und hatte mir dabei fast Angst gemacht.

Wieder knackte ein Zweig.

Nun, das war seltsam, nicht wahr?

Ich legte eine Hand auf Heron, griff mit der anderen nach meinem Stab und wollte Heron gerade wachrütteln, da trat Atura hinter dem Baum hervor, unter dem wir geschlafen hatten.

"Da bist du ja endlich", sagte sie.

Ich kletterte auf meine Füße. Sie hielt einen einfachen Stab in der Hand, der unschuldig aussah, aber ich hatte diese Stäbe bei den Bubblern gesehen, mit denen wir unter Wasser gekämpft hatten. Die Blasen, die sie erzeugten, waren giftig.

"Ja, endlich haben wir uns wieder", sagte ich. "Du weißt, dass es sehr unhöflich ist, sich an Leute heranzuschleichen."

Sie tat einen Schritt in meine Richtung. Ich tat einen Schritt zurück in Richtung Wasser.

"Ist das so unhöflich wie Spionieren?", fragte sie mit einer hochgezogenen Augenbraue. Sie trug die Schutzbrille auf der Stirn und die Maske um den Hals. Ich hatte ihr Gesicht noch nie aus der Nähe gesehen. Sie war in meinem Alter und hübsch, mit dem gleichen roten Haar und der braunen Haut wie Okton. Und sie war auch ungefähr so groß wie ich.

"Wer spioniert hier?" fragte ich. "Ich kann es ja wohl kaum sein. Ich renne die ganze Zeit um mein Leben. Wenn du das nächste Mal jemanden in deiner Nähe haben willst, solltest du nicht versuchen, ihn lebendig zu verbrennen. Oder in einem Zelt anzugreifen. So gewinnst du keine neuen Freunde, weißt du."

Ihr trockener Gesichtsausdruck verriet mir, dass sie sich nicht für meine Hinweise interessierte.

"Du bist eine Närrin. Du bist direkt zu einem Außenposten der Bubbler gerannt. Dies ist das Herz unserer Macht. Du und deine Abscheulichkeit werdet als letztes Opfer für meinen Stein dienen."

"Opfer?" fragte ich, bückte mich schnell und hob einen Kieselstein vom Ufer auf. "Du meinst, diese Dinge bedeuten dir so viel, dass du ihnen etwas opfern musst? Den hier habe ich gerade umsonst bekommen, willst du ihn?"

"Ignorante Närrin. Der Stein, den ich geschluckt habe, verleiht mir eine Macht, von der du nicht zu träumen wagst."

"Wirklich?" fragte ich und tat beeindruckt. "Willst du mir davon erzählen?"

"Ich sehe keine Kiemenmaske in deiner Hand", sagte Atura. "Selbst wenn du wegläufst, kommst du nicht weit. Ich bezweifle, dass ihr noch welche habt, sonst wärt ihr nicht zu Fuß gelaufen. Ihr seid leichte Beute."

"Ich sehe auch keine Kiemenmaske in deiner Hand", erwiderte ich.

Sie grinste bösartig.

"Ich brauche keine Kiemenmaske - oder zumindest nicht mehr lange. Das ist die Kraft, die mein Stein mir gibt. Und mit dem letzten Opfer wird diese Kraft voll ausgereift sein und ich werde die Herrin über mein Schicksal."

"Du weißt, dass du böse klingst, oder?" sagte ich.

Sie grinste. "Oh nein, Fremde. Ich bin nicht die Böse in dieser Geschichte. Es gibt Prophezeiungen über mich und wie ich die Magie in die Welt zurückbringen werde."

Ich erstarrte. Es gab Prophezeiungen über sie?

Sie lachte. "Ich wette, das wusstest du nicht."

53

Die Prophezeiungen spielten keine Rolle. Eine Rolle spielte, was die Menschen taten oder nicht taten, um sie zu erfüllen. Vielleicht gab es eine Prophezeiung über Atura – und wenn schon! Nasataa war inzwischen auf meine Schultern geklettert. Wollte er sie in Brand stecken?

Ich biss die Zähne zusammen und schloss den Griff um meinen Stab, Atura streckte die Hand mit ihrem aus. Hinter ihr hörte ich ein schnappendes Geräusch. Da mussten noch mehr Bubbler sein.

"Also", sagte sie, "was soll ich mit dir anstellen? Wollen wir dich nur kampfunfähig machen, oder soll es auch wehtun?"

"Wir? Ist dir der Kopf so angeschwollen, dass es da drin zwei von dir gibt?" fragte ich, aber ich machte mir langsam Sorgen. Es war kein Abenteuer ohne einen ernsthaften Gegenspieler, aber Atura könnte eine Nummer zu groß für mich sein. Und wir waren in ihrer Welt und kämpften auf ihrem Boden.

"Ich glaube, es schadet nicht, wenn es weh tut."

Ihr Grinsen verursachte mir einen Knoten im Hals, aber mit einem lauten Knall fiel sie mit geschlossenen Augen nach vorne und schlug im Sand auf.

Heron stand mit einem Ast in der Hand über ihr. "Ich glaube nicht, dass ich sie getötet habe, aber es könnte noch mehr von ihnen geben."

Ich nickte und eilte nach vorne, um Aturas Taschen und Beutel zu durchsuchen. Ja! Sie hatte noch mehr Kiemenmasken. Ich nahm sie und reichte sie Heron.

"Die wirst du brauchen, wenn wir unter dem Wasserfall durchschwimmen wollen", sagte ich ernst und lächelte dann. "Meine Mama hat immer gesagt, dass du eines Tages die Verehrerinnen mit einem Stock abwehren musst".

Er schnaubte. "Ich glaube nicht, dass sie eine Verehrerin ist. Sie hat mich einfach übergangen, als wäre ich keine Bedrohung."

Er überprüfte ihre Atmung und zog sie dann ein Stück weiter ans Ufer heran. Ich sah sie nachdenklich an. Er hatte recht. Warumhatte sie den kräftigen Heron ignoriert hatte sich nur um Nasataa und mich gekümmert? Das war ein Rätsel. Vielleicht war ihr Stab so mächtig, dass sie Heron nicht als Bedrohung ansah.

"Wir wollen nicht, dass sie ertrinkt", sagte Heron und zog sie hinter einen Baum. "Und wir wollen nicht zu früh entdeckt werden."

Ich sah mich um. Ich glaubte nicht, dass uns jemand gesehen hatte. Wir waren zu weit abseits des ganzen Trubels, um aufzufallen.

"Nimm ihren Stab", sagte ich. "Ich weiß nicht, was er außer den roten Blasen, die Okton so krank gemacht haben, noch bewirkt, aber das finden wir schon heraus."

Er nickte, nahm den Stab mit einer Hand und eine Kiemenmaske mit der anderen.

Ich leckte mir über die Lippen. Ich war mir bei unserem Plan nicht so sicher. Es war leicht, eine Abenteurerin zu sein, wenn das Abenteuer zu mir kam, sich aber bewusst für die Gefahr zu entscheiden, war etwas anderes.

"Bist du bereit?", fragte er.

"Noch nicht", antwortete ich und schenkte ihm ein freches Grinsen, bevor ich eine Hand auf seine Brust legte und mich auf die Zehenspitzen stellte, um ihm einen leichten Kuss zu geben – ein Kuss wie der, den er mir gegeben hatte.

Er öffnete den Mund, um etwas zu sagen, doch ich nahm ihm die Kiemenmaske aus der Hand und klatschte sie ihm augenzwinkernd über den Mund.

"Jetzt bin ich bereit. Ich glaube, ich mag es, die Einzige zu sein, die reden kann."

Seine gesenkten Augenbrauen verrieten mir, dass er anderer Ansicht war, also schenkte ich ihm mein süßestes Lächeln und sprang dann vom Ufer in den Fluss und schoss mit wirbelnden Haaren durch die Strömung. Der Kuss war nicht nur für ihn gewesen. Er war für mich gewesen. Ich musste wissen, dass es mir noch gut ging. Dass es noch Menschen gab, die sich um mich sorgten.

Es war an der Zeit, mich zu konzentrieren und dem Wasserfall auf den Grund zu gehen. Es war an der Zeit, mir keine Sorgen mehr um Atura zu machen und mein Herz für Heron schlagen zu lassen. Wer war auf meiner Seite?

Nasataa!

Ich hatte einen treuen Verbündeten.

Heron gesellte sich mit einem Wirbel aus Luftblasen zu uns. Er hatte seine Brille und Maske aufgesetzt, aber als er nah genug war, zwinkerte er mir zu. Er nahm sich die Sticheleien nicht zu Herzen. Oder vielleicht gefielen sie ihm sogar. Mit einem letzten Lächeln wies ich ihm den Weg durch die Strömung zum Wasserfall. Meinem Knöchel ging es schon viel besser. Ich hatte nicht bemerkt, dass er heilte, aber er trug mein Gewicht jetzt ohne Protest.

Nach einer Stunde Kampf gegen die Strömung war ich besonders froh, dass mein Knöchel verheilt war. Wir schienen kaum voranzukommen. Wir mussten gegen die Strömung auf dem Boden laufen, schwimmend hatten wir gar keine Chance. Der Wasserfall und die Verengung des Flusses beschleunigten die Strömung stärker, als ich erwartet hatte. Bei diesem Tempo würden wir den ganzen Tag brauchen, um unser Ziel zu erreichen.

Ich hatte mich nicht geirrt. Gegen Mittag - oder das, was ich dafür hielt – hatten wir gerade erst das breite Becken erreicht und der Fluss wurde immer tiefer und tiefer. Auf beiden Seiten legten Boote an oder kamen und gingen von den Anlegestellen. Mein ursprünglicher Plan, mich heranzuschleichen, um eines der Boote anzuzünden, erschien immer lächerlicher. Gut, dass Heron die Kiemenmaske hatte!

Aber jetzt machte mir unser langsames Vorankommen Sorgen. Je länger wir hier waren, desto größer war die Gefahr, dass wir entdeckt wurden oder dass Atura sich erholte und ihre Leute auf uns aufmerksam machte. Ich tauschte mehr als einen besorgten Blick mit Heron aus, aber wir hatten keine andere Wahl. Wir waren erschöpft vom Kampf gegen die Strömung und unsere einzige Möglichkeit war, weiterzugehen. Selbst Nasataa war müde geworden und hatte sich in die Tasche zurückgezogen, wo er Träume von Fischen und Muscheln mit mir teilte.

Ich versuchte, die Bilder, die ich in Gedanken mit ihm teilte, beruhigend zu halten, aber ich machte mir langsam Sorgen.

Die erste Gruppe von Bubblern sprang direkt hinter uns ins Wasser und aus Sorge wurde Angst.

54

Sie schwammen schneller gegen die Strömung an, als wir laufen konnten. Ich tauschte einen ängstlichen Blick mit Heron aus.

Davonlaufen war keine Option. Schon bald mussten wir uns zur Wehr setzen.

Das Wasser vor uns war wild aufgewühlt und je näher wir kamen, desto lauter wurde es. War das die Stelle, an der der Wasserfall in das Becken stürzte?

Wir waren ganz nah dran. Wir konnten uns im aufgewühlten Wasser verstecken, wenn wir nur schnell genug waren.

Mit pochendem Herzen drückte ich mich noch fester gegen die Strömung.

Heron packte mich am Arm, wirbelte herum und hob seinen Stab.

Wir hatten keine Zeit mehr.

Ich packte meinen Stab und drehte mich ebenfalls um.

Sie waren zu fünft. Drei hielten Stäbe und zwei weitere hielten Steine, mit leuchtenden Runen darauf, die sie durch das Wasser zogen.

Deshalb waren sie so schnell! So einen konnten wir gebrauchen!

Heron wirbelte mit seinem Stab herum, als hoffte er, ihn so aktivieren zu können. Er sollte besser vorsichtig mit dem

Ding sein. Wenn er uns mit diesen Blasen traf, könnte der Angriff nach hinten losgehen!

Die Bubbler vor uns richteten ihre Stäbe auf uns und schossen riesige Blasen in allen möglichen Farben auf uns zu - violett, grün, rot.

Ich machte mich gefasst. Wir konnten weder davonlaufen, noch ausweichen.

Ich schlug mit meinem Drachenstab durch das Wasser und brachte so viele der Blasen wie möglich zum Platzen. Die Strömung spülte ihren Inhalt von uns fort.

Es kostete mich all meine Kraft, den Stab unter den Wellen zu bewegen. Konnte man unter Wasser schwitzen? Vielleicht gab es eine bessere Idee.

Anstatt zu schlagen, stach ich nun auf die Blasen ein. Auf diese Weise konnte ich sie jedoch nicht schnell genug zerstören, und Heron hatte seinen Stab immer noch nicht bereit.

Zum Glück half mir die Strömung, die die letzten ihrer Blasen aufhielt und zurücktrieb, sodass die Bubbler ihnen ausweichen mussten. Ich schlug mit meinem Stab nach ihnen, aber mit den Runensteinen waren sie einfach zu schnell!

Beide Runensteine wurden von einem Bubbler gesteuert und ein oder zwei Bubbler ließen sich mitziehen und schossen Blasen aus ihren Stäben. Sie waren in der Überzahl, schneller als wir und besser bewaffnet.

Ich gab alles, um sie alle platzen zu lassen, aber eine Blase landete und versengte die Haut an meinem Arm. Ich schrie unter Wasser und blickte zu Heron.

Er hatte den Versuch aufgegeben, seinen Stab gegen die Blasen einzusetzen. Ich sah, wie zwei Bubbler ihn erreichten und Blasen auf ihn abfeuerten. Er versuchte nicht einmal, sie abzuwehren. Was hatte er vor?

Meine Angreifer waren vorbei, aber sie zogen einen Kreis, um mich erneut anzugreifen. Trotzdem konnte ich meinen Blick nicht von Heron abwenden und fragte mich, was er vorhatte.

Und dann bewegte er sich trotz des Wassers blitzschnell, schnappte sich einen Bubbler am Hinterkopf und packte den Griff des Runensteins. Er hielt sich mit einer Hand fest, ließ seinen Stab fallen und riss dem schockierten Bubbler neben ihm die die Kiemenmaske vom Mund.

Der Bubbler ließ vom Runenstein ab und strampelte nach oben zur Oberfläche.

Ja! Gut so!

Aber jetzt waren meine Feinde wieder da, und ich war kein muskelbepackter Schmiedelehrling.

Ich schlug und hackte wild auf die Blasen um mich ein. Zwei kleine Blasen trafen meine Beine und versengten sie schmerzhaft. Sie brannten - sogar unter Wasser brannten sie! Ich schrie auf, doch zwang mich schnell wieder, mich zu konzentrieren.

Etwas packte mich von hinten. Ein Arm so dick wie ein Baum.

Heron!

Er nickte mir zu, um mir zu zeigen, dass ich mich festhalten sollte, und in dem Moment, in dem ich mich umdrehte und mit meiner freien Hand danach griff, streckte er die andere Hand aus und riss dem nächsten Bubbler dessen

Stab aus der Hand. Er schlug ihm damit so fest ins Gesicht, dass er den Halt verlor und von seinem Runenstein abließ.

Heron lehnte sich so weit wie möglich weg und verpasste dem nächsten Bubbler einen heftigen Schlag. Ich wollte zusehen, aber mir wurde plötzlich klar, dass ich uns wohl steuern sollte.

Ich lenkte uns mit den Beinen zu dem aufgewühlten Wasser unter dem Wasserfall.

Wir waren fast am Ziel!

Ich spürte, wie Heron wie wild am Griff zerrte, aber ich musste mich aufs Steuern konzentrieren. Hoffentlich hielt er sich fest!

Hoffentlich...

Wir stürzten in die Wand aus Blasen und ich sah und hörte nichts mehr außer dem Chaos von Wasser, das auf Wasser prallte.

55

Nasataa strampelte aufgeregt in der Tasche herum, das Tosen des Wasserfalls machte auch ihn nervös. Mich beunruhigte Heron, der sich verzweifelt an unserem Runenstein festklammerte, außer einen Teil seines Armes sah ich nichts von ihm.

Und was würden wir hier finden? Wir sollten unter den Wasserfall gehen, aber wohin ging es von hier aus und was fanden wir hier außer Bubblern?

Wenn nur Vyvera hier wäre, um es uns zu sagen.

Und dann tauchten wir aus dem Chaos auf.

Ich hatte gar nicht bemerkt, dass ich die Luft angehalten hatte, bis das Wasser plötzlich ruhiger wurde. Ich blickte zurück, um zu sehen, wie Heron gegen die letzten beiden Bubbler kämpfte. Einer von ihnen hatte seinen Stab um Herons Hals gelegt und er zog mit aller Kraft dagegen an.

Entsetzt kam ich näher an Heron heran, um ihm den Druck vom Hals zu nehmen, aber meine Bewegung schien es nur noch schlimmer zu machen, denn sein Gesicht lief blau an.

"Hilfe! Helft uns doch jemand!"

Ich weinte in Gedanken. Wenn wir doch nur im Ozean wären, wo freundliche Blaue Drachen unseren Schrei hören konnten oder sogar ein vorbeiziehender Tintenfisch.

"Bitte! Wir werden sterben!"

Während ich das dachte, schoss ein zweites Paar Bubbler durch die Wasserwand. Und dann ein drittes. Und dann ein viertes. Und dann ein fünftes.

Oh nein.

"Bitte!"

Ich war jetzt den Tränen nahe.

Etwas stieß gegen meinen Runenstein und ich sah, dass wir die Felswand hinter dem Wasserfall erreicht hatten.

Hier gab es nichts. Überhaupt nichts.

Ich knirschte mit den Zähnen. Nun, ich durfte nicht einfach aufgegeben. Ich durfte nicht einfach aufhören zu kämpfen, nur weil es keine Hoffnung mehr gab.

Ich ließ den Runenstein schnell in die eine Richtung ziehen, drehte mich in die andere und schleuderte aus der Drehung heraus meinen Stab so heftig ich konnte gegen den Mann, der Heron würgte.

Heron stürzte nach vorne. Er griff nach mir und klammerte sich an meine Taille. Seine Beine hingen schlaff herab, er hatte keine Kraft zu mehr, als sich festzuhalten.

Ich zog an meinem Stab, um ihn loszubekommen, aber er steckte weiterhin in meinem Feind.

Schließlich bekam ich ihn frei, aber da stand schon ein Ring von Bubblern um uns herum und kam näher. Sie hoben Hände und Stäbe.

Das war's.

Aber sie warteten auf etwas. Einer von ihnen blickte hinter sich, als tauchte gleich etwas aus dem tosenden Wasserfall auf.

"Wenn mich jemand hören kann, bitte, bitte, das ist unsere letzte Chance. Bitte, lasst uns hier nicht sterben. Helft uns!"

Ich wusste nicht, von wem ich mir Hilfe erhoffte, aber ich fluchte beinahe, als mir klar wurde, auf wen unsere Feinde gewartet hatten.

Wie ein Pfeil schoss Atura aus dem Strudel hervor.

Ich wusste, dass es Atura war, auch wenn sie Maske und Schutzbrille trug. Es war unmöglich, ihre selbstbewusste, arrogante Haltung mit jemand anderem zu verwechseln. Es war unmöglich ihr hämisches Lachen zu verwechseln.

"Bitte."

Wenn es an der Zeit war zu sterben, dann nicht auf Knien. Ich reckte mein Kinn hoch, mochte kommen, was wolle.

Und dann erfüllte das Geräusch von Felsen, die gegen Felsen schabten, das Wasser und Licht erhellte die Gesichter meiner Feinde von unten.

Ich blickte hinunter ins helle Licht.

Plötzlich packte mich etwas am Fuß und zog mich hinunter, so schnell, dass ich in dem rauschenden Wasser nicht mehr zu Atem kam. Ich klammerte mich an meinen Stab und den Runenstein und das Licht kam immer näher.

56

Ich wurde durch einen Riss im Felsen in eine unterirdische Höhle gezogen. Unterwegs stieß ich unaufhörlich gegen den Stein und hoffte, dass Heron durchhielt!

Was mein Bein festhielt, war lang und dünn wie der Schwanz eines Drachens, mit durchsichtiger Haut und leuchtenden Knochen und Adern. Wir wurden schließlich an die Wasseroberfläche in eine hell beleuchtete Höhle gezogen und die Augen fielen mir förmlich aus dem Kopf. Grünes Licht zog sich in Wellen über die dunklen Wände, ich konnte nicht sagen, ob es Tiere oder Pflanzen waren.

Und in der Mitte des Raumes leuchtete ein Portal, wie das, durch das ich ins Land der Felsenkrieger gereist war, nur viel größer. Es strahlte ein gedämmtes, wogendes Licht aus, dass die Höhle aussehen ließ, als wären wir immer noch unter Wasser.

Der Schwanz ließ uns los und Heron riss sich die Kiemenmaske vom Mund und würgte und schnappte nach Luft.

Wir schwammen zum felsigen Ufer. An der Oberfläche verlor der Runenstein seine Kraft, doch ich hielt ihn fest. Er hatte sich als nützlich erwiesen und ich wollte ihn nicht verlieren.

Aber mein Blick wich keine Sekunde von der Kreatur vor uns. Nicht einmal, um die Wunden an meinen Beinen zu überprüfen - die jetzt, wo wir an der Luft waren, noch schlimmer brannten - oder Heron. Ich konnte ihn neben mir keuchen hören. Das musste mir als Lebenszeichen genügen.

Über uns ragte eine riesige Kreatur auf - wie ein Chamäleon, aber durchscheinend und leuchtend - die mit einem einzigen Auge auf uns herabsah. Wir gingen auf sie zu und etwas knirschte wie Glas unter unseren Füßen.

Es dauerte einen Moment, bis ich erkannte, dass es Schuppen waren. Durchsichtige Schuppen. Vyvera hatte gesagt, dass der Troglodyt sich nicht bewegen konnte, weil er im Sterben lag. War es das, was ich sah? Schuppen, die sich beim Sterben dieser prächtigen Kreatur ablösten?

JA.

Keuchend spürte ich ihren Schmerz in meinem Geist, zusammen mit einer Stimme, die so überwältigend und schwer war, dass sie durch jeden Nerv meines Körpers auf einmal drang.

UNSERE ZEIT SCHWINDET. WIR MÜSSEN DAFÜR SORGEN, DASS DER AUSERWÄHLTE ERFOLG HAT, BEVOR WIR VON DIESER WELT VERSCHWINDEN.

Vyvera hatte gesagt, wir müssten die Magie in der Welt wiederherstellen - nicht, dass ich eine Ahnung hätte, wie man das tat.

LASS UNS DICH BEGUTACHTEN.

Dieses schreckliche, nervenzerfetzende Gefühl schoss wieder durch mich und ich erstarrte vor Schmerz.

DU WURDEST FÜR AKZEPTABEL BEFUNDEN.

Hinter mir hörte ich die Felsen knacken. Der Troglodyt hatte sie doch nicht wieder geöffnet, oder?Heron drängte sich dicht an mich heran und nahm mir den Runenstein ab, damit er meine Hand halten konnte.

UNSERE FEINDE VERSAMMELN SICH. JETZT, WO ICH MEINEN STANDORT VERRATEN HABE, WERDEN SIE IN DIESE HÖHLE EINBRECHEN.

Und was dann?

SIE WERDEN MICH TÖTEN. ABER ZUERST WERDE ICH MEINE LETZTE AUFGABE ERFÜLLEN. ICH HABE DEN AUSERWÄHLTEN UND DIE BESCHÜTZERIN GEFUNDEN UND FESTGESTELLT, DASS IHR DIEJENIGEN SEID, AUF DIE WIR GEWARTET HABEN. DU BIST GEFANGEN, KIND, IN EINEM KRIEG, VON DEM DU NICHTS AHNST. EINEM KRIEG ZWISCHEN DEN TROGLODYTEN UND UNSEREN ALTEN VERBÜNDETEN, DEN DRAVEN.

VOR VIELEN JAHRHUNDERTEN BRACHTE JEDER VON UNS NACHKOMMEN ZUR WELT - FÜR DIE TROGLODYTEN WAREN ES DIE DRACHEN, UNSERE GELIEBTEN GESCHÖPFE. FÜR DIE DRAVEN WAREN ES DIE MANTIKORE.

DANN IST KRIEG AUSGEBROCHEN ZWISCHEN UNS. DIE DRACHEN FLOHEN UND WURDEN FAST VERNICHTET UND WIR - IHRE ÄLTESTEN - VERSTECKTEN UNS IN DEN TIEFEN DER ERDE. UNSERE TOCHTER HAZ'DRAZEN SCHMIEDETE EIN NEUES ZEITALTER FÜR DIE DRACHEN.

ABER AUCH UNSERE FEINDE BLIEBEN NICHT UNTÄTIG. SIE ZÜCHTETEN IHRE MANTIKORE HERAN. SIE FANDEN VERBÜNDETE UNTER DEN MENSCHEN.

SIE GABEN IHRE PROPHEZEIUNGEN UND IHRE RELIQUIEN WEITER.

IHRE PROPHEZEIUNGEN ERZÄHLEN VON IHREN HELDEN: HANKOR - DER DISSIDENT, ISKARIS - DER USURPATOR, STARIE - DIE AUSERWÄHLTE, HALBAZAR - DER EROBERER, APEQ - DER KUNSTFERTIGE, ATURA - DIE BESCHÜTZERIN, FELROK - IHR SCHÜTZLING. VIELE MEHR. EINER SCHLIMMER ALS DER ANDERE.

SELESKA, SIE SIND UNSERE SCHATTEN, UNSERE GEGENSPIELER, DIE SCHRECKLICHE DUNKELHEIT, DIE UNSER LICHT NACHAHMT. WIR VERSUCHTEN IMMER WIEDER, SIE AUFZUHALTEN, ABER NIE IST ES UNS GELUNGEN, SIE ZU VERNICHTEN. DU BIST UNSERE LETZTE CHANCE, DAS BLATT ZU UNSEREN GUNSTEN ZU WENDEN. HOL DIE MAGIE ZURÜCK, DIE SIE UNS GESTOHLEN HABEN.

Aber verschwand die Magie nicht von der Erde?

Ein weiterer lauter Knall ertönte hinter mir. Heron ergriff meine Hand und zog mich in Richtung des hellen Portals.

SIE WOLLEN, DASS DU DAS DENKST. ES IST NICHT SO. SIE HABEN ALLES GESTOHLEN UND GEBÜNDELT, UM IHREN SIEG ZU SICHERN.

WENN IHR JUNGER MANTIKOR - FELROK – AN NASATAAS STELLE IN DEN HAROK GEBRACHT WIRD, IST ALLES VERLOREN, DENN DANN HABEN SIE GEWONNEN. DU MUSST SIE AUFHALTEN. BRINGE NASATAA DORTHIN. BRINGE IHN IN DEN HAROK.

Den was?

FINDE DEN HAROK. ES IST DER SITZ DES LEBENS.

Wir hörten ein letztes Krachen, dann bebte der Boden, Licht strömte in die Höhle und blendete mich. Heron zerrte mich nach hinten, ich folgte ihm und versuchte, gegen das gleißende Licht anzusehen.

Ein Geräusch wie ein verstümmelter Schrei erfüllte lang und herzzerreißend die Luft, meine Sicht klärte sich, doch was ich sah, ergab überhaupt keinen Sinn.

Seltsame Kreaturen, die von Bubblern in wallendem Rot geritten wurden, schwärmten vor dem Hintergrund des gleißenden Lichts in die Höhle. Einer nach dem anderen stieß einen langen Speer in den Körper des Troglodyten.

Wie hieß er? Wie konnte ich ihn in Ehren halten, ohne seinen Namen zu kennen?

ICH BIN KO. ICH WAR KO. JETZT FLIEH, TOCHTER!

Ein Speer flog auf mich zu und schrammte Zentimeter von meinem Gesicht vorbei gegen den Felsen.

"Komm schon", sagte Heron und zog mich zum Portal.

"Wir müssen das richtige Symbol wählen", sagte ich und mit Entsetzen bemerkte ich, wie durchsichtiger Schleim an der Seite des Troglodyten herunterlief.

Heron drehte sich zu mir um, um etwas zu sagen, aber er hielt mit aufgerissenen Augen inne und dann durchfuhr mich ein Schmerz - ein Schmerz, der so stark war, dass er mich nach vorne warf und das Letzte, woran ich mich erinnerte, bevor alles dunkel wurde, waren ein Paar starker Arme, die mich umschlangen, und Herons Stimme, die langsam verklang.

"Nicht, Seleska. Hör auf dich zu bewegen oder es wird dich töten. Halte dich einfach fest! Bitte!"

57

Ich wachte aus einem unruhigen Schlaf auf und bevor ich die Augen wieder schloss, sah ich kurz ein dunkles Gesicht mit großen besorgten Augen. Heron.

"Halt still, Seleska. Beweg dich nicht. Ich hole Hilfe."

"Heron", murmelte ich.

"Bitte, atme weiter. Ich werde Hilfe finden. Ich verspreche es."

Er sollte sich nicht solche Sorgen machen. Alles würde gut werden. Ich fühlte mich gut. Ein bisschen benommen vielleicht. Und das Atmen fiel mir schwer. Aber es gefiel mir nicht, ihn so besorgt zu sehen.

Ein kleines Gesicht lugte hinter seinem Kopf hervor - der kleine Nasataa – und alles wurde wieder schwarz.

Ich glaubte, Stimmen zu hören.

"Was ist das für ein Ort, kleiner Mann? Es scheint ... oh!"

Ich hörte ein Handgemenge und dann nichts mehr und ohne zu wissen, wie viel Zeit vergangen war, blinzelte ich mühsam meine Augen wieder auf.

Heron trug mich aus einer Höhle ins Licht und die Aussicht vor mir raubte mir den Atem. Er trug mich in seinen Armen wie ein Kind und drückte mich beim Gehen fest an seine Brust. Er wirkte konzentriert, als erledigte er die wichtigste Aufgabe der Welt, und wie eine Krone saß Nasataa auf seinem Kopf, der ebenfalls nach vorne blickte, um die erstaunliche Szene zu betrachten, die sich im dämmrigen Halbdunkel vor uns ausbreitete.

Schwarze Vulkangipfel ragten wie dunkle Drachenzähne aus der Landschaft – einige Gipfel waren unter der Urgewalt von Jahrtausenden zerbrochen. Die Hänge, die von den zerklüfteten Bergen abfielen, waren übersäht mit schwarzem Sand und verkümmerten Bäumen.

Wir traten aus einem Höhleneingang in Richtung eines doppelgipfligen, ruhenden Vulkans mit einem breiten Grat zwischen den Gipfeln. Ein massiver Bogen aus Stein - ein riesiger, steinerner Drache, der sich selbst in den Schwanz biss - befand sich in der Mitte des Grats. Seine Proportionen waren so gigantisch, dass ein Dutzend Drachen nebeneinander hindurchfliegen konnten, ohne ihre Formation zu ändern. Eine gewundene Straße führte vom flachen Land darunter zum Bogen.

Mir wurde wieder schwarz vor Augen, doch ich hörte jemanden reden.

"Siehst du nicht, dass er ein Drachenjunges ist? Darf nicht einmal er durch dein kostbares Drachentor treten?" Eine Pause. "Das Tor der Morgenröte? Wie auch immer. Wirst du ihr helfen oder nicht?"

Gemurmel. Stimmen. Dann wieder Heron.

"Stehst du schuppiger Knochensack nur nutzlos herum oder hilfst du uns?"

Ich hörte hektische Stimmen und dann sprach jemand in einem beruhigenden Ton. Ich blinzelte und sah in ein fremdes Paar Augen. Der Rest des Gesichts war durch Tücher verdeckt, die um Gesicht und Kopf gewickelt waren, aber diese echsenhaften Augen blinzelten mich missbilligend an.

"Es gibt keinen Durchgang für Menschen ohne einen ausdrücklichen Erlass. Du musst - überprüft werden."

"Dafür ist jetzt keine Zeit", sagte Heron und mir fielen die Augen wieder zu. Seine Stimme klang panisch und den Tränen nahe. "Siehst du nicht, dass sie stirbt? Siehst du nicht, dass wir keine Zeit mehr haben?"

"Wir haben viele Fragen."

Ich spürte etwas Hartes auf meinem Rücken. Hatte Heron mich abgelegt?

Schreie.

Etwas Warmes kräuselte sich auf meiner Brust und ich hörte laute Drohungen und das Klirren von Stahl.

Eine Hand streichelte sanft meine Wange und Heron flüsterte mir zu.

"Bitte stirb nicht, Seleska. Bitte halte durch."

Und dann Schwärze. Nichts als Schwärze.

Ich versank in der Dunkelheit. Ich wünschte mir nichts sehnlicher, als tief, tief in diese samtige Weichheit zu versinken. Aber warum hatte Heron so verzweifelt geklungen? Ich sollte aufwachen, um ihm zu helfen. Ich durfte nicht meinen Instinkten nachgeben.

Doch ich versank in der Leere.

58

Ich erwachte durch leises Gemurmel und dieses Mal zwang ich mich, wach zu bleiben. Ich musste Heron und Nasataa finden.

Eine heiße Zunge leckte über mein Gesicht und alles, was ich sehen konnte, waren Nasataas blaue Schuppen und schimmernde Augen. Sein Atem roch wie ein Lagerfeuer.

Ich stöhnte auf.

Selska! Selska!

"Nasataa", stöhnte ich. "Dir geht es gut."

Natürlich ging es ihm gut. Der kleine Kerl konnte mit seinem Abenteuergeist und seinem großen Herzen so ziemlich alles überleben. Ich lächelte schwach bei dem Gedanken und versuchte mit aller Kraft, meinen schwachen Körper aufzusetzen. Etwas Schweres drückte meine Beine auf den Boden.

"Ganz ruhig!", mahnte mich eine fremde Stimme. "Du hast eine Menge durchgemacht. Du darfst noch nicht aufstehen."

Außer Nasataa strahlte alles um mich herum in verschiedenen Weißtönen.

Hinter einem weißen Tuch und einer tiefgezogenen Kapuze tauchte ein Gesicht vor mir auf. Alles, was ich sehen konnte, war ein Paar Reptilienaugen. Ich erstarrte.

"Hab keine Angst. Das ist die übliche Reaktion, fürchte ich. Man sollte meinen, dass es beruhigender ist, jemanden zu sehen, der deine Sprache spricht, und doch ist es immer das gleiche. Furcht und Aufregung. Es ist etwas ungerecht, wie ich finde."

"Warum ist das ungerecht?" murmelte ich. Das Weiß um mich herum gab mir ein warmes, heilendes Gefühl.

"Weil wir Ilerioc Menschen sind - gewissermaßen. Ursprünglich waren wir Menschen – Haz' Anteil an der Schuld gegenüber Haz'drazen."

"Wer sind Haz und Haz'drazen?" fragte ich müde. Das kam mir alles so unwirklich vor. Die Wärme, das Weiß, das Geplapper über irgendwelche Leute. Vielleicht träumte ich einfach nur.

Nasataa krabbelte dicht an mich heran, kuschelte sich auf meine Brust und schlief sofort ein. Ich konnte mich jetzt nicht mehr aufsetzen, ohne ihn aufzuwecken. Das war mir nur recht.

Der Ilerioc sah schockiert aus. Oder zumindest sein Blick.

"Haz war der große König der Menschen. Vor langer, langer Zeit schloss er einen Vertrag mit Haz'drazen, der Königin aller Drachen. Beide führten verzweifelte Gruppen ihrer Völker an, die vor den Kriegen der Ifrits und ihrer Verbündeten flohen. Sie unterstützten einander beim Wiederaufbau ihrer Länder und der Wiederherstellung ihrer Sicherheit. Um ihren Vertrag zu besiegeln, erklärten sich die Drachen bereit, jedes Jahr eine bestimmte Anzahl von Drachen zu entsenden, die den Menschen dienten. Diese Praxis wird bis heute fortgeführt. Die Menschen besiegelten ihren Teil der Abmachung auf eine andere Weise - indem sie den Drachen eine bestimmte Anzahl von Menschen als

Diener zur Seite stellten. Ihre Kinder waren an die gleiche Vereinbarung gebunden – den Drachen zu dienen. Heute leben mehr Ilerioc bei den Drachen als Drachen bei Haz' Volk - dem Dominion. Und wir Ilerioc werden unter Drachen geboren und aufgezogen. Und daher ist unsere Menschlichkeit etwas - vermindert. Wir haben uns als eigenes Volk herausgebildet."

"Das klingt so ungerecht", sagte ich. Mein Mund hatte sich immer mehr geöffnet, erst vor Überraschung und dann vor Entsetzen. "Du bist nie frei? Du wirst geboren, um zu dienen und stirbst als Diener?"

Er zuckte mit den Schultern. "Irgendwie schon. Und doch haben uns die Drachen nie gezwungen zu bleiben. Wir sind nicht gezwungen, zu dienen. Theoretisch könnten wir jederzeit gehen - in Länder, in denen wir missverstanden und gefürchtet werden. Zu Menschen, die uns für barbarisch und missgestaltet halten. Für uns hat es nie Sinn ergeben, zu gehen. Also haben wir uns entschieden zu bleiben."

"Aber ihr seid Diener?"

"Wir dienen. Und wir werden für unseren Dienst belohnt."

"Belohnt?" fragte ich, immer noch verwirrt.

"Die Früchte unserer Arbeit - Nahrung, Kleidung, Metalle, Hölzer, all die Dinge, die wir zum Leben brauchen."

"Und was tust du, um zu dienen?" fragte ich zögernd.

"Ich übersetze die Sprache für diejenigen, die von außerhalb kommen - wie du. Die Drachen mögen es nicht, im Geiste mit den Menschen zu sprechen - außer die Violetten, aber die sind ein seltsamer Haufen. Ich übernehme diese Aufgabe für sie."

"Oh", sagte ich und versuchte zu lächeln. "Triffst du viele Menschen von außerhalb?"

"Nur wenige schaffen es durch das Tor der Morgenröte, aber auch dort werden Übersetzer gebraucht."

"Ich schätze, ich sollte mich geehrt fühlen, hier zu sein", sagte ich fröhlich.

Er nickte ernst. "Das solltest du."

"Oh." Ich hielt einen langen Moment inne. "Mein Name ist Seleska."

"Ich weiß."

"Oh." Ich kam mir ein bisschen dumm vor. Ich kannte seinen Namen nicht.

"Nasataa hat es mir erzählt", sagte er.

"Und dein Name ist ...?" fragte ich.

"Tereoc."

"Kannst du mir sagen, wo Heron ist, Tereoc?" fragte ich freundlich. Ich wollte ihn nicht verärgern, wo ich doch so viele Informationen von ihm brauchte.

"War das der Mann, der dich hergebracht hat? Er ist in Gewahrsam und wartet auf sein Urteil."

Ich keuchte. "Was kann ich tun, um ihn zu befreien?" Armer Heron!

Tereoc gluckste. "Das hat nichts mit dir zu tun. Du bist dazu bestimmt, hier zu bleiben und zu heilen. Siehst du, die drei weißen Drachen? Ihre Kraft heilt dich. Du tust gut daran, dir das zu merken und dankbar zu sein."

"Oh", sagte ich, "ich bin sehr dankbar."

Neugierig sah ich mich um und merkte, dass er Recht hatte. Was ich für Wände, Böden und sogar Möbel gehalten hatte, waren in Wirklichkeit die schuppigen Beine und gewundenen Schwänze von drei großen weißen Drachen.

"Und jetzt musst du dich ausruhen. Du hast einen Stich in die Brust bekommen. Die Heilung davon braucht Zeit – trotz der Hilfe der Weißen. Schlaf, und wir sprechen morgen früh weiter."

Ich machte mir Sorgen um Heron. Ich sollte aufstehen und versuchen, ihn zu finden. Aber noch während ich mir diese Dinge sagte, übermannte mich die Erschöpfung und ich fiel in einen traumlosen Schlaf.

59

Als ich wieder aufwachte, war außer Nasataa und den weißen Drachen niemand da, und sie schliefen alle. Das Mondlicht fiel auf die riesigen Kreaturen, schimmerte durch ihre halbdurchsichtigen Mähnen und spiegelte sich auf ihren Schuppen. Sie waren wirklich wunderschön.

Ich schob meine Beine unter einem Schwanz hervor und stellte überrascht fest, dass ich bis auf die Unterwäsche ausgezogen war, aber wenn ich mir die Narbe auf meiner Brust ansah, war meine Kleidung wahrscheinlich ohnehin ruiniert.

Nasataa schlief neben mir, zusammengerollt zu einem Ball, sein kleiner Kopf ruhte zwischen seinen Oberschenkeln. Lag das nur an mir, oder war er größer geworden? Ich streichelte seinen Kopf, hauchzart, um ihn nicht zu wecken, und dachte über meine Situation nach.

Ich fühlte mich beschwingt - leicht, energiegeladen, bereit, die Welt zu erobern. Nichts tat mehr weh – nicht einmal mein Knöchel. Die Verbrennungen an meinen Beinen waren verschwunden. Nur diese eine große Narbe war noch zu sehen.

Auch Nasataa ging es gut. Ich richtete meine Aufmerksamkeit auf meine Umgebung. Über mir erstreckten sich weiße Streben, die ein Muster aus Blumen und Drachen bildeten, das vom Mondlicht auf den Boden geworfen wurde, zu einer riesigen Kuppel.

Ich stand vorsichtig auf und schlich um die schlafenden Drachen herum. Sie schienen mich nicht zu bemerken, und schon bald war ich am Rand der riesigen Halle und blickte zwischen den Streben der Kuppel hindurch ins Freie.

Mir stockte der Atem. Das Mondlicht strahlte auf eine Welt aus steilen Klippen und Wasserfällen und überzog die Höhen mit einem silbernen Glanz. Darüber zog ein zarter Wind, der mir den Duft von Jasmin in die Nase hauchte. Ich fühlte mich wie in einem Traumland. Ich konnte kaum glauben, dass ich überhaupt dort war.

War dies die Welt, für die Nasataa geboren worden war? War dies die Welt, für die Ramariri bestimmt gewesen war - die Welt, die er sich selbst versagt hatte, als er mich gerettet hatte?

Widerwillig wich ich zurück und tastete mich an der Steinmauer entlang. Irgendwo musste es eine Tür geben.

Ich stieß gegen einen Tisch, auf dem ein kleiner runder Spiegel stand. Darauf warteten ein Krug mit Wasser, eine Schüssel und ein Stapel Kleidung auf mich. Ich wusch mich schnell und schlüpfte in die lederne Hose, das weite Hemd, das Korsett und die Stiefel mit Pfennigabsätzen. Sie sahen meinen alten Sachen sehr ähnlich - fast so, als hätte sie jemand gefunden und geflickt.

Schließlich fand ich hinter einem der schlafenden Drachen eine Tür. Sie führte zu einer schmalen Plattform, die vor einem gähnenden Abgrund endete.

"Drachen brauchen keine Treppen."

Die Stimme ließ mich aufschrecken, und von der Seite der Plattform – hinter der Tür - trat ein Mann vor, der einen Stab hielt, der meinem sehr ähnlich sah. Silbern beschlagene

Riemen hielten seine aus weißem Leder gefertigte Hose und Weste an ihrem Platz. Sogar sein Hemd unter der Weste hatte eine blasse Farbe, die im Mondlicht kaum zu erkennen war. Genau wie der erste Ilerioc, der mich nach dem Aufwachen begrüßt hatte, war sein Kopf in ein weißes Tuch gehüllt, so dass nur seine Augen zu sehen waren - und die leuchteten in der Nacht wie die einer Katze.

"Es tut mir leid", murmelte ich, ich hatte ihn wohl etwas zu lange angestarrt. "Ich dachte, dass alle schlafen. Ich bin Seleska."

"Ihr steht beide unter Bewachung, bis wir mit euch fertig sind", sagte er. Er war seltsam leicht zu verstehen, er sprach ohne jeden Akzent. Wieso sprach jeder mit Akzent, dem wir bisher in der Fremde begegnet waren, nur er nicht?

"Nasataa hat nichts getan", protestierte ich. "Er ist unschuldig."

Mit zusammengekniffenen Schlangenaugen sah er zu, wie Nasataa aus der Halle auf die schmale Plattform sprang und sich in meine Arme stürzte. Ich umarmte ihn, schmiegte meine Wange an seinen Kopf und lauschte seinem Schnurren.

"Ein Inselbewohner hat dich in seinen Armen hierhergebracht und mit dir einen kleinen blauen Drachen. Unsere Wachen waren verblüfft. Noch fassungsloser waren sie, als kaum eine Stunde später ein anderes Mädchen - etwa in deinem Alter - mit einem kleinen roten Drachen angekommen ist. Sowohl sie als auch dein Inselbewohner behaupten, ihr Drache sei ein Auserwählter, der der Welt die Magie zurückbringen soll. Sowohl sie als auch du sollen die Beschützerin des Auserwählten sein. Wir haben nicht gewusst, wem wir glauben sollen, und so hat Prinz Taoslil euch allen erlaubt, die Länder Haz'drazens zu betreten. Die Drachen werden bald ein Urteil fällen."

"Kannst du nicht die Troglodyten fragen?" fragte ich. Er wirkte überrascht.

"Das andere Mädchen hat das gleiche gefragt!"

Mir sank das Herz. Wer war dieses andere Mädchen?

Er seufzte. "Die Troglodyten äußern sich nicht dazu."

"Habt ihr keine Drachen, die die Gedanken der Menschen lesen können?" Ich drängte.

"Wenn du die Violetten meinst - nun, die setzen diese Gabe nur zurückhaltend ein. Aus gutem Grund."

"Das scheint ein guter Grund zu sein", sagte ich vorwurfsvoll. Ich hätte die Arme verschränkt, wären sie nicht voll mit Nasataa gewesen.

"Selbst wenn, das, was ihr selbst glaubt, reicht nicht als Beweis. Wir stecken in einem Dilemma. Wem sollen wir vertrauen? Welcher Geschichte glauben wir?"

"Warst du der Ilerioc, der mit mir gesprochen hat, als ich aufgewacht bin?" fragte ich. Er klang nicht wie ein Diener. Er klang, als wäre er an der Entscheidungsfindung beteiligt.

Er lachte. "Tereoc? Nein. Lass dir von ihm keine seltsamen Gedanken in den Kopf pflanzen."

"Er hat gesagt, ihr seid Diener."

Seine Haltung versteifte sich. "Wir sind schon seit vielen Generationen keine Diener mehr."

"Wenn du kein Diener bist, warum hast du mir deinen Namen nicht genannt?" fragte ich. "Ich habe dir meinen gesagt."

Er wirkte erschrocken. "Ich bin Jeriath, Oberster Weißer der Ileriocwache."

Ich lächelte neckisch. "Und wie bist du hier hochgekommen, Jeriath? Ich sehe keine Flügel auf deinem Rücken."

Er schnaubte. "Ich bin die Treppe hinaufgestiegen. Aber denk nicht mal dran. Morgen früh wirst du abgeholt werden. Geh zurück ins Bett und warte auf deine Eskorte."

"Glaubst du, ich schlafe wieder ein, wenn mein Freund in Gewahrsam ist und ich nicht weiß, was mit mir und Nasataa geschieht?" Ich spürte, wie ich merklich ärgerlicher wurde.

"Ich fürchte, wenn du einen Schritt in Richtung Treppe machst, werde ich dich mit allen nötigen Mitteln davon abhalten", antwortete er.

Mit einem schelmischen Blick schritt ich auf den Rand der Plattform zu, bis er vor Angst keuchte, doch er konnte nicht zugeben, dass es ihm etwas ausmachte, wenn ich fiel. Mit einer anmutigen Bewegung ließ ich mich zu Boden.

"Ich glaube, ich setze mich hier hin", sagte ich lässig.

"Wie du willst."

"Und wenn ich schon hier sitze, kannst du mir vielleicht sagen, wo ihr Diebe meinen Stab versteckt habt."

Weder darauf noch auf andere Fragen erhielt eine Antwort, bis die Morgendämmerung den Himmel in einem hellen Rot erstrahlen ließ.

60

Das erste, was ich nach dem Aufwachen mitbekam, waren Trommeln.

Zuerst hatte ich ihren Klang für mein laut pochendes Herz gehalten. Wer war dieses andere Mädchen und was würde aus mir werden, wenn die Entscheidung der Drachen nicht auf mich fiel? Durften Nasataa und ich unser Leben weiterleben, oder wurden wir für unser Eindringen bestraft? Jeriath hatte - natürlich – nichts gesagt. Er war die ganze Nacht einfach nur dagestanden und hatte Wache gehalten. Meine Sticheleien und meine Versuche, ihn zu provozieren, hatte er ignoriert, bis ich erschöpft in den Schlaf gefallen war.

Nasataa kümmerte die Anspannung und die Gefangenschaft nicht weiter. Er sprang herum, fasste nach meinem Haar und schnatterte vor sich hin. Ich spielte halbherzig mit ihm, rangelte mit ihm herum und kitzelte ihn unter dem Kinn. Wir befanden uns gefährlich nahe am Rand der Plattform - und ich war mir nicht sicher, ob Nasataa überhaupt fliegen konnte - aber er war trittsicher und ließ sich vom Abgrund nicht beunruhigen.

Ich zwang mich zu einem strahlenden Lächeln und hielt das Kinn hoch. Ich würde so lange lächeln, bis ich mich auch danach fühlte.

Ich hatte mit Drachen gerechnet, aber nicht mit so vielen. Ein Schwarm der riesigen Kreaturen zeichnete sich erst als kleine Punkte in der Ferne ab, und beim Näherkommen konnte ich zwanzig von ihnen zählen. Aus einer anderen Richtung kam eine ebenso große Gruppe. Eine Eskorte pro Mädchen, wie ich vermutete.

Ich versuchte, mich zu entspannen und mein Lächeln aufrecht zu erhalten. Die Trommel befand sich auf dem Rücken eines der Drachen. Ein Ilerioc stand dahinter und schlug beim Anflug im Takt. Er musste sehr trittsicher sein und eine Menge Vertrauen in seinen Drachen haben.

Ein riesiger goldener Drache führte die Gruppe an. Hinter ihm ritt der Trommler auf einem grünen Drachen mit zwei weiteren grünen Drachen an jeder Seite. Hinter ihnen trugen zwei schwarze Drachen ein breites, weißes Tuch. Ich beachtete die anderen Drachen gar nicht. Ich starrte wie gebannt auf das Tuch, denn mir dämmerte, dass ich darauf reiten würde.

War ich darin sicher? Scherten sich die Drachen darum, ob wir abstürzten? Scherte sich irgendjemand darum?

Auch, dass ich immer noch kein Lebenszeichen von Heron erhalten hatte, beunruhigte mich. Was hatten sie mit ihm gemacht?

Ein weißer Drache, der eine Ilerioc trug, zog aus dem hinteren Teil der Gruppe nach vorne. Sie sprang anmutig auf die Plattform, als täte sie das ständig. Sie trug einen seltsamen Kopfschmuck und einen Drachenstab - meinen Drachenstab!

"Der gehört mir", sagte ich streng.

"In der Tat", stimmte sie zu und kniff ihre Reptilienaugen hinter dem Schleier zusammen. Abgesehen von der Kopfbedeckung war ihre weiße Kleidung lockerer und heller als die der Wache und ich erhaschte einen Blick auf ihre Haut – war das ein leichter Grünstich? Wie seltsam.

Sie reichte mir den Stab und ich nahm ihn mit großen Augen entgegen. Sie gaben mir eine Waffe? Andererseits, was sollte ich mit einem Stab gegen zwanzig Drachen ausrichten?

Sorgfältig nahm sie den Kopfschmuck ab und setzte ihn mir auf. Er war geformt wie ein kunstvoller Stern aus steifer weißer Spitze, die Spitzen ragten um meinen Kopf herum in alle Richtungen und eine Quaste baumelte auf jeder Seite meines Gesichts herunter. Er fühlte sich sperrig und albern an.

"Du wirst zur Gerichtsstatt reiten", sagte sie ernst und deutete in Richtung des Tuchs, das von den schwarzen Drachen getragen wurde und immer näher an die Plattform heranschwebte.

Auch wenn es an weißen Seilen von den Drachen herabbaumelte, konnten sie nicht viel näher an die Struktur heranfliegen. Ich musste einen soliden Sprung von der Plattform wagen.

Das gefiel mir überhaupt nicht.

Zähneknirschend warf ich den Drachenstab auf das Tuch, biss die Zähne zusammen, hielt Nasataa fest, nahm Anlauf und sprang. Es dauerte etwas, bis ich das Gleichgewicht wiedergefunden hatte und im Schneidersitz auf dem weißen Tuch saß. Zitternd nahm ich mit einer Hand den Stab und drückte mit der anderen Nasataa fest an meine Brust.

Natürlich hatte er die ganze Sache verschlafen. Nichts rüttelte ihn wach.

Ich hoffte, er war aus gutem Grund so entspannt und dass sich meine Sorge als unbegründet herausstellte.

"Seleska!", rief mir der Ilerioc-Wächter zu. "Ich denke, du bist meine Favoritin. Du hast einen besseren Sinn für Humor als Atura."

61

Atura war das andere Mädchen?

Und plötzlich war meine größte Sorge nicht mehr, aus diesem Tuch zu fallen. Meine größte Sorge war es, Nasataa vor der einen Person zu schützen, die ihn tot sehen wollte. Ich umklammerte meinen Drachenstab so fest, dass mir die Hand wehtat, und mir mein aufgesetztes Lächeln verging.

Es fiel mir schwer, einen der spektakulärsten Anblicke meines Lebens zu genießen. Die Drachenstadt erstreckte sich überall um mich herum. Nichts war am Boden errichtet worden. Jedes Bauwerk ragte hoch in den Himmel, stand auf Säulen, Brücken oder hing an langen Drahtseilen zwischen Klippen.

Es dauerte etwas, bis ich erkannte, dass die Strukturen wie Nester aussahen. Und sie alle folgten den weißen, kunstvollen Mustern der Kuppel von letzter Nacht. Lange weiße Streben bildeten Blumen oder Blätter oder die Umrisse von Drachen. Ich hatte immer noch nicht herausgefunden, woraus sie geschaffen waren.

Wasser floss überall - seltsam für ein Gebirge, das von Vulkanen durchzogen war. Das Wasser stürzte von den Höhen herab, durch die kunstvollen Nester und sogar von einer Ebene zur anderen. Es floss unter den kleinen Stegen, die die Strukturen miteinander verbanden und mündete in Becken und Seen. Regenbögen bildeten sich am Fuße der Wasserfälle.

So stellte ich mir das Paradies vor.

Und überall wimmelte es von Drachen.

Sie saßen auf den Berggipfeln, in den Nestern und flitzten durch die Wasserfälle, in allen Farben, Formen und Größen.

Nur keine blauen.

Nirgendwo sah ich blaue Drachen, außer dem, der an meine Brust geschmiegt schlief. Plötzlich vermisste ich das Meer und sein Lied. Mit einem Schauer, der mir den Rücken herablief, wurde mir klar, dass ich es die ganze Zeit vermisst hatte. Überall Wasser und kein Gesang.

Wo waren die blauen Drachen? Warum waren keine in dieser Drachenstadt?

Wir steuerten den höchsten Gipfel des Gebirges an und ich umklammerte meinen Stab. Er ragte hoch über den anderen und an der Spitze, von wo ein Wasserfall in die Tiefe entsprang, war eine runde Fläche in den Stein gemeißelt worden, von der aus man die Stadt überblicken konnte. Der Ort schien wichtig zu sein. Die Felswand über dem abgerundeten Bereich hatte die Form eines Sterns - wie der Hut, den ich trug. Das musste eine Bedeutung haben.

Beim Näherkommen konnte ich die Umrisse von Drachen erkennen, die auf uns warteten. In ihrer Mitte, auf einer erhöhten Plattform, saß ein bunter Drache, der mütterlich auf die anderen herabsah. Wie eine Königin.

Haz'drazen. Ich wollte sie aus der Nähe sehen. Meine Hände schwitzten. Was sollte ich sagen? Wie konnte ich Nasataa vor dieser majestätischen Kreatur vertreten?

Ich wünschte mir meine Pflegeeltern an meiner Seite. Sie waren so weise in diesen Dingen. Sie wüssten genau, was ich zu tun und zu sagen hätte. Wenn ich wenigstens Heron noch bei mir hätte. Er war viel besonnener als ich. Er würde in kein Fettnäpfchen treten oder etwas Missverständliches sagen. Ich wusste, dass er mein bester Freund war und dass ich ihn gerne um mich hatte, aber mir war nicht klar gewesen, wie sehr ich mich auf ihn verlassen hatte.

Ich schluckte und unterdrückte meine Tränen. Dies war nicht der richtige Zeitpunkt für Schwäche und Zögern. Dies war der Zeitpunkt für Entschlossenheit und Standhaftigkeit. Ich würde den Drachen und ihrer Königin würdig gegenübertreten.

Egal, was geschah.

62

Ich war zu klein für diese Welt.

Mit Nasataa immer noch an meine Brust gepresst landeten wir auf einer Plattform, die von der Spitze des Berges ragte. Offensichtlich sollte ich sie betreten, aber ich fühlte mich so klein im Vergleich zu allem um mich herum.

Meine Begleiter beobachteten mich mit funkelnden Drachenaugen, ihre Flügel bewegten sich nur langsam. Sie alle waren so riesig. Und so fremdartig. Ramariri war auch riesig gewesen, aber immer auch liebevoll und freundlich. Damokas war auch riesig gewesen, aber er hatte Vyvera offensichtlich nahegestanden und überhaupt nicht bedrohlich gewirkt. Aber hier fühlte ich mich anders. Ich war von riesigen Raubtieren umgeben, die mich alle ansahen, und ich fühlte mich klein, verletzlich und völlig allein.

"Es wäre wohl kein Abenteuer, wenn ich die Größte und Stärkste wäre, Nasataa", sagte ich und reckte entschlossen mein Kinn nach vorne. Niemand sollte sehen, wie nervös ich war. Ich schenkte ihm mein aufmunterndstes Lächeln.

Ich sprang vom Tuch auf die Plattform, an deren Ende eine Ilerioc wartete, und schritt sie entlang. Hinter ihr standen Drachen vor ihrer Königin aufgereiht und ein paar Menschen in seltsamer Kleidung - so klein und unbedeutend wie ich selbst.

Die Ilerioc drehte sich um, bevor ich sie erreichte, und bahnte sich den Weg durch die Reihen der großen Drachen, die auf der Plattform knieten. Nach wenigen Schritten hatte ich die Plattform der Königin und alles andere außer den riesigen Drachen um mich herum aus den Augen verloren. Ich war wie ein Zwerg in einem Wald von Drachen in jeder erdenklichen Drachenfarbe - Gold, Rot, Schwarz, Violett, Grün und Weiß. Von den knorrigen, harten Schuppen der gepanzerten Roten bis zur ätherischen Weichheit der Weißen schimmerte jeder Drache in der Sonne, schnappte ab und zu um sich oder schnaubte dicke Dampfwolken. Jeder Instinkt in meinem Körper sagte mir, dass ich weglaufen oder mich verstecken sollte, aber ich hielt den Kopf hoch und ging mit wackeligen Knien weiter zu der Ilerioc.

Als Vyvera mir das erste Mal von der Prophezeiung erzählt hatte, hatte ich gedacht, dass es Sinn ergab, dass Nasataa etwas Besonderes war und dass die Drachen uns brauchten. Aber jetzt, wo ich zwischen diesen mächtigen Bestien stand, kam mir die Vorstellung lächerlich vor. Warum sollten sie uns brauchen? Wobei konnten wir ihnen helfen?

Und wenn Nasataa so besonders war, sollten dann nicht diese riesigen Kreaturen seine Beschützer sein und nicht eine kleine, zerbrechliche Menschenfrau, die nicht einmal über besondere Erfahrungen oder Fähigkeiten verfügte?

Ich schluckte bei dem Gedanken. Es tat mir weh, daran zu denken, dass mir jemand Nasataa wegnehmen könnte. Er war mein kleiner Kerl. Er brachte mich selbst in den schlimmsten Situationen zum Lächeln. Er erfüllte mein Herz mit Freude. Und doch... wäre es nicht besser für ihn, wenn er von den Seinen aufgezogen würde?

Nasataa bleibt bei Seleska.

Er gähnte ausgiebig an meiner Schulter und legte seinen Kiefer auf meinem Kopf ab. Ich musste fast über seine Gedanken lachen. Vielleicht hing er ebenso an mir, wie ich an ihm.

Seleska! Seleska!

Nun, ich würde tun, was ich konnte.

Es schien eine Ewigkeit zu dauern, die Plattform zwischen den Reihen der versammelten Drachen zu überqueren.

Schließlich erreichte ich die Ilerioc und sie führte mich zu einer Plattform, die nur einen Fuß über dem Felsboden lag. Sie sah aus wie ein breites, flaches Nest und war so positioniert, dass jeder, der sich darauf befand, vom Platz der Königin aus gut gesehen werden konnte. Die Ilerioc führte mich zu einer Stelle, die etwas rechts von der Mitte des Nests lag, und deutete auf sie, bevor sie einen Schritt vor mich trat und auf ein Knie sank.

Sollte ich mich auch verbeugen? Wahrscheinlich.

Und doch fühlte ich mich ein bisschen beleidigt darüber, wie ich behandelt worden war. Sie hatten Heron mitgenommen. Sie hatten gesagt, mein Schicksal und das meines kleinen Drachens hing von ihrer Entscheidung ab.

Ich war Nasataas Wächterin und Beschützerin. Beschützerinnen knieten nicht vor einer möglichen Gefahr nieder. Wächterinnen blieben aufrecht und entschlossen stehen. Ich stellte mich schulterbreit hin, stemmte die eine Hand in die Hüfte und die andere umklammerte fest den Drachenstab. Ich war die Wächterin dieses Drachens und ich war mächtig und stark.

Irgendwie.

Was auch immer als nächstes kam, ich war bereit.

Ich sah zu der Königin auf ihrem Thron auf. Ihre Schuppen funkelten unter der Sonne, so dass es schwer war, sie direkt anzusehen. Ich war mir nicht sicher, ob mich ihre Augen funkelnd ansahen. War das ein Zwinkern? Nein, natürlich nicht. Es war nur eine Reflexion des Lichts.

Unter ihr, direkt unter ihrem Thron, schritt ein prächtiger weißer Drache hin und her und schüttelte von Zeit zu Zeit ungeduldig seine Mähne.

Lange, stille Minuten verstrichen und dann erregte das Geräusch von Stiefeln meine Aufmerksamkeit und ich drehte mich um, um ein Mädchen von meiner Größe zu sehen, das fast genauso gekleidet war wie ich - nur dass ich blau und weiß trug und sie rot und schwarz. Sie schüttelte ihr langes schwarzes Haar aus - war das nicht vorher rot gewesen? Wie hatte es sich so verändert? - und ihre braune Haut glänzte im Licht. Ich wünschte, ich strahlte diese Art von Selbstvertrauen aus. Ich wünschte, ich wäre so strahlend schön.

Das bösartige Grinsen, das Atura mir zuwarf, ließ mir den Atem stocken.

63

"Ich präsentiere mich und meinen Schützling vor euch, oh Ahnendrachen!" sagte Atura mit einer kunstvollen Verbeugung, bevor ihr Ilerioc seine Verbeugung beenden konnte. Sie hielt ihr rotes Drachenjunges wie eine Opfergabe vor sich. "Ich bin die Wächterin, die vor langer Zeit prophezeit wurde, und dies ist der Auserwählte. Dieses Drachenjunge ist dasjenige, das weit weg von zu Hause unter der Herrschaft der Saaasallla geboren wurde. Ich bin diejenige, die es beschützt." Sie warf mir einen bösen Blick zu. "Dieses blaue Drachenjunges ist hier, um Felrok seine Kraft zu geben, damit er aufsteigen kann, und die Frau, die ihn trägt, wird ihr Leben dafür geben, dass dies geschieht."

Oh nein, das würde ich nicht tun.

Wut kochte in mir hoch. Sie hatte eine ganze Rede über die Prophezeiung vorbereitet und warum sie und ihr Drachenjunges ausgewählt werden sollten! Und warum Nasataa und ich sterben sollten!

Ich kniff die Augen zusammen und mein Griff um den Drachenstab wurde fester. Diese Schlange.

Der Ilerioc vor Atura wandte sich ihr zu und verkündete: "Königin Haz'drazen heißt dich willkommen und nimmt dein Ehrenangebot an. Und doch bleibt eine Frage offen. Zwei sind an den Ufern unserer Berge angespült worden - zwei, die kein Recht haben, ein Drachenjunges zu tragen oder sich in unsere Angelegenheiten einzumischen. Und doch ist eine von euch diejenige, die prophezeit wurde."

Ich kannte keine ausgefallenen Worte. Normalerweise hätte ich es mit Charme und Lächeln versucht, aber niemand würdigte mich eines Blickes oder sprach mit mir, und ich spürte, wie die Sorge in mir wuchs. Sie waren immer noch unsere eigentlichen Verbündeten und jetzt schienen sie geneigt zu sein, sich von meiner Widersacherin bezaubern zu lassen. Ich wollte nicht für eine Rolle kämpfen, um die ich nie gebeten hatte. Ich wollte nur, dass Heron frei war und wir uns auf den Weg machen konnten. Und wenn die Mantikore, Ifrits und Drachen alle beschlossen, einen großen Krieg untereinander zu führen, was ging uns das an?

Mein Ileroc drehte sich um. "Erweise der Königin Respekt."

"Der Reihe nach", sagte ich und versuchte, den Biss aus meiner Stimme zu halten, "wo ist mein Begleiter? Er ist unschuldig und hat nichts verbrochen."

Die Ilerioc kniff die Augen zusammen. "Dein Begleiter hat sich mit unseren Wachen angelegt und mit Gewalt gefordert, dass wir dich aufnehmen und dein Leben retten. Er ist ein Verbrecher - ein unnötig gewalttätiger Mann. Sein Urteil ist unabhängig von dieser Angelegenheit."

Ich biss die Zähne zusammen. Oh nein. Das war schlimmer, als ich es mir vorgestellt hatte. Es gab kein Entrinnen aus diesem Dilemma. Ich konnte mir den Weg nicht freikämpfen - ich war vielleicht nicht einmal in der Lage, aus eigener Kraft von diesem Berghang herunterzukommen. Und mein bester Freund saß eingesperrt in einer Zelle.

Ich versuchte, was ich am besten konnte. Ich lächelte so charmant ich konnte.

"Ihr haltet ihn doch nicht wirklich für einen Verbrecher."

Atura schnaubte laut.

Die Ileroc schien unbeeindruckt. "Was ich denke, ist nicht wichtig. Das Einzige, was zählt, ist, was die Königin denkt. Also, zeige etwas Respekt."

Ich verbeugte mich und sank auf ein Knie, wie die anderen, aber ich biss die Zähne zusammen. Wie konnte ich jemandem Respekt erweisen, der ihn nicht verdient hatte? Ich hatte um nichts davon gebeten und sie behandelten mich und Heron wie Verbrecher. Anders als Atura, die eine schöne Rede gehalten hatte und nach Strich und Faden log, um zu bekommen, was sie wollte.

Dein Einwand wird zur Kenntnis genommen.

Die Stimme in meinem Kopf war wie ein sanftes Flüstern und ich erstarrte beim Anblick der funkelnden Augen der Drachenkönigin. Ich hätte schwören können, dass sie das gewesen war. Unter ihrem Thron knurrte der Weiße Drache etwas und spie Feuer.

Aturas Ilerioc sprach, um zu übersetzen: "Wir werden unsere Ältesten, die geehrten Troglodyten, bitten, zwischen diesen beiden zu wählen."

Stille erfüllte die Luft, und zwar überall – nicht nur auf der Plattform. Die Drachen, die unten flogen, landeten. Kein einziges Ohr zuckte und kein Schwanz rührte sich. Sie waren völlig still.

Nur aus den Nasenlöchern und Mündern strömten noch Dampfschwaden und erfüllten die Luft über der Plattform.

Nach langen Momenten knurrte der weiße Drache und die Drachen um uns herum neigten ihre Köpfe nach oben und spien Feuer.

Oje. Das sah nicht gut aus.

Ich sah zu meiner Ilerioc-Übersetzerin. Sie stand aufrecht und drehte sich mit zitternden Knien zu mir um.

"Die Troglodytenältesten", sagte sie mit belegter Stimme, "schweigen zum ersten Mal in unserer Geschichte."

64

"Vielleicht schlafen sie", warf ich ein. Immerhin hatten sie sich viel Mühe gegeben, mich hierher zu führen. Dass sie dazu nichts zu sagen hatten, hätte mich doch verwundert. "Vyvera hat mich zu einem von ihnen gebracht, aber er ist gestorben. Ich erinnere mich nicht mehr an seinen Namen, aber vielleicht wird einer der anderen Troglodyten ihn erwähnen, wenn sie aufwachen.

"Lügnerin!" zischte Atura und warf mir einen bösartigen Blick zu.

Ich hatte mit viel gerechnet, aber nicht der Reaktion um mich herum. Trauergesänge klangen unter dem verzweifelten Stöhnen der Drachen durch die Luft.

Ich sah mich um, die veränderte Stimmung hatte mich umso nervöser gemacht, und erkannte, dass ein verärgerter Drache jederzeit stolpern und versehentlich auf mich treten oder niesen und mich in Flammen aufgehen lassen könnte. Das war kaum der richtige Ort, um ein Mensch zu sein. Ganz und gar nicht.

Worüber waren sie so aufgebracht? Vielleicht hätte ich die Nachricht über den toten Troglodyten ein bisschen sanfter überbringen sollen.

Ein lautes Zischen ertönte vom Thron und die Unruhe legte sich langsam. Rauch hing in der Luft über uns – ein Schatten der starken Emotionen, die uns gerade noch umgeben hatten. Diese immense Kraft hatte etwas unglaublich Zermürbendes.

Ich umarmte den gähnenden Nasataa fester. Seltsamerweise war der kleine Drache in Aturas Armen immer noch völlig ruhig.

Stille.

Nach langen Momenten, in denen die Drachen konzentriert wirkten, als hörten sie jemandem zu, drehte sich der Ilerioc um und übersetzte.

"Es ist eine vorläufige Entscheidung getroffen worden. Ihr werdet eure Drachenjungen abtreten."

"Natürlich", sagte Atura und bot ihren Drachen dem Ilerioc an. "Was immer die Königin wünscht. Mein Felrok ist gerne bereit zu dienen."

Meine Ilerioc griff nach Nasataa, doch ich trat einen Schritt zurück und hielt meinen Stab schützend vor mich. Sie durften Nasataa nicht nehmen. Ich konnte sehen, dass ihre Emotionen immer noch kochten. Aber ich traute ihnen nicht mit Nasataa. Womöglich betrachteten sie ihn als Verbrecher und sperrten ihn ein, wie sie es mit Heron getan hatten.

Es herrschte Stille um uns herum und dann stürmten Ileriocs von allen Seiten herbei. Ich glaubte, Jeriath in einem von ihnen zu erkennen. Sie alle trugen Drachenstäbe, genau wie ich, und umkreisten Atura und mich.

Ich beobachtete sie verwirrt. Wenn sie mir Nasataa wegnehmen wollten, konnte ich es nicht mit so vielen Kämpfern aufnehmen, aber das schienen sie gar nicht zu wollen.

Aturas Ilerioc reichte ihren Felrok zurück und meine sagte ruhig: "Es wurde beschlossen, dass ihr euch um eure Drachenjungen kümmert... vorerst."

Warum sollten sie nach ihm fragen, wenn sie ihn mir dann doch einfach überließen? Ich sah mich verwirrt um.

"Es war ein Test", flüsterte mir Jeriath zu.

Aber hatte ich ihn bestanden oder nicht?

"Prinz Taoslil hat beschlossen, dass ihr unter unserem Schutz steht, solange diese Angelegenheit entschieden wird. Du kommst in die Obhut der Ilerioc-Garde der Weißen, Seleska. Atura, die Ilerioc-Garde der Roten übernimmt deinen Schutz. Sie bleiben während der nächsten Prüfung an eurer Seite."

Nun, immerhin nahmen sie mir Nasataa nicht weg. Und immerhin schien Jeriath zu versuchen, ein bisschen zu helfen.

"Der Beschützer eines Drachenjungen sollte nicht feige sein", sagte meine Übersetzerin.

"Die nächste Prüfung wird deinen Mut testen, um zu sehen, ob du stark genug bist, um dich um ein Drachenjunges zu kümmern."

Das klang nicht gut.

"Du wirst diese Stiefel ausziehen und mir deinen Stab geben."

Widerwillig reichte ich ihr den Stab und zog meine Stiefel aus. Es machte mir nichts aus, barfuß zu sein. Wenn ich ehrlich war, hatte ich die Nase voll von diesen hochhackigen Stiefeln. Von mir aus konnten sie sie für immer von der Kante des Wasserfalls stoßen.

"Die nächste Aufgabe wird gefährlich sein. Ihr solltet eure Drachen nicht bitten, sie mit euch zu erledigen. Was, wenn sie verletzt werden würden?"

Wollten sie mich nur austricksen, um Nasataa doch noch zu nehmen? Er klammerte sich so fest an meinen Hals, dass ich ein wenig würgte.

"Ich werde den Drachenjungen für dich in meine Obhut nehmen", bot Jeriath mit nüchternem Blick an. "Ich schwöre dir, dass ihm nichts zustößt, und ich werde ihn dir zurückgeben, wenn du deine Aufgabe erfüllt hast."

Konnte ich ihm vertrauen? Ich biss mir auf die Lippe und dachte nach.

Mir gegenüber übergab Atura gerade ihr Drachen. Ich war mir ziemlich sicher, dass mit ihm irgendetwas nicht stimme. Wie ließ er sich so leicht weggeben?

Ich zog Nasataa von meinem Hals und drückte ihn für einen Moment an meine Brust. "Hör zu, ich bin bald wieder da. Aber du musst bei Jeriath bleiben. Er wird sich um dich kümmern, solange ich weg bin."

Nasataa schnatterte und neigte den Kopf zur Seite.

"Mir wird es gut gehen und dir auch, aber du musst mir versprechen, dass du bei Jeriath brav bist."

Nasataa stieß eine schmerzlose Stichflamme gegen meine Hand aus.

"Kein Feuer. Kein Weglaufen. Und du frisst ihm das Tuch nicht vom Gesicht."

Nasataa schien zu kichern. Oder bildete ich mir das nur ein? Aber er sprang direkt in Jeriaths Arme und kletterte auf seine Schultern. Jeriath riss die Augen auf. Wahrscheinlich hatte er Angst, dass Nasataa wirklich sein Tuch fressen würde. Ich musste laut lachen, zutrauen würde ich es dem kleinen Schlingel.

"Sei brav, versprochen?" sagte ich und küsste Nasataa auf die Stirn, bevor ich der Übersetzerin zu den Klippen über der Stadt folgte.

Dieser Teil gefiel mir nicht. Warum mussten wir so nah am Abgrund stehen?

Aturas Übersetzer hatte sie bereits auf eine offene Brücke geführt, die den oberen Teil der Wasserfälle überspannte. Sie hielten genau in der Mitte an und warteten auf uns. Der Nebel machte die Brücke glitschig und ich war dankbar, die wackeligen Stiefel ausgezogen zu haben.

Ich erreichte Atura und es herrschte wieder Stille.

Ich begann zu begreifen, dass die Drachen auf eine Weise in ihren Gedanken sprachen, die wir nicht hören können.

"Auf Geheiß der Königin werdet ihr von der Kante dieses Wasserfalls springen, um Haz'drazen euren Mut zu beweisen. Wenn ihr scheitert, endet eure Reise hier."

65

Immerhin hatte ich mir ein Abenteuer gewünscht! Von Wasserfällen in die Tiefe zu springen, deren Boden ich nicht einmal sehen konnte, war zweifellos ein Abenteuer.

Man sollte meinen, dass die Drachen sich mehr Sorgen um die vermissten Troglodyten machen sollten als darum, uns zu prüfen, aber sie setzten ihre Prioritäten anders als ich. Aber vielleicht drehten sich auch ihre mir verborgenen Gespräche um das Thema.

Mein Herz klopfte so stark, dass ich kaum denken konnte, und der Atem blieb mir im Hals stecken. Ich konnte unter Wasser atmen. Ich konnte mich tief im Meer warmhalten. Was ich nicht konnte, war, tiefe Stürze zu überleben - oder zu fliegen.

"Auf mein Kommando springst du", riefen unsere Ileriocs gleichzeitig. Hinter uns ertönte ein Knurren aus den Kehlen unzähliger Drachen, das wie ein Donnerschlag durch die Luft dröhnte.

Meine Eingeweide drehten sich um und meine Beine zitterten. Ich war kurz davor, mich zu übergeben.

"Drei."

Wollte ich wirklich springen? War ich bereit, für diese Sache zu sterben? Das war verrückt!

"Zwei."

Aber wenn ich das nicht tat, verlor ich und Nasataa würde mir weggenommen werden und wer wusste, ob ich dann Herons Freiheit aushandeln konnte und ...

"Eins."

... und Atura würde die Prüfung bestehen. Und außerdem musste es einen Trick dabei geben. Sie hatten doch nicht wirklich vor, uns beide sterben zu lassen, oder?

"Spring!"

Atura sprang zuerst. Himmel und Sterne, dieses Mädchen war in allem besser als ich! Ich konnte nicht zulassen, dass sie mich auch hier schlug!

Ich schloss die Augen und sprang. Ich streckte mich, drehte mich um, breitete meine Arme aus und stürzte kopfüber in die Tiefe.

In ein paar Sekunden würde ich sterben.

Mir raste das Herz.

Ein paar Sekunden noch und ich starb.

Tränten mir die Augen, weil mir im Fallen die Luft ins Gesicht schnitt?

Gleich starb ich.

Schrie ich? Oder war das Atura?

Noch lebte ich!

Ein weißer Körper mit einer hauchdünnen, durchsichtigen Mähne erhob sich unter mir durch die Gischt des Wasserfalls und flog schnell auf mich zu! Ich würde auf ihn prallen!

Meine Hände griffen nach der Mähne, um sich festzuhalten. Ich hörte nichts, außer meinem rasenden Herzen. Ich schmeckte Blut und mein Kopf drehte sich, ich fühlte mich nur noch krank.

Wer war auf diese geniale Idee gekommen? Spring einfach von einer Klippe. Das wird alles klären.

Aber es war zweifellos ein Abenteuer gewesen.

Wir flogen durch die Gischt des Wasserfalls, der weiße Drache raste in den Himmel und ich klammerte mich immer noch in Todesangst an ihn. Ich erwartete, dass er auf dem Gipfel landete, wo Haz'drazen Hof hielt, aber stattdessen stieg er hoch in die Luft und raste auf das andere Ende der Stadt zu.

Ich hätte wohl Angst haben müssen.

Stattdessen erfüllte mich ein Hochgefühl. Ich war am Leben. Und ich ritt auf einem Drachen. Ohne Sattel und Gurt, ohne jemanden, der ihn führte, nur von Luft umgeben. Wir rasten auf die Sonne zu und dann senkte der Drache sich in die Tiefe.

Ich schrie. Vor Freude.

Wir stürzten zusammen in die Tiefe. Der Drache raste in Richtung der Stadt unter uns und gerade als ich dachte, wir würden aufprallen, zog er mit mir wieder hoch.

Ich lachte hemmungslos.

Das war die Art von Abenteuer, nach der ich mich gesehnt hatte. Ich ritt auf einem Drachen durch die Wolken, und unser Hochgefühl nährte sich gegenseitig, sodass sich meine Freude mit seiner vermischte.

Ich kicherte, als er mit seinem Schwanz neckisch in Richtung einer Gruppe junger Drachen in einem Nest schnippte.

Das war herrlich, perfekt, fantastisch. Mir gingen die Worte dafür aus.

Wer war dieses großartige, lebenslustige Tier? Ich hatte gedacht, die Weißen wären alle Spießer, die strikt ihrem Protokoll folgten.

Oh, wir mögen unser Protokoll.

Ich kreischte vor Freude über seine Stimme in meinem Kopf. Ich hatte gedacht, dass sie nicht gerne mit Menschen sprachen.

Das tun wir auch nicht. Aber ich mag dich. Du bist anders. Und ich merke, ich bin nicht der erste Drache, mit dem du sprichst. War es ein Goldener?

Ramariri! Mein geliebter Drachenretter.

Ich habe ihn gekannt. Er war ein alter Haudegen. Er hat dich gerettet, oder?

"Er war wunderbar. Der beste aller Drachen."

Ich spürte ein Lachen und versuchte, das Gefühl festzuhalten. Es war, als würde ich mir die Seele aus dem Leib lachen. Ich grinste von einem Ohr zum anderen.

Und die Stimme eines Blauen bemerke ich auch. Er ist mächtig.

"Und wertvoll."

Auch das.

Wer war dieser Weiße Drache, der mit allen Konventionen brach und zu mir sprach? Und mein Leben gerettet hatte – ich konnte ihm nicht genug dafür danken.

Kein Dank nötig. Wir haben beide unsere Rollen in dem Ritual gespielt und aus irgendeinem Grund haben die weißen Ileriocs beschlossen, sich deiner anzunehmen, obwohl sie keine Unterstützung der weißen Drachen hatten. Das hat mich fasziniert, also habe ich angeboten, dich aufzufangen. Jetzt weiß ich, warum. Deine gute Laune ist ansteckend.

Ich bin Taoslil, Sohn von Haz'drazen, Prinz der Drachen. Und dein Freund. Was auch immer bei diesen Prüfungen passiert, du wirst einen Platz in meinem Nest haben.

Nun, das war tröstlich. Aber was war mit Nasataa.

Nasataa ist hier immer willkommen gewesen. Er ist einer von uns.

Ich spürte einen Funken Hoffnung.

Wir landeten unter dem tosenden Jubel der Drachen um uns herum auf der Plattform und ich konnte mir ein breites Grinsen nicht verkneifen.

Es verging mir erst, als ich sah, dass Atura bereits mit verschränkten Armen dastand. Was hatte das zu bedeuten?

66

Kaum hatte ich Nasataa gefangen, der auf mich zugesprungen war, mein Haar aus seinem Zähnen befreit und meinen Drachenstab genommen, eilte meine Ilerioc-Übersetzerin herbei.

"Es wird eine weitere Prüfung stattfinden", sagte sie. "Aber die Drachen wissen, wie zerbrechlich Drachenjungen und Menschen sind. Wir werden euch etwas zu essen geben und dafür sorgen, dass du vor der nächsten Herausforderung ausgeruht bist."

Ich warf einen Blick auf Taoslil. Er näherte sich Haz'drazens Thron und kümmerte sich bereits um andere Dinge. Er würde mir nicht verraten, was als nächstes auf mich zukam.

Fürchte dich nicht. Ich werde mich für dich einsetzen. Folge den Ileriocs und ruh dich aus.

Ich gehorchte, nickte meiner Übersetzerin zu und folgte ihr zum Rand der Klippe. Diesmal führte sie mich zu einer schmalen, in den Fels gehauenen Treppe. Mir stockte der Atem beim Anblick der steilen Treppe, aber weshalb sollte ich Angst haben? War ich nicht gerade erst von dieser Klippe gesprungen und hatte überlebt? Aber um ehrlich zu sein, hatte ich das Taoslil zu verdanken. Mein Herz schlug höher beim Gedanken an den Flug. Niemals würde ich das vergessen.

Ich auch nicht. Ich hatte keine Ahnung, dass Menschen so unterhaltsam sein können. Das erklärt eine Menge über meinen Bruder.

Sein Bruder?

Aber er sprach nicht weiter und es kostete mich meine ganze Konzentration, meiner Ilerioc die engen, steilen Stufen hinunter zu folgen. Ich war froh, dass ich die Stiefel nicht wieder angezogen hatte. Ich hatte sie einfach liegen lassen. Die Zeit, in der ich unbedingt ein solches Paar Stiefel haben wollte, schien eine Ewigkeit her zu sein. Jetzt wollte ich nur noch lebend hier herauskommen.

Wir mussten nicht weit gehen. Bald erreichten wir einen Treppenabsatz und eine Tür im Felsen. Mein Ilerioc führte mich hinein.

"Dies ist die Wohnstätte der Ilerioc, also zeige bitte Respekt. Wir bieten dir die Gastfreundschaft unseres Hauses für einen kurzen Aufenthalt an."

Hinter der Tür eröffnete sich mir ein Raum mit einer langen Reihe von Fenstern, die in die Felswand gemeißelt waren und den Blick auf die Stadt freigaben. Auf niedrigen Tischen standen Speisen und Getränke und ringsherum standen Stühle, aber der Raum sah nicht so aus, als diente er üblicherweise als Esszimmer. Als hätte sie meine Gedanken gelesen, erklärte sie.

"Normalerweise ist dies der Warteraum für diejenigen, die auf eine Audienz bei Haz'drazen warten. Heute bleibt ihr bitte nur in diesem Raum, ihr könnt das Badezimmer nebenan benutzen."

Auf der anderen Seite des Raums sah ich meine Ilerioc-Übersetzerin mit Jeriath an der Tür stehen. Er nickte mir zu.

Am Tisch saßen zwei fremde Menschen, die mich ansahen, als warteten sie darauf, dass ich mich zu ihnen gesellte. Sie waren keine Ileriocs. Ihre Köpfe und Gesichter waren unbedeckt und einer der Männer - ein alter, Mann mit wettergegerbtem Gesicht - trug sein graues, langes Haar in kleinen Zöpfen mit eingeflochtenen Federn und Perlen. Beide Männer trugen enganliegende schwarze Lederkleidung mit bunten Tüchern, die um Handgelenke, Ellbogen und Taille gebunden waren. Der eine - ein blonder Mann - trug goldene Schals und die Schals des alten Mannes waren violett.

"Hallo", sagte ich unsicher und setzte Nasataa an einem Ende des Tisches ab. Prompt stürzte er sich auf einen Teller mit Fleisch und verschlang es ohne zu kauen. Er sollte vorsichtig sein. Ich stellte mir vor, wie er stöhnend vor Bauchschmerzen auf dem Boden lag, und teilte diesen Gedanken mit ihm, aber er ignorierte mich.

"Mein Name ist Gerond Carthauler", lächelte der Mann mit dem blonden Haar. "Du bist Seleska und das ist Nasataa?"

"Ja", sagte ich unsicher und nahm mir Wasser und Essen. Was auch immer sie zu sagen hatten, ich würde es mir anhören, während ich aß. Ich hatte schon seit Tagen nichts mehr gegessen und mein Bauch knurrte wütend.

Der blonde Mann lächelte. "Ich bin ein Drachenreiter der Farbe Gold - ein Botschafter des Dominion. Ich habe heute bei deiner Prüfung zugesehen."

Ich versuchte zu lächeln und nickte, um ihm zu zeigen, dass er weitersprechen konnte.

"Der Dominar hat mich hierhergeschickt, um deine Ankunft zu bezeugen. Sie hat in einem Traum gesehen, dass ein junger Drache mit einer unerfahrenen Beschützerin ankommen würde und dass dieser Drache der Schlüssel zur Rettung unserer Welt sein würde."

Ich sah ihn scharf an und er lächelte. Ich schluckte mein Essen hastig hinunter, damit ich sprechen konnte.

"Und warum sprichst du mit mir? Du weißt, dass die Drachen noch nicht entschieden haben, wer der wahre Auserwählte und ihre Beschützerin sind."

"Ah, aber wir sind hier, um dem wahren Auserwählten die Unterstützung des Dominions zukommen zu lassen."

"Und weshalb glaubst du, dass das Nasataa ist?" drängte ich.

"Der Drache des Dominars sagte ihr, der wahre Auserwählte sei, wessen Beschützerin von seinem Bruder aufgefangen werden würde. Und das warst du."

"Oh", sagte ich und fühlte mich dumm, weil ich nichts Besseres zu sagen hatte. "Ähm, danke. Es ist so nett von dir, dass du mir deine Hilfe anbietest, aber ich weiß nicht, wie du..."

"Wir bieten dir einen Mentor an. Jemanden, der dir etwas über Drachen beibringt und dir bei all dem hilft", sagte Gerond.

"Oh, ich bin sicher, du hast Besseres zu tun, als mir zu helfen", sagte ich und lief rot an. Gerond schien eine sehr wichtige Person zu sein und ich fühlte mich unglaublich unwohl bei dem Gedanken, ihm zur Last zu fallen.

Er grinste: "Oh, das habe ich tatsächlich." Er klopfte dem alten Mann auf die Schulter. "Aber Hubric Wolkenwandler hier hat nichts Wichtigeres zu tun, oder, Hubric?"

67

Hubric schnaubte und sein wettergegerbtes Gesicht verzog sich zu einem Grinsen.

"Ich kann für mich selbst sprechen, Gerond."

"Ich bin mir nicht sicher, ob irgendjemand wirklich mein Mentor sein will", sagte ich und bediente mich am Obst, während Nasataa sich ein ganzes Brathähnchen schnappte, es knurrend umkreiste und es dann an einem Bein packte und durchschüttelte. Ein toller Jäger. "Meine letzte Mentorin ist gestorben, nachdem ihr Drache getötet wurde, und der davor ist gestorben, nachdem er mir das Leben gerettet hat." Ich versuchte, meinen Tonfall locker zu halten, aber ich hatte einen Kloß im Hals. "Können wir auch ohne Mentorenschaft einfach nur Freunde sein?"

"Nein", sagte Hubric unwirsch. "Und ich lasse mich nicht so leicht umbringen, also wirst du auch nicht so leicht aus der Sache herauskommen.

"Kannst du auch unter Wasser atmen? Wenn nicht, könntest du Schwierigkeiten haben, mitzuhalten", sagte ich und lachte innerlich. Der alte Mann knurrte nur und ich merkte, dass er trotz seines rauen Auftretens im Inneren einen weichen Kern hatte. Mit der Zeit ließ sich das wahrscheinlich aus ihm herauskitzeln.

"Ich weiß es nicht. Aber mitzuhalten wird kein Problem sein."

"Wie schade", sagte ich mit meinem unschuldigsten Blick. "Wir verbringen viel Zeit unter Wasser. Ich nehme an, du wirst viel Zeit zum Schlafen brauchen, oder?"

"Schlafen?"

"Schlafen alte Menschen nicht viel? Die alte Janatha im Dorf verbringt die meiste Zeit mit Schlafen oder Suppe trinken."

Er schnaubte irritiert. Ich versteckte mein Grinsen hinter einem riesigen Stück Melone.

"So alt bin ich noch nicht!" stotterte er.

"Ich würde es nur ungern sehen, wenn du deine kostbare Zeit damit verschwendest, an Land Däumchen zu drehen, während ich unter Wasser bin. Vielleicht verdienst du jemand besseren als Schützling?" Ich zwinkerte ihn unschuldig an. Ich brauchte keinen Aufpasser. Und mir gefiel der Gedanke nicht, noch eine weitere Person in Gefahr zu bringen.

Er schnaubte. "Netter Versuch, kleines Mädchen. Wir haben Geräte, die es ermöglichen, unter Wasser zu atmen."

"Wie die Kiemenmasken der Felsenkrieger?" fragte ich unschuldig.

Seine Augen verengten sich für einen Moment und dann lachte er. "Ich werde dich mögen. Ich dachte, meine letzten beiden Schützlinge waren eine Herausforderung, aber du wirst mich auf Trab halten, nicht wahr?"

"Ich weiß nicht, was du meinst", sagte ich und lächelte breit. Ich fing an, den alten Mann zu mögen. "Aber wenn du mir wirklich helfen willst, kannst du damit anfangen, Heron zu befreien."

"Heron?"

"Mein Freund. Er hat mir das Leben gerettet, aber die Drachen halten ihn gefangen."

"Nun", setzte Hubric an, aber ein Donnern im Boden unter uns unterbrach ihn. Wir hielten alle inne und lauschten.

Das Donnern wurde intensiver und wurde von Minute zu Minute lauter und heftiger. War das ein Erdbeben? In unserem Dorf gab es Legenden über solche Beben - schreckliche Ereignisse, bei denen die Grundfesten der Welt erschüttert und bewegt wurden. Niemand wusste, was sie verursachte. Die Ältesten sagten, dass ihre Großeltern einmal eines gespürt hatten. Es hatte jedes Haus auf der Insel erschüttert.

"Was zum..." begann Gerond, aber ich war schon in Bewegung.

In der Nähe stand ein Korb mit einem Deckel. Es war nicht meine Tasche, aber er würde reichen. Hektisch füllte ich ihn mit so viel Essen und Wasserbeuteln, wie ich hineinstopfen konnte.

Dieses Mal wollte ich nicht ohne Proviant auf der Flucht sein.

Hubric war als Erster abmarschbereit. Er hatte den Griff seines Kurzschwerts gepackt und ich griff nach meinem Drachenstab. Die Ilerioc-Garde der Weißen kam auf uns zu.

"Wir müssen tiefer in den Berg, solange wir noch können", sagte Jeriath. "So lauten unsere Befehle."

"Werdet ihr das Mädchen und das Drachenjunge beschützen?" fragte Gerond eindringlich.

"Das werden wir. Und die Ilerioc-Wache der Roten wird das andereMädchen und ihren Drachen beschützen. Wir wissen nicht, wer von den beiden der Auserwählte und seine Beschützerin ist."

Gut zu wissen, dass Atura von bewaffneten Wachen umgeben war.

Gerond nickte zügig und eilte zur Tür. Ich sah ihm nach. Er wirkte wie ein guter Kämpfer, so einen könnten wir doch im Moment gut gebrauchen.

"Mach dir keine Sorgen um Gerond", sagte Hubric unwirsch. "Er landet immer auf seinen Füßen."

"Was ist mit dir?" fragte ich herausfordernd.

Hubric bellte ein Lachen. "Ich lande immer auf den Füßen von jemand anderem."

Um ihn herum kicherten die Ilerioc-Wachen unter ihren Schleiern.

"Kommt mit", sagte Jeriath und führte uns zu einem Wandgemälde im hinteren Teil des Raumes. Er zog an einem Hebel, es klappte zur Seite und gab einen Durchgang und eine Treppe nach unten frei. "Wir müssen uns beeilen. Ich weiß nicht, was hier los ist, aber meine Anweisungen sind klar. Ich soll euch in die unteren Etagen bringen und auf weitere Befehle warten."

Beim ersten Schritt zur Tür bebte der Boden erneut und warf ihn gegen die Wand. Ich konnte mich nur mit Mühe auf den Beinen halten. Was war da draußen los? Das war wohl kein einfaches Erdbeben, oder?

Ich hatte gar nicht bemerkt, dass ich das laut gefragt hatte, bis Hubric antwortete.

"Ich glaube nicht, dass es sich um ein Erdbeben oder gar einen Vulkanausbruch handelt. Ich glaube, es ist etwas anderes - eine lange unbezahlte Schuld. Eine Abrechnung, die fällig wird."

Und bei seinen Worten konnte ich nicht verhindern, dass mir ein Schauer über den Rücken lief.

68

Zwei Schritte nachdem wir durch die Tür gegangen waren, nahm Hubric mir sanft den Korb ab und flüsterte mir beim Gehen zu.

"Ich kenne die Versuchung, zu behalten, was man kriegen kann, Seleska, aber das wird dich nur ausbremsen. Du hast schon alle Hände voll zu tun, um das Drachenjunge zu beschützen, meinst du nicht?"

Widerwillig ließ ich den Korb stehen. Ich musste mich um Nasataa kümmern, da hatte er Recht. Ich strich ihm mit einem Finger über den Kopf und folgte Jeriath und zwei anderen Ilerioc-Wachen weiter die Treppe hinunter.

Nasataa gab verwirrte Geräusche von sich und bewegte sich nervös über meine Schultern und verlagerte ständig sein Gewicht.

"Ist schon gut, Kleiner", sagte ich sanft, aber seine Gedanken machten mir Sorgen. War er in Ordnung?

Hubric beobachtete mich wortlos und ich spürte, wie ich dabei rot anlief. Dachte er, ich sei nicht gut genug, um Nasataa zu bewachen? Ganz ehrlich, dachte ich das nicht auch?

Mir fehlte es an Erfahrung und Ausbildung.

Und ich war jung. Hubric konnte wahrscheinlich im Schlaf kämpfen und hatte eine Menge Lebenserfahrung.

Aber ich wollte mich davon nicht unterkriegen lassen. Ich war die richtige Person, um auf Nasataa aufzupassen, weil ich ihn am meisten liebte und weil ich ihn niemals verlassen oder zulassen würde, dass ihm etwas zustieß, solange mein Herz schlug und ich noch Atem in meinen Lungen hatte. Der Gedanke zauberte ein zuversichtliches Lächeln auf meine Lippen. Wenn ich lernen musste, eine große Kriegerin zu sein, um mich um meinen kleinen Teufel zu kümmern, dann würde ich das tun.

Ich mochte das als Spitzname. Teufel. Was denkst du, Nasataa?

Er schnappte in die Luft.

Ja! Es gefiel ihm!

Die Treppe bebte erneut und ich stolperte die letzte Stufe hinunter auf einen überfüllten Treppenabsatz, den ich nicht gesehen hatte, weil Jeriath mir die Sicht versperrt hatte. Ich rutschte auf dem glatten Steinboden des Treppenabsatzes aus und stolperte kopfüber in rotes Leder. Ich griff nach der anderen Person, um mich aufzurichten, und spürte, wie ich etwas von ihr losriss.

Ich fand mein Gleichgewicht wieder und fand mich Atura gegenüber. Sie sah mich finster an und beugte sich dann so schnell vor, dass ich erschrak, doch sie zischte mir nur ins Ohr.

"Gib mir einen Grund und ich töte dich."

Sie wich zurück und schenkte mir dann ein Lächeln, das sie wohl für sympathisch hielt. Ich ballte die Fäuste zusammen und beherrschte mich.

"Ich bin so froh, dass wir dich gefunden haben", sagte sie in einem Ton, dem ich überhaupt nicht traute. "Was auch immer hier passiert, es ist so gefährlich. Es ist gut, dass wir zusammen sind!"

Ja. Gut. Halte dir deine Freunde nahe und deine Feinde näher, richtig? Nur hatte ich vorher noch nie Feinde gehabt. Na ja, außer meinem Cousin und seinen Piraten.

"Und wir brauchen dich Seleska, denn auch du tauchst in den Prophezeiungen auf", sagte sie unschuldig. "Du wirst dein Leben für den Auserwählten opfern, Seleska."

Nasataa zischte und Hubric trat mit trockenem Gesichtsausdruck zwischen uns.

"Wenn ihr mit dem Kennenlernen fertig seid, können wir vielleicht weiter fliehen?"

Unsere Wachen waren bereits auf dem Weg zur nächsten Treppe, die in die Dunkelheit darunter führte. Fackeln säumten die Wände der Treppe.

In mir kochte es. Ich sollte mich um die Sicherheit von Nasataa kümmern, aber stattdessen ließ ich zu, dass Atura mir weiterhin ein Dorn im Auge blieb.

"Können wir zu Heron gehen?" fragte ich und suchte Jeriaths Blick, bevor er die Treppe hinunter verschwand. "Er sollte in so einer Situation nicht eingesperrt sein."

"Wir müssen weiter", sagte der Ilerioc hinter seinem Schleier.

"Bitte", bohrte ich nach. "Wenn alles schief geht, kann er nicht einmal davonlaufen."

Er seufzte. "Unser Weg wird uns in die Nähe des Ortes führen, an dem er... festgehalten wird. Ich werde dann eine Entscheidung treffen."

Er hatte also diese Art von Macht, ja? Ich schlich mich etwas näher an ihn heran und lächelte aufmunternd. Wenn ich in seiner Nähe blieb, würde er mein Anliegen nicht vergessen.

Er schüttelte den Kopf und schlüpfte die Treppe hinunter, und ich folgte dicht hinter ihm.

Wenn ich jetzt nicht an Heron dachte, tat es niemand, und wenn dieser Vulkan wirklich ausbrach oder es ein Erdbeben gab, musste er mit uns fliehen. Es fiel mir schwer zu glauben, dass dieses Beben etwas anderes war als eine bevorstehende Naturkatastrophe, trotz Hubrics gruseligen Worten über Schulden und Abrechnungen. Das erinnerte mich daran, dass ich etwas in der Hand hielt, das ich vorhin von Atura losgerissen hatte.

Es war ein kleiner, zugenähter Lederbeutel. Vorsichtig löste ich die Nähte auf.

"Was hast du da in der Hand, Seleska?" fragte Atura und schlich sich heran.

Ein kleiner Stein, nicht größer als ein Fingernagel, glitt aus dem Beutel in meine Hand und die Erde unter uns bebte erneut. Auf ihm glühte eine helle Rune.

"Zeig mir deine Hand!", forderte sie.

Das wollte ich nicht. Ich wollte mehr über diesen Stein wissen. Ich konnte ihn unter meiner Zunge verstecken, ihr eine leere Hand zeigen und ihn im Nu wieder ausspucken. Er fühlte sich seltsam – fast warm – in meinem Mund an.

"Zeig her!"

Sie packte mich und schleuderte mich gegen die Wand und ich hob meine leere Hand.

Vor Überraschung atmete ich den Stein ein und hustete, doch er blieb mir im Hals stecken und wanderte mir die Kehle hinunter.

Ich hatte ihn verschluckt.

Und ich hatte keine Ahnung, was er bewirkte.

69

"Haltet die Klappe!" zischte Jeriath und Atura war mit einem Mal still. "Hört ihr das?"

Wieder war ein Rumpeln zu hören, aber schwächer. Und dieses Mal war es das Geräusch von Felsen, die auf Felsen schabten.

Ich erschauderte und erinnerte mich an das letzte Mal, als ich dieses Geräusch gehört hatte, bei den Troglodyten. Aturas Blick traf meinen und hinter ihrer gespielten Besorgnis sah ich Zufriedenheit. Ihre Handfläche war gegen die Felswand gepresst, als tastete sie nach etwas.

Sie war doch nicht... Sie war doch nicht die Ursache dafür, oder?

"Das kam aus der Nähe", murmelte Jeriath. "Wir sollten besser still sein."

Der Anführer der roten Ilerioc nickte zügig und schritt als Erster die Treppe hinunter.

Wir folgten ihm und drückten uns auf der engen Treppe aneinander. Sorge machte sich mit jedem Schritt breiter in mir. Atura lief vor mir und ich konnte nicht über ihren Kopf hinwegsehen. Sie trug immer noch hochhackige Stiefel wie die, die ich zurückgelassen hatte, und sie war größer als ich. Alles, was ich sehen konnte, war ihr Rücken.

Wenn ich hinter mich blickte, sah ich Hubric, der finster dreinblickte und sich ab und zu nachdenklich das Kinn rieb. Jedes Mal, wenn ich zurücksah, trafen sich unsere Blicke und seine Augenbrauen hoben sich fragend. Hatte er mich vorhin gesehen? Die Art und Weise, wie ich den Stein in meinem Mund versteckt hatte, war mir peinlich. Wie alt war ich? Sechs?

Schlimmer noch, ich hatte ihn geschluckt und spürte immer noch, wie er sich langsam seinen Weg in meinen Magen bahnte. Er hinterließ ein seltsames, heißes Gefühl. War das einer der magischen Steine, denen die Felsenkrieger ihren scheußlichen Namen zu verdanken hatten? Und wenn ja, über welche Kräfte verfügte er? Atura hatte gesagt, ihr Stein entfaltete seine vollen Kräfte, sobald sie ihm genug geopfert hatte. Was, wenn er für einen Feind bestimmt gewesen war? Wenn er etwas Gutes bewirkte, hätte sie ihn dann nicht schon verschluckt?

Wir erreichten einen weiteren Treppenabsatz, der sich in vier Richtungen verzweigte. Jeriath und der Anführer der roten Ilerioc-Garde nickten einander zu und gaben einander Handzeichen, woraufhin jeweils zwei ihrer Wachen die Treppen hinunterliefen. Einer von ihnen kam Sekunden später kopfschüttelnd zurück.

Jeriath kniff hinter seinem Tuch die Augen zusammen. Ich hasste diese Tücher, die es so schwer machten, die Emotionen ihrer Träger zu erraten.

Hubric lehnte sich nah an mich heran und flüsterte mir ins Ohr – schon wieder wirkte es, als lese er meine Gedanken!

"Als Haz seine Diener zu den Drachen geschickt hat, haben sie geschworen, nie wieder ihr Gesicht als freie Menschen zu zeigen. Das Volk der Ilerioc ehrt bis heute diesen Schwur, indem es Kopf und Gesicht immer bedeckt hält. Ich respektiere Menschen, die ihr Gelübde einhalten."

Ich nickte. Aber es war trotzdem frustrierend, ihre Gesichter nicht zu sehen. Und es musste heiß sein unter dem ganzen Stoff. Ich hoffte, dass ich nie Versprechen abgeben musste, die mich und meine Nachkommen so einschränkten.

Zwei weitere Gruppen kamen zurück und schüttelten beide den Kopf.

"Die Treppen sind blockiert?" fragte Hubric.

"Fallendes Gestein", antwortete Jeriath kurz.

Einen Moment später winkte der vierte Spähtrupp von der Treppe aus und wir folgten Jeriath die Treppe hinunter.

"Es gibt nur einen Weg nach draußen, aber der ist lange", protestierte der Wächter. "Wir sollten umkehren."

"Ich habe strikte Anweisungen erhalten", winkte Jeriath ab.

"Wir müssen uns entscheiden, wen wir für den Auserwählten halten, wenn wir diesen Weg gehen, und seine Beschützerin muss ihr Gelübde ablegen. Dafür sind sie doch überhaupt erst hier!"

"Sie kann ihr Gelübde hier ablegen", sagte Jeriath.

"Aber es sollte vor Haz'drazen und dem Rat geschehen."

Wir hörten alle zu, ohne zu wissen, worüber sie sprachen.

"Ich werde jedes Gelübde ablegen, das nötig ist", sagte Atura kühn. "Ich bin die wahre Beschützerin. Wie die Prophezeiungen verkünden, wurde ich als Kind von einem Drachen gerettet."

Moment? Dasstand in den Prophezeiungen?

"Wirklich?" fragte Hubric trocken. Er glaubte ihr nicht? Ich ja auch nicht. Atura würde alles sagen, um zu bekommen, was sie wollte. Als wir uns das erste Mal getroffen hatten, hatte sie mich lebendig verbrennen wollen. Wenn sie das nicht immer noch wollte. Sie hatte nicht gerade subtil angedeutet, dass sie mich tot sehen wollte.

"Ich wurde von einem riesigen Blauen Drachen von einem sinkenden Schiff gerettet. Er hat mich auf seinem Rücken an Land getragen. Das steht doch so in euren Prophezeiungen, oder?", fragte sie.

Mein Ilerioc und die rote Ilerioc-Wache schnaubten, als hätten sie einen Schlag in den Bauch bekommen.

"Ich dachte, diese Prophezeiungen seien nur einigen wenigen bekannt", sagte Hubric.

"Das sind sie", sagte Jeriath in einem Tonfall, als fluchte er. "Wie hast du von ihnen gehört?"

"Der Drache des Dominars, Raolcan, hat es mir verraten, als ich auf diese Mission geschickt wurde."

Jeriath murmelte etwas, aber jetzt klang er beinahe ehrfürchtig. "Dann ist sie, wenn ihre Worte wahr sind, die wahre Beschützerin des Auserwählten und muss ihr Gelübde ablegen." Er warf mir einen strengen Blick zu. "Und ich habe mich geirrt."

Ich spürte, wie ich rot anlief, aber es kam mir albern vor, mich jetzt zu Wort zu melden. Würde mir jemand glauben, dass ich auch als Kind von einem Drachen gerettet worden war?

Doch was zählte es, wenn die Lügnerin Atura ein Gelübde ablegte, das ihr egal war? Ich legte meine Hand auf mein Herz und dankte noch einmal im Stillen meinem alten Freund Ramariri.

"Ramariri", dachte ich. "Ich verspreche, dass ich den kleinen Nasataa beschützen und ihn bei seiner Bestimmung unterstützen werde. So wie du mich beschützt hast. Für dein Andenken. Für dein Opfer."

70

Und das war das Gelübde, über das sie sprechen.

Die fremde Stimme riss mich aus meinen Gedanken und ich keuchte. Wer war das?

Taoslil. Entschuldigung. Ich sollte nicht in fremden Gehirnen spionieren. Normalerweise tun wir so etwas nicht, aber ich habe gehört, wie du das Gelübde abgelegt hast – deine Gedanken waren so intensiv wie die eines Drachen. Das Gelübde ungefragt abzulegen - für mich bedeutet das, dass du die rechtmäßige Beschützerin dieses Drachenjungen bist.

Konnte er uns helfen, Nasataa in Sicherheit zu bringen?

Nicht jetzt. Wir werden angegriffen. Alle wehrfähigen Drachen müssen kämpfen. Aber mach dir keine Sorgen. Deine Ilerioc-Garde wird dich beschützen.

Er sollte wissen, dass sich die Prophezeiungen auf mich bezogen - dass Ramariri, der goldene Drache, der mich gerettet hatte, von blauen Drachen an der Wasseroberfläche gehalten worden war, bis er schließlich gestorben war.

Ich werde mich an ihn erinnern und ich werde ihn ehren.

Plötzlich war seine Stimme weg und ich konnte fast spüren, wie er sich aus meinen Gedanken zurückzog. Ich eilte weiter zum Ende der Treppe.

"Wo sind wir?" keuchte ich unten angekommen.

Der Raum war riesig. Und er war nicht nur mit Fackeln beleuchtet. Licht drang durch Löcher in der Wand ein, die mit dickem Glas versiegelt waren. Durch die Fenster sah ich auf der anderen Seite Fische schwimmen.

Ich drehte mich um und versuchte herauszufinden, wo wir waren. Vom Berg aus hatte ich kein Meer gesehen.

"Es ist ein Fluss, der zum nahegelegenen Meer führt", merkte Hubric an. Seine Fähigkeit, meine Gedanken zu lesen, indem er mich nur beobachtete, wurde langsam unheimlich.

In der Mitte des Raumes stand eine Metallkugel mit Nieten an den Seiten. Sie schwebte über einem runden Becken, das geheimnisvoll leuchtete. Um das Becken herum standen Regale mit Ausrüstung und Kleidungsstücken.

Die Kugel zog den Blick so stark an, dass ich gar nicht auf den Rest des Raums achtete, bis eine heisere Stimme meinen Namen rief.

"Seleska!"

Nasataa sprang von meinen Schultern und flog - er flog! - ein paar wackelige Flügelschläge lang, bevor er auf dem Boden aufschlug und zu den dunklen Gitterzellen auf der anderen Seite des Raumes hastete.

"Heron! Du bist hier!"

Ich lief Nasataa hinterher und versuchte durch die Dunkelheit zu erkennen, woher Herons Stimme gekommen war.

Ich stieß mir fast den Zeh an den Gitterstäben. Heron stand auf der anderen Seite des Gitters und drückte sich dagegen. Was für ein fürchterlicher Ort! Seine Zelle war dunkel und feucht, mit nur einer schmalen Felswand als Bank und einem Abfluss in der Mitte des Bodens. Es gab keine anderen Gefangenen, keine Wachen und keine Anzeichen dafür, dass Heron Essen oder Wasser bekommen hatte.

"Seleska! Du bist am Leben! Dir geht's gut! Ich habe mir solche Sorgen gemacht. Du siehst aus, als wärst du gar nicht mehr verletzt." Die Worte sprudelten erleichtert aus ihm heraus. Waren seine Augen glasig? Er lächelte breit und seine hellen Augen funkelten im schwachen Licht.

Ich lehnte mich nah an ihn heran, um ihn besser sehen zu können, und seine Hand umfasste durch die Gitterstäbe meinen Hinterkopf.

"Ich habe dich zu ihrem Tor gebracht und sie angefleht, dich aufzunehmen, aber sie wollten nicht, Seleska. Erst als ich sie dazu gezwungen habe. Es tut mir leid. Es tut mir so leid."

"Wie hast du sie gezwungen?" fragte ich verwundert.

"Bleib von dem Gefangenen weg", warnte Jeriath, der hinter mir auftauchte. "Wir haben keine Erlaubnis, ihn zu befreien. Er steht unter Anklage."

"Ich dachte, du wolltest es dir überlegen", sagte ich.

"Ich habe gegen sie gekämpft", sagte Heron und ließ mich nicht los. "Ich habe gekämpft und verlangt, dass sie dich mitnehmen und dir helfen, sonst würde ich sie töten."

"Er hat Carhan einen Arm und ein Bein gebrochen und ihn fast umgebracht", sagte Jeriath barsch.

"Bitte", flehte ich und drehte mich zu ihm um. "Du kannst ihn nicht hierlassen. Du hast versprochen, es dir zu überlegen."

"Das habe ich. Er ist ein Verbrecher." In seiner Stimme lag ein Hauch von Endgültigkeit. "Er bleibt hier. Zieh deine Ausrüstung an und mach dich bereit. Nachdem wir den

Auserwählten und seine Beschützerin hinuntergeschickt haben, bist du die Nächste. Auch wenn du eine Betrügerin bist, stehst du unter unserem Schutz."

"Eine was?" All die verrückten Schlussfolgerungen, die er zog, überwältigten mich. Heron ein Verbrecher? Unmöglich! Ich, eine Betrügerin? Das war doch ein Scherz, oder?

"Das andere Mädchen ist die wahre Beschützerin. Wir werden ihr ihr Gelübde abnehmen und sie dann in Sicherheit bringen. Wir können immer nur acht Leute auf einmal schicken und es ist wichtig, dass sie gut bewacht wird."

Ich biss die Zähne zusammen und wandte mich von Heron ab – blieb jedoch nahe genug an ihm, um weiter seine Hand spüren zu können.

"Warum gehst du dann nicht und kümmerst dich darum, Jeriath? Wenn es dir so wichtig ist, dann weiß ich nicht, warum du deine Zeit mit uns verschwendest."

Er schnaubte wütend, aber bevor er ging, sagte er noch: "Wenn du so denkst, dann bist du auf dich allein gestellt, Hochstaplerin. Wir müssen wichtige Personen beschützen und haben keine Zeit für dein Theater."

Bei der Endgültigkeit seines Tons wurde mir ganz heiß. Ich hatte gerade mit meinen scharfen Worten meinen Schutz verspielt.

71

Ich hörte zu, wie sie Atura auf ihr Gelübde vorbereiteten, da trat Hubric näher an mich heran.

"Du solltest dein Temperament ein wenig zügeln, Seleska. Du bringst deinen Freund in noch mehr Schwierigkeiten, wenn du Jeriath provozierst."

"Das ist ungerecht, Hubric", sagte ich gereizt. "Sie haben ihn eingesperrt, weil er versucht hat, mein Leben zu retten, und jetzt glauben sie alle Atura, nur weil sie eine so gute Lügnerin ist."

Hubric schnaubte. "So läuft es auf der Welt, junge Dame."

"Das ist aber nicht richtig!"

"Natürlich ist das nicht richtig. Die Menschen glauben, was sie glauben wollen - selbst wenn es offensichtlich falsch ist. Und sie lassen sich von Selbstvertrauen und einer sauberen Geschichte beeinflussen, aber im wirklichen Leben ist die Wahrheit nie sauber und die Menschen, die sie erzählen, sind selten selbstbewusst."

"Was soll ich also tun?" fragte ich. "Wir können Heron nicht einfach hierlassen!"

"Warte hier einen Moment."

Er eilte davon und ich drehte mich wieder zu Heron um. Er lächelte mich warm an, mit Zärtlichkeit in seinen Augen, aber auch mit Sorge.

"Seleska", sagte er. "Du solltest nicht hierbleiben und versuchen, mich zu befreien, wenn dich das in Gefahr bringt. Geh mit den anderen mit. Ich komme schon klar."

"Das werde ich nicht tun", sagte ich. Und es war die Wahrheit. Ich würde Heron nie verlassen, wenn er mich brauchte, so wie er mich nie verlassen würde, wenn ich ihn brauchte. "Hast du wirklich gegen Wachen und Drachen gekämpft, um mir zu helfen?"

"Ich würde es wieder machen." Feuer lag in seinem Blick.

Ich stellte mich auf die Zehenspitzen, drückte mich gegen die Gitterstäbe, um ihn zu erreichen, und schaffte es mit Mühe, mich hoch genug zu stellen, um ihn zu küssen.

Ich zog mich zurück und er biss sich auf die Unterlippe.

"Seleska?"

"Ja?" fragte ich unschuldig.

"Du musst damit aufhören."

"Warum?" Ich riss die Augen auf.

"Du bist meine beste Freundin. Aber wenn du so weitermachst, könnte ich mich in dich verlieben."

"Oh", sagte ich, als hätte ich diese Möglichkeit gar nicht in Betracht gezogen.

Aber damit lag es in meiner Hand, oder? Ich konnte beschließen, die Dinge so zu belassen, wie sie waren, und wir konnten für immer Freunde bleiben - die Art von Freunden, bei denen er nach Abergande ging und dort eine Schmiedelehre antrat, ohne es mir vorher zu sagen.

Oder ich könnte ihn weiter küssen und wir könnten vielleicht mehr sein.

Bei dem Gedanken daran wurde mir ganz warm in der Bauchgegend. Das wäre... schön. Das verruchte Lächeln, das ich ihm zuwarf, deutete wahrscheinlich darauf hin, dass ich vorhatte, ihn weiter zu küssen und herauszufinden, was als Nächstes passierte.

Hubric kam mit vollen Armen zurück und riss mich aus meinen Gedanken.

"Badeanzüge und Schwimmbrillen. Sie sind isoliert und leicht und bedecken dich vom Hals über die Handgelenke bis zu den Knöcheln, aber sie sind enganliegend, so dass es schwer ist, sie anzuziehen. Da drüben ist eine Wand, hinter der du dich umziehen kannst, Seleska. So wie es hier aussieht, ist es wohl eher ein Vorbereitungsbereich für Flussexpeditionen als ein Gefängnis", sagte Hubric und reichte mir einen seltsamen Anzug aus einem Material, das ich noch nie zuvor gespürt hatte. "Heron und ich müssen auch Atemgeräte aufsetzen."

"Und ich habe immer noch den Runenstein", sagte Heron, griff nach unten und hielt ihn hoch. "Keiner wusste, was er war, also haben sie ihn bei mir gelassen."

Hubric grunzte und deutete auf Nasataa. "Lass uns doch kurz mit deinem Schützling alleine. Er sollte keine Löcher in die Gitterstäbe brennen."

Ich blickte die Reihe der Gitterstäbe hinunter, wo Nasataa kleine Risse und Löcher am Boden hinterlassen hatte.

"Ups", sagte ich.

"Ja. Ups", sagte Hubric trocken.

Mit strahlendem Gesicht eilte ich mit Nasataa unter dem Arm hinter die Wand. Hubric hatte Recht. Es war schwer, den Anzug überzuziehen. Er war viel zu eng, aber ich konnte mir vorstellen, dass ich mich unter Wasser gut darin bewegen konnte und dass er mich nicht wie meine normale Kleidung ständig bremste. Dass der Boden unter meinen Füßen noch stärker als zuvor wackelte, machte es nicht leichter, den Badeanzug anzuziehen.

Hinter der Wand hörte ich, wie Atura ihr Gelübde fertigsprach und ihre Wächter sie rasch in die Metallkugel brachten.

"Sie ist an einem Drahtseil befestigt und führt zum Meer hinaus. So kommen wir schnell aus Haz'drazen's Höhlen heraus", sagte einer der Wächter. "Wir müssen dich in Sicherheit bringen, verehrte Beschützerin. Das Schicksal der Welt hängt davon ab."

"Deine Loyalität gefällt mir", sagte Atura.

Ich zog eine Grimasse. Atura war schrecklich. Sie steckte wahrscheinlich hinter dem Angriff gegen uns.

Aber tat sie das? Ich hatte mir diese Frage schon einmal gestellt, aber ich wusste, dass ich voreingenommen war. Es war sehr gut möglich, dass sie uns irgendwie verraten hatte. Denn warum war sie sonst hier? Sie hatte weder Nasataa noch mich angegriffen. Und ich wusste, dass die Felsenkrieger Drachen töteten und ihnen das Leben nahmen, um an ihre Magie zu kommen. War sie vielleicht nur hier, um für ihr Volk an die Drachen hier zu kommen? War das verrückt? Dachte ich so etwas nur, weil ich sie so sehr hasste?

In der Ferne krachte es.

Spürst du etwas, Nasataa?

Wir bekommen Ärger.

Ich trat mit Nasataa auf der Schulter und dem Drachenstab in einer Hand hinter dem Schirm hervor. Die letzten Wachen stiegen gerade in die Kugel. Sie würdigten Hubric und Heron nicht einmal eines Blickes, die gerade ihre Badeanzüge anzogen und ihre Atemgeräte aufsetzten. Vielleicht war das Bedürfnis, den Auserwählten in Sicherheit zu bringen, wichtiger als zu verhindern, dass jemand einem Gefangenen eine Schwimmausrüstung zusteckte. Jedenfalls sahen sie nicht dorthin, wo unter einem dröhnenden Geräusch plötzlich von der Wand Staub und winzige Gesteinsbrocken herunterregneten.

"Wir müssen die Beschützerin hier raus bekommen!" schrie Jeriath und zog die Klappe der Metallkugel hinter sich zu.

Ich sah, wie seine Augen durch ein kleines Fenster in der Klappe nach draußen blickten, kurz bevor die Kugel an ihrem Drahtseil ins Wasser schoss und davonraste. Wie funktionierte das?

Ich hatte keine Zeit, darüber nachzudenken.

Ein lautes Klicken ertönte und ich drehte mich um, um zu sehen, wie Hubric am Schloss der Zellentür herumfummelte und Heron hinter den Gitterstäben hervortrat - hatte Hubric das Schloss geknackt?

"Lauf zum Wasser!" rief Hubric.

Ich wollte weglaufen.

Das wollte ich wirklich, aber ich blieb wie angewurzelt stehen, als ein riesiger Kopf von der Treppe oben in den Raum stürzte. Ich starrte auf die schreckliche Kreatur, die den Fels durchbrach.

Himmel und Sterne, was war das?

72

"Mantikore", krächzte Hubric. Ich hatte sie schon einmal beim Angriff auf die Troglodyten gesehen. Dieser hier war riesig - sein fast menschlicher Kopf knurrte und schnappte mit seinen abgebrochenen, fauligen Zähnen in den Raum.

Mit einem ächzenden Geräusch zerriss es den Felsen. Das musste Magie sein. Egal wie stark er war, Muskeln alleine konnten keinen Fels brechen!

Blitzschnell sprang Nasataa aus meinen Armen und rannte auf das Wasser zu. Als hätte mich das wachgerüttelt, jagte ich ihm hinterher.

Der Mantikor stürmte in den Raum, seine Löwentatzen scharrten über den Steinboden und zertrümmerten die Zellentüren an der einen Wand.

"Los!" schrie Hubric und stieß Heron ins Wasser. Nasataa war ihm direkt auf den Fersen.

Ich war fast selbst im Wasser. Nur noch ein paar Schritte.

Doch der Mantikor, wie von einer wahnsinnigen Kraft angetrieben, war schneller. Instinktiv hob ich den Drachenstab, um uns zu schützen.

"Du zuerst", rief ich Hubric zu, doch der schnaubte nur kurz, packte mich am Arm und zog mich hinter sich her. Ich war doch die Einzige, die bewaffnet war und ich musste die anderen beschützen.

"Du hilfst niemandem, wenn du tot bist, dummes Mädchen! Tapferkeit ist gut. Verstand ist besser!", schrie er und zog mich hinter sich her.

Wir stürzten uns in den Fluss und ich atmete erleichtert auf.

Zu früh.

Das riesige Gesicht des Mantikors tauchte hinter uns ins Wasser und suchte mit weit aufgerissenen Augen nach uns, doch der Felsendurchbruch zum Fluss war zu eng für seinen Körper.

Ich schwamm so schnell ich konnte mit der Strömung. Ich nahm die Welt um mich nur noch verschwommen wahr und kaum mehr als das Rasen meines Atems und das Pochen meines Herzens.

Vor mir schwammen Heron und Nasataa, sie ließen sich vom Runenstein ziehen und winkten mir zu, mich ihnen anzuschließen.

Der Fluss war lang und gerade und in weiter Ferne sah ich die metallene Kugel. Sie bewegte sich gleichmäßig und sicher, aber nicht schnell.

Ich drehte mich zum Mantikor um. Er brach den Fels ab, um den Durchgang zu verbreitern. Wir mussten schnell schwimmen, um genug Abstand zu gewinnen.

Das war Wahnsinn. Warum war ich Nasataas Beschützerin, wenn ich nichts hatte, womit ich ihn beschützen konnte? Welchen Sinn hatte dieser Drachenstab, wenn er ihn nicht beschützen konnte?

Der Mantikor brüllte und dann stürzten Felsen vom Durchgang auf den Grund des Flusses, sein riesiger Körper stürzte ins Wasser und er stieß sich mit seinen Flügeln nach vorne.

Er war furchtbar schnell. Schneller als alles andere, was ich unter Wasser gesehen hatte, außer blauen Drachen.

Genug.

Ich drehte mich um und machte meinen Stab bereit.

"Na gut, Drachenstab", versuchte ich zu sagen, doch nur Blasen verließen meinen Mund. "Ich hoffe, du bist zu etwas gut! Mach schon! Tu etwas!"

Vyvera hatte gesagt, dass er irgendwann eine Art von Magie zeigte. Sie hatte gesagt, wenn ich übte und mich mit ihm vertraut machte, zeigte er seine Macht. Und zumindest einmal hatte er mich schon vor der Magie einer Widersacherin bewahrt. Aber benutzten Mantikore Magie? Konnte das überhaupt funktionieren?

Ich glaubte zu spüren, wie Hubric von hinten an mir zerrte, aber dieses Mal ließ ich mich nicht beirren. Wir konnten dieser Kreatur nicht entkommen, und sie pulverisierte alles, was sie in ihre schmutzigen Pfoten bekam.

Und ich hatte genug. Wir waren weit genug weggelaufen. Wir waren weit genug geflohen.

Zeit, mich zu wehren.

Konzentriere dich.

Das war weder Taoslil noch Nasataa! Wer war das jetzt wieder in meinem Kopf?

Keine Fragen. Konzentration.

Ich sah das Bild eines blauen Drachens in meinem Kopf. Tief und geheimnisvoll. Mit zusammengekniffenen Augen wiederholte er:

Konzentriere dich.

Ich konzentrierte mich auf den Mantikor, der mit einer Höllengeschwindigkeit auf mich zuschwamm. Aus seinem offenen Maul drangen Blasen, als brüllte er. Schlamm und Wasserpflanzen wirbelten dort auf, wo seine riesigen Pfoten durch den Grund fuhren.

Ich konzentrierte mich mit aller Kraft auf das Biest. Es war alles, was gefährlich war und uns zerstören wollte. Es war alles, wovor ich Nasataa schützen musste. Ich konzentrierte mich so sehr ich konnte.

Konzentriere dich nicht darauf. Konzentriere dich nicht auf das Böse, das du bekämpfst. Konzentriere dich auf das, wofür du kämpfst.

Ich wollte Nasataa beschützen, so wie Ramariri mich beschützt hatte.

Mir wurde heiß in der Brust, heiß vor Dankbarkeit, die ich für ihn empfand - für seine Freundlichkeit und Gnade. Für seine Treue.

Das Gefühl in mir schwoll an, wurde heißer und heller.

Hubric brüllte etwas durch das Wasser hinter mir. Er musste wirklich laut sein, wenn ich seine verzerrte Stimme hören konnte.

Der Mantikor war fast so nah, dass er mich mit seinen Pfoten packen konnte. Ich sah den triumphierenden Blick in seinen Augen und die Lippen, die sich hinter seine spitzen Zähne zurückzogen.

Ich konzentrierte mich weiter auf dieses warme Gefühl der Dankbarkeit.

Hitze und Licht flackerten um mich herum auf, so hell, dass es mich blendete.

Ich blinzelte.

Meine Sicht klärte sich und der Mantikor war verschwunden.

73

Ich drehte mich um und sah in Hubrics weit aufgerissene Augen hinter seiner Brille. Es sah aus, als versuchte er unter seinem Atemschutz etwas zu sagen, aber ich verstand ihn nicht. Er zerrte erneut an meinem Arm und diesmal folgte ich ihm so schnell ich konnte.

"Danke, danke, danke", dachte ich in Richtung des blauen Drachens. Ohne sie wären wir jetzt alle tot.

Beschütze das Drachenkind.

Warum waren sie nicht beim Rat von Haz'drazen gewesen? Warum hatten sie nichts mitzureden gehabt? Sie wussten, wer Nasataa war und dass ich seine Beschützerin war.

Wir sind nicht wie andere Drachen. Wir sind lieber unter uns.

Nun, das war im Moment nicht besonders hilfreich. Im Moment mussten alle Drachen zusammenhalten.

Wir hatten Heron fast eingeholt, der Nasataa an seine Brust drückte. Der kleine blaue Drache riss sich los, stürzte sich auf mich und klammerte sich dann an meine Schultern und meinen Rücken. Je näher er bei mir blieb, desto glücklicher war ich.

Mit besorgtem Blick bot er mir an, mich am Runenstein festzuhalten. Ich schenkte ihm ein strahlendes Lächeln. Es gab keinen Grund, sich Sorgen zu machen, wenn wir alle noch am Leben waren. Außerdem hatte ich gerade erst eine Lektion gelernt.

Dankbarkeit war eine mächtige Sache. Mächtig genug, um die mächtigsten Feinde zu vernichten.

Hubric schloss sich uns an, griff an den Runenstein und wir ließen uns durch die Strömung ziehen.

Ich fühlte mich mutig, ich dachte an all die Dinge, für die ich dankbar war und das Wärmegefühl in meiner Brust nahm zu. Für Renny und Halana, die mich fast mein ganzes Leben lang wie eine Tochter geliebt hatten. Für Nasataa, die meine Welt auf den Kopf gestellt hatte, nur weil er geboren worden war. Für Heron, der mich niemals aufgeben würde. Für Vyvera, die gestorben war, um uns allen zu helfen. Für Hubric, der jetzt hier war, um mich zu führen. Für Taoslil, der an mich geglaubt hatte. Mir wurde ganz warm ums Herz.

Und dann stürzten sich drei Mantikore ins Wasser, rissen die große Metallkugel von ihrem Kabel und zerrten sie an die Oberfläche. Ich hätte geschrien, wenn ich nicht unter Wasser gewesen wäre.

Ich ließ den Runenstein los und schwamm nach oben. Ich musste nachsehen, was los war. Sie hatten mich für eine Betrügerin gehalten, aber deshalb verdienten sie es nicht, von Mantikoren entführt zu werden!

Keuchend sah ich, wie sie mit ihren mächtigen Flügeln in die Höhe stiegen. Die Klappe der Kugel öffnete sich und eine Gestalt stürzte heraus – ein Ilerioc. Er fiel wie eine leblose Puppe, knallte auf das Wasser und wurde abgetrieben.

Jemand streckte den Kopf aus der Klappe, gerade lange genug, um sich zu vergewissern, dass der Ilerioc tot war.

Aturas höhnischer Blick richtete sich noch kurz auf mich, bevor sie den Kopf zurückzog.

Jemand musste sie aufhalten! Jemand musste sie bestrafen! Ihre Ilerioc-Wachen waren unschuldig und jetzt waren sie ihre Gefangenen!

Ich drehte mich um, um nach den Drachenhöhlen und den Drachen Ausschau zu halten, und da sah ich, was über uns geschah.

Vor Schreck sank ich beinahe wieder unter die Oberfläche.

Der Himmel über mir war voller riesiger, dunkler Körper und gelegentlichen Feuerstößen – hunderte von Drachen und Mantikoren kämpften miteinander. Ein riesiger Körper stürzte in der Ferne ab - so weit weg, dass ich nicht sagen konnte, ob es Freund oder Feind war. Rauch stieg aus der Landschaft dahinter auf.

Und dann ertönte ein schrecklicher Schrei über mir und ich blickte nach oben, um einen Drachen zu sehen, der mit glasigen Augen auf den Fluss zustürzte.

Er stürzte stromaufwärts von mir ins Wasser. Starke Hände packten mich und zogen mich zurück unter Wasser.

Ich tauschte einen entsetzten Blick mit Heron aus.

Die friedliche, paradiesische Welt von Haz'drazen war jetzt ein Schlachtfeld. Und es gab keinen Ort, an dem wir uns verstecken konnten - weder zu Land, noch unter der Erde, noch im Wasser, noch im Himmel.

Der nächste Körper stürzte in die Tiefe und landete im Wasser - ein alter, violetter Drache. Kaum hatte ihn der Fluss abgebremst, stieg er wieder in die Luft und landete am Ufer.

Jemand zerrte mich am Arm.

Ich drehte mich um und sah Hubric, der uns signalisierte, dass wir auftauchen sollten.

Aber da oben tobten Drachen und Mantikore! Es war besser, hier unten zu bleiben, wo es sicher war. Ich schüttelte energisch den Kopf.

Er zerrte noch einmal an mir, deutete eindringlich nach oben und schwamm dann in Richtung Oberfläche, ohne weiter auf uns zu warten. Ich drehte mich zu Heron um, aber er zuckte nur mit den Schultern und folgte Hubric.

"Was hast du vor?" fragte ich keuchend, sobald mein Kopf die Oberfläche durchbrochen hatte. "Das ist Wahnsinn."

"Im Wasser sind wir zu langsam", sagte Hubric und schwamm keuchend Richtung Ufer. "Wir müssen schneller sein."

"Der Feind ist überall!" wandte ich ein und deutete auf einen schwarzen Drachen, der in der Ferne mit gebrochenen Flügeln abstürzte. Ich klammerte mich an Nasataa. Er sollte das nicht sehen. Er war zu jung.

"Wir müssen uns zum Meer durchschlagen, dann gehen wir wieder unter Wasser", sagte Hubric mit entschlossener Miene.

"Nein!" sagte ich mit mehr Nachdruck. "Damit begeben wir uns direkt in Gefahr! Wir können sowieso nicht über die Berge zum Meer laufen!"

Niemand hat vorgeschlagen, zu laufen. Nicht, solange meine Flügel noch heil sind.

Diese neue Stimme stammte von dem alten, violetten Drachen. Er trat hinter einem Felsen am Flussufer hervor und spie Feuer in einen Schwarm Fliegen über dem Wasser.

Ich hatte gedacht, Drachen redeten nicht gerne mit Menschen. Warum sprachen sie mich dann die ganze Zeit an?

Ich hoffe, du fühlst dich geehrt.

"Wir werden fliegen?" fragte ich und war mir plötzlich nicht mehr so sicher.

"Das ist schneller. Wir halten uns dicht über dem Fluss. Wenn wir in einen Kampf geraten, können wir uns ins Wasser fallen lassen. Ein guter Kompromiss? Na also", sagte Hubric und überging damit alle Einwände. "Beeilt euch. Wir haben nicht viel Zeit."

74

Bereits im Flug zogen wir unsere Gurte fest.

"Wir sind zu schwer für ihn!" rief Heron Hubric zu.

"Sag mir etwas, das ich nicht weiß, Junge."

"Lange wird er uns nicht mehr tragen können!"

"Das wird er nicht müssen."

"Unsere Atemgeräte haben nicht mehr viel Luft übrig. Wenn wir ins Wasser fallen, sind wir beide in großen Schwierigkeiten", drängte Heron.

"Hör auf zu jammern!" Hubrics Tonfall war gereizt, aber er griff hinter sich und drückte Heron ein dickes Paket in die Hand. "Hier sind noch ein Dutzend. Zufrieden? Jetzt sei still und lass uns versuchen, nicht zu sterben."

Ich war bisher nur einmal so wild geflogen und der Drache, auf dem ich damals geritten war, hatte im Sterben gelegen. Kyrowat schlug ständig Haken und wich herabfallenden Körpern aus.

"Da ist noch einer, Kyrowat! Pass auf deinen Schwanz auf!" rief Hubric und wir wichen scharf zur Seite aus.

Ich sah nach oben, hoch über mir, und fing einen Sonnenstrahl auf, der von der metallenen Kugel reflektiert wurde. Die Mantikore trugen sie hoch über uns und stiegen immer höher, in Richtung einer großen Gruppe weiterer Mantikore.

Ich sah einen weiteren Ilerioc abstürzen.

"Jeriath!" Ich keuchte - obwohl ich mir nicht sicher war, dass er es war. Aber etwas ließ mich vermuten, dass er es war. "Hubric, können wir ihn auffangen?"

Hubrics Knurren war nicht zu verstehen, aber die Art und Weise, wie Kyrowat sich in der Luft drehte und heftiger mit den Flügeln schlug, um an Geschwindigkeit zu gewinnen, deutete darauf hin, dass wir es vielleicht schaffen könnten.

"Seleska, steck deinen Stab in den Sattel, damit du ihn nicht aufspießt!" rief Hubric. "Heron. Gib ihr das Drachenjunge, und mach dich bereit. Du fängst ihn auf. Mal sehen, ob deine dicken Arme auch Kraft haben, hmm?"

"Kann Kyrowat das Gewicht tragen?" fragte Heron.

"Hör auf, an meinem Drachen zu zweifeln. Er kann Feuer speien und er wird dir den Hintern verkohlen, wenn du ihn weiter ärgerst."

Heron und ich tauschten einen besorgten Blick aus - Kyrowat schien bereits zu viel Last zu tragen. Aber welche andere Wahl hatten wir denn?

Wir drehten uns plötzlich zur Seite und ich beugte mich schützend über Nasataa. Wir mussten nah dran sein!

Ich hörte ein Grunzen hinter mir und dann verlor Kyrowat an Höhe. Ich hielt den Atem an und zählte die Sekunden. Nach langen Momenten, in denen ich die Augen geschlossen gehalten hatte und mich so fest wie möglich an Nasataa geklammert hatte, glitten Kyrowats Füße über die Wasseroberfläche.

Ich drehte mich um und blickte zurück. Heron hielt Jeriath. Er war es wirklich! Er lag zusammengesackt über Herons Schoß und blutete stark aus dem Kopf.

"Ich weiß nicht, ob er tot ist." Heron versuchte, einen Puls zu fühlen.

"Du kannst nichts dagegen tun, wenn er es ist. Haltet euch alle gut fest!" rief Hubric und dann stieß Kyrowat schneller nach vorne, als ich ihm zugetraut hätte.

Ich blickte hinter uns und sah, wie sich ein paar Mantikore von einer größeren Gruppe lösten und mit voller Geschwindigkeit in unsere Richtung stürmten.

Seleska?

Das war Taoslil. Er war noch am Leben. Ich atmete erleichtert auf.

Es gibt Schlüssel - drei Stück. Du brauchst sie, um den Harok unter dem Ozean aufzuschließen.

Schlüssel?

Keine Zeit für Fragen. Hör einfach zu. Womöglich überlebt keiner von uns diese Schlacht.

Kyrowat flog so schnell er konnte, doch die beiden Mantikore holten auf. Konnte ein Drache an Erschöpfung sterben?

Ich konnte das Meer jetzt sehen, nur als silberne Linie in der Ferne.

Der erste Schlüssel befindet sich im Dominion. Der zweite an einem Ort, der Ko'Torenth heißt. Der dritte in den Ländern, die als Baojang bekannt sind. Deine Rivalin wird das wissen und auch nach ihnen suchen. Du musst sie bekommen, bevor sie es tut. Und du musst dich beeilen.

Aber das waren nur Länder. Ein Schlüssel kann sich überall in einem Land befinden!

Bitte meinen Bruder um Hilfe. Er wird wissen, wo du anfangen musst zu suchen. Ich muss...

Seine Stimme brach ab.

"Taoslil? Taoslil?"

Es kam keine Antwort.

Ein lautes Knurren von hinten ließ mich hellhörig werden.

Hinter uns fasste ein Mantikor nach Kyrowats Schwanz.

Wir waren zu spät! Sie hatten uns!

Ich konnte meine Augen nicht von der hässlichen Kreatur abwenden, die seine fauligen Zähne in Kyrowats violette Schuppen rammte. Der Drache brüllte vor Schmerz und Nasataa stöhnte laut auf. Er schien Kyrowats Schmerz nachzuempfinden.

Der Mantikor schüttelte Kyrowat mit uns auf seinem Rücken durch und er versuchte verzweifelt sein Gleichgewicht zu behalten.

Ich musste meinen Stab hervorholen und Kyrowat helfen. Warum hatte ich erst jetzt daran gedacht?

Doch da sprangen drei riesige Kreaturen aus dem Fluss unter uns in die Luft.

Blaue Drachen.

Sie waren riesig - viel größer als Kyrowat und sogar die Mantikore. Wie passten sie überhaupt in den Fluss? Zwei von ihnen schnappten sich Mantikore - auch den, der Kyrowat am Schwanz gepackt hatte - mit weit aufgerissenen Mäulern und verschwanden dann wieder in den trüben Fluten des Flusses.

Ein dritter blauer Drache tauchte auf und fixierte Kyrowat. Sie mussten miteinander kommunizieren, ohne ihre Gedanken mit uns zu teilen, denn Kyrowat stieg herab und landete auf dem breiten Rücken des blauen Drachen. Der trug uns nun den Fluss entlang und unser alter, violetter Drache hatte endlich Gelegenheit, sich von den Strapazen zu erholen.

Ich hatte keine Ahnung, dass sich ein blauer Drache so schnell bewegen konnte. Wir rasten das Flussufer entlang, an den sich abzeichnenden Hügeln und Bergen, und wir hatten fast das Meer erreicht, da sank der blaue Drache wieder unter und Kyrowat flog mit uns ans Ufer.

Gib nicht auf, bis du die Schlüssel gefunden hast.

Er verschwand in den Wellen und ließ uns am Ufer, ohne dass ich wusste, was ich als Nächstes tun sollte.

Werde Teil unserer WhatsApp Community

Liebe Leserinnen und Leser

Wir sind ab jetzt auch auf Whatsapp aktiv. Ihr könnt dort unserem Kanal folgen und bekommt regelmäßig Updates und könnt Hardcover gewinnen. Niemand kann dadurch eure Telefonnummer sehen (auch wir nicht). Folgt uns also gerne und werdet Teil der Winterfeld Community.

Ihr findet uns unter: https://www.whatsapp.com/channel/0029VaSh2ojBadmVPHjpNu3D

Oder scannt einfach diesen QR Code hier.

Printed in Poland
by Amazon Fulfillment
Poland Sp. z o.o., Wrocław

35797648R00190